First Person Singular

第一人称单数

〔英国〕威廉·萨默塞特·毛姆 著
张晓峰 译

译林出版社

目　录

前　言

在这里我冒昧地打扰本书的读者片刻，想要做一点儿小小的解释。由于防止诽谤法律的滥用，现今此类官司急剧增加。譬如，某位律师先生名叫史密斯，但一本小说中也出现了一个叫作史密斯律师的人物，他便会威胁要起诉这本书的作者犯了诽谤罪。因此，小说的作者们都要在故事的序言中郑重声明，本书中的人物纯属虚构。我当然也不能例外，也要诚挚地发表这样的声明，本书中的所有人物都与现实生活无关，各位请勿对号入座。但有一种例外情况，因此我认为自己有责任先予解释。在这一点上我可能有点儿过于敏感。但这也是事出有因。在以往的某些作品中，我可能将某些人物描写得过于详尽，因而人们很容易联想起生活中的某人。我因而受到了品位不高的指责。这让我感到十分不安。由于我已经习惯了劈头盖脑的板砖，因此这种不安并非为我自己，而主要是为文学批评界。我们作者当然希望能绅士一些，但经常难以做到。我们只能想，没有哪个作者能够在自己的作品中完全免俗，只能用这个办法来安慰自己。其实生活本身就是粗俗的。我非常熟悉新闻记者的工作。这个行业的人说话就可以相对自由一些，而且他们喜欢用些淫词秽语，但他们却要求文学保持纯洁。当然，我对文学应该保持纯洁并无疑问，但我担心如果文学一旦过于纯洁，批评家与作家就难以找到契合点了。作家就会成为只能写赞美诗的人，而批评家们恐怕就得失业。

我认识一些作家朋友，他们宣称自己作品中的人物与他们现实生活中认识的人没有任何相似之处，而我也就毫不踌躇地接受了他们的这个断言。但我始终搞不懂的是，他们怎么不将自己作品中的人物描写成泥塑或木雕之人呢？可以确定无疑地说，许多优秀作家在他们的作品中刻画出来的人物都有他们在现实生活中熟人的影子。任何一个读过亨利·贝尔[①]札记、读过福楼拜书信或儒勒·雷纳尔[②]日记的人都会看到，他们都对自己周围的熟人进行了仔细的观察。这样，一旦他们在写作中需要描写类似的人物时，脑子中就会出现这样的人物原型。他们平时就冷酷而有意识地记下各类典型人物的特征。我认为大多数小说家，特别是优秀的小说家，他们的创作灵感肯定来自实际生活。但即使他们的脑海中有某一个现实生活中的特定人物存在，也并不是说就要把这个人物原原本本地复制到自己的作品中，或者说他们作品中的人物就与实际生活中的某个人一模一样。首先，这些作家是以自己观察事物的眼光来审视周围的人。如果他们是些非同寻常的作家，那也就意味着他们看待事物的眼光与众不同。他们从某个人身上只提取出他们想要的素材。他们只是把这些人当成了能随手挂东西的挂钩，挂上他们头脑中想象出来的东西。为了满足他们作品中故事情节的需要，他们会赋予这些模特本不具有的性格特征。他们要让他与故事的情节前后一致，要有血有肉。一个现实生活中的人，不管他多么优秀，如果要作为小说中的人物，大都存在欠缺。要创作，而不是发明出一个完整的人物，这是一种艺术。正如我们所知，生活只是这种创作的源泉。因此，批评家们指责一个小说的作者，原因是他们觉得他的作

① 亨利·贝尔，即司汤达。

② 儒勒·雷纳尔（Jules Renard，1864—1910），法国小说家、散文家、剧作家。

品中的某个人物与他们认识的某个人相似，这就很不公平了。如果不允许他从实际生活中的某个人身上提取人物特征，便完全不合情理。奇怪的是，这些指责往往都是针对作品中某个受到贬斥的人物。如果你在一部小说中描写某个人物对他母亲非常孝顺，而却动手打他的老婆，所有人都会大喊：哦，这个人就是布朗。说他打老婆真是太恶毒了。而没有任何人会说这个人是琼斯或罗宾逊，这两个人也是有名的孝子。我从这个例子中得出了个有点儿出乎意料的结论：我们认识自己的朋友是记住了他们身上的缺点，而非他们身上的优点。

将一部小说中的人物与实际生活中的某人描写得过于相像，这是一件再危险不过的事情了。这样的人物与书中故事的情节很难相符。而奇怪的是，这样的人物反而比书中的任何一个其他人物都显得虚假。他无法使读者感到信服。也正因为如此，尽管现实生活中有这样一位强大而杰出的人物，他后来成了诺思克利夫爵士[①]；尽管许多作家对他颇感兴趣，但以往从来没有任何一位作家能够在自己的小说中把他描绘成一个栩栩如生的人物。而我在小说《整整一打》中就取得了不同的效果，让莫蒂默·埃利斯这个人物吸引了读者的关注。当然，我在这个小说中没有用爵士本人的真名，而且对他这个人物进行了相当的贬损。如果不这样的话，我这样一部短篇小说可容纳不下现实生活中的这样一个人物。我否认莫蒂默·埃利斯这个人物是爵士的照片，但我得老老实实地坦白，这个人物确实是爵士的一幅肖像。但既然是肖像，一个高明的画家有时就能让画中的人物出现变形。这样做既是为了取悦于被画者本人，也是为了激怒那些对艺术一窍不通的人们。一

① 诺思克利夫（Northcliffe，1865—1922），英国报业巨头，建立了庞大的报业帝国，包括《泰晤士报》《每日邮报》和《每日镜报》。

个作家如果偶尔写作手法上出现了过分之处，他应该能够得到谅解。作家毕竟也是一个凡人，因此，只要他承认自己的作品中存在瑕疵，那么他时不时地沉醉于小小的自娱自乐之中，也不会有太大的害处。

莫蒂默·埃利斯现在已经遁入了另一个星球。他在那里既不用去想怎样勾引女人结婚，也不用为离婚之事而烦恼。而我怎么描述他，他也感受不到了。尽管他没有留下一儿半女来悼念他，但他毕竟也结了这么多次婚，肯定还是有许多姻亲的。而我也不想在小说中伤害他们的感情。而且他待人和蔼可亲，曾两度生活于怀特岛上，在那里肯定也会有很多朋友的。他们在那里参加手工劳动，大嚼乔治五世时期的面包。如果我在书中对他们说了尚有得罪的话，在此，我对他们真心地表示歉意。而我为自己找到的辩解是，莫蒂默·埃利斯只是个小说中的幽默人物而已。如果有人硬要对号入座，为这样一个人物打抱不平的话，他们怎么发泄都不会有人阻拦的。但我在小说中称之为莫蒂默·埃利斯的这样一个人物也需要有人来为他写编年史。也许有人会说，他这样一个重要的大人物还轮不到我这样一个小人物来描写。但不要忘了，不管他是一个多么重要的大人物，他也是一个人。因此，他也必然会成为作家在小说中写作人物的一个原型。既然老天爷造就了一个滑稽的小丑，那他也就没有理由去抱怨人们拿他取乐。如果一个作家尽自己最大的努力将他真实地描绘出来，目的是让同时代的人们有所娱乐，那他也同样不应该有什么抱怨了。他这样也就实现了自身的价值。

我们对一部小说不应过于苛求。一部小说的平均寿命也就是九十天而已。如果在这短短的三个月内一本小说能为读者带来些许消遣，那就放过它吧。

贞　洁

几乎没有任何东西能与一支高档雪茄的滋味相媲美。我年轻的时候很穷，只有偶尔别人送我一支我才能过过烟瘾。我当时暗自打定主意，一旦有了钱，我一定每天午饭和晚饭后都美美地吸上一支雪茄。说起来，我年轻时定下的目标中，也就这件事实现了。而我梦想得到的东西中，也就这件事始终没有失去，这让我颇感欣慰。我喜欢那种味道厚重但又不太冲的雪茄，烟的长度要适中。雪茄过短的话，你还没有品出滋味，烟就吸没了；雪茄过长的话又会让你感到厌烦。雪茄烟卷的松紧也要正好。过紧的话吸起来费力，过松的话，吸到最后，嘴上就只剩下一小片残破的烟叶了。只有这样一支雪茄，吸完之后，你才会有一种意犹未尽的感觉。当你吸完最后一口，扔掉残剩的烟蒂，望着眼前渐渐消逝于周围空气中的最后一缕烟雾时，如果你是一个感性之人，想到为了你这半个小时的满足，凝结在这支雪茄上的辛苦劳动、烦恼与痛苦，还有所必需的复杂的生产组织与种种难题，现在都随着这支雪茄的消逝而灰飞烟灭了，你就一定会产生一种伤感之情。对我这样一个常年在热带阳光的灼烤下汗流浃背，乘船走遍了七大洋的人而言，喝着半瓶干白葡萄酒，吃着一打牡蛎，这种伤感就更加强烈了。如果将牡蛎换成羊排，这种感伤之情就会强烈得让人难以承受。因为羊是一种动物。你不禁要想了，自打地球表面有了生物，又经过了亿万年的变迁，动物们经过无数代繁衍的结果就是它们最终被切成一条条的肉，码放在底部有碎冰的盘子上，或置于银质烤肉架上。也许嘴里嚼着一只牡蛎难以让你产生这种极端严肃的联想。我们通过生物进化的知识知道，这种双壳类生物千百万年来几乎没有变化，因而难以获得人类的同情。这种生物以一种超然的态度生活在地球上，简直就是对我们人类进取精神的一种冒犯；这种生物志得意满地躺在那里，让我们自负的人类顿生厌恶之情。但如果眼前是一盘羊排，恐怕所有人都会被激发出无限的遐思。在羊这种动物的进化历史中，处处可见我们人类的影子，我们在餐桌上温柔的一小口与这种动物密不可分。

有时想想，即使我们人类的命运也同样令人难以捉摸。看看身边那些不起眼的普通人，不论他们是银行职员、清洁工还是站在合唱团第二排人到中年的老姑娘，我们都会有一种好奇之感。我们不禁要想，人类是怎样从生命的原生浆液开始，经过漫漫的历史变迁与生命的演化，经过无数漫长的灾变事件，成了现在他们各自的样子？当这样巨大的兴衰变迁造就了我们现在的人类，你不禁要想，这些人的身上一定寄托着某种巨大的意义。你一定会想，无论这些人的生活中遇到了什么难事，与生命精神或造就了他们生命的事物相比，都是小事一桩。思路突然中断了。正想着世界的起源，你突然又想起了别的事情，似乎这两者之间没有任何联系。这简直就是个白痴在讲故事！如果不是这件事情有些稀奇古怪，情节又颇具戏剧性，谁还能在这里听我啰里啰唆讲这些琐碎之事呢？

一件本来也许不会发生的小事却产生了重大的后果，这真是谁也无法料到。似乎所有的事情都要靠机遇之缘。我们一个最细微的活动也许就能对他人的一生产生重大的影响，而这些人又与我们毫不相干。如果不是某一天我穿过了街道，我这里要讲的故事就绝不会发生。

生活有时真的是非常荒诞，只有特别有幽默感的人才能品味出其中的乐趣。

一个春日的上午，我正在邦德大街上无所事事地闲逛。到了中午的时候，我突然想起应该到索斯比拍卖行去看看，看是否有自己感兴趣的东西在拍卖。现在街上正堵车，我穿过拥堵的车辆，走到街道另一侧时，碰到了一个我在婆罗洲时认识的男人。他刚刚走出一家衣帽店。

“你好，莫顿，”我向他打招呼道，“你是什么时候回国的？”

“我回国大约有一星期了吧。”

他是一个民政事务专员。英属北婆罗洲总督给我写了一封认识他的介绍信。我就给他去信说，我打算在他那里待一个星期。我说打算住宿在政府开办的招待所内。当我乘船到达那里的时候，他到船上来接我，请我在这段时间里和他住在一起。我不同意他的安排。我无法同一个完全陌生的人在一起待一个星期，我也不想让他为我破费。此外，我想自己一个人住招待所会更自由一些。但他不听我的解释。

“我的住处有很多房间，”他说道，“而且招待所的条件很糟糕。此外，我已经整整六个月没有跟一个白种人说话了，我周围那帮人让我烦透了。”

当我跟莫顿乘坐汽艇上岸，回到他住的平房后，他请我喝了一杯。面对我这个客人，他有些手足无措。他突然感到有些窘迫，说话的语气也不自然了。我只能尽量营造出一种轻松的气氛，使他放松下来（但这是他自己的家，原本不该由我来这样做）。我问他有没有新唱片，他打开留声机，拉格泰姆的曲调响了起来，他这才恢复了自信。

他住所的客厅就设在大阳台上，从这里可以俯瞰蜿蜒而过的河流。客厅内的家具陈设非常呆板，与房主经常变换工作地点的政府官员的身份相衬。墙上挂着一些装饰品，包括当地人戴的各种帽子，还有各种动物的角、吹管和长矛；书架上则搁着侦探小说和旧杂志。客厅内还有一架立式小钢琴，琴键已经有些发黄了。客厅内虽说非常凌乱，但待着还算舒服。

不幸的是，我忘了他当时是什么模样了。他很年轻，我后来了解到他当时只有二十八岁。他有点儿像个大男孩，笑起来很迷人。我同他在一起待了一个星期，感觉很愉快。我俩一起到大河的上游和下游，一起去爬山。一天，我俩还同几个种植园主一起吃了午饭。这些种植园主居住在离这里两英里远的地方。每天晚上我们还去俱乐部玩。这家俱乐部仅有的会员是当地一家鞣酸加工厂的经理和他的助手。但他们之间关系密切，很少与外人往来。只是在莫顿提出抗议，说“我带了客人来，你们不能让我没面子”的情况下，他们才同意与我俩打一局桥牌，但气氛并不友好。我俩从俱乐部回到住处吃晚饭，听听音乐，之后就上床睡觉了。莫顿很少待在办公室办公。你会以为他的生活一定很沉闷，但他却是一天到晚精力充沛、情绪高昂。他是第一次出任这类职务，很高兴自己能够独立完成一项工作。他唯一感到焦虑的是在他督建的这条公路完工前，自己就会被调到其他地方去。他是发自内心地喜爱这项工作。是他提议修建这条公路，然后哄着当局拿出钱来由他负责督建这条公路的。他亲自勘察、测绘，独自解决了施工中出现的技术难题。每天早上去办公室之前，他都要开着那辆快要散架的旧福特车到施工现场转转，查看前一天的施工进度。他心中只有这一件事，甚至晚上梦见的都是这条路。他预测这条公路能在一年内完工，在完工之前他不想被调离。就是画家或雕刻家创作一件艺术作品也比不上他现在这么高的热情。我想，正是他的这股热情使我喜欢上了他。我喜欢他对工作充满热情，喜欢他的诚恳朴实。他为完成这项工作达到了忘我的地步，对自己孤独的生活，对自己是否能得到提拔，甚至对回国的事都无动于衷了。我忘了这段公路有多长，大概有十五到二十英里吧；我也忘了修这条公路的目的是什么，我想莫顿也不大关心修这条公路的目的。他就像一个艺术家完成一件艺术作品一样在专心致志地工作着，他是抱着征服大自然的目的去完成这项工作的，而在这个过程中他学到了知识。他要与热带雨林打交道，倾盆暴雨会将几个星期的施工顷刻冲毁，道路测量时也会出现种种问题。他要负责招募和组织施工队，而且还要面对资金短缺的难题。他靠想象力支撑着自己。他的工作就如同一部宏大的史诗，工作中的酸甜苦辣犹如有着无数情节的英雄传奇故事。

他唯一抱怨的事情是白日太短。白天他有公务。他是法官，也是税务官；在他满二十八岁后还成了所属教区的教父和教母，他要不时到各处去走访。除非他盯在施工现场，否则那些一心磨洋工的劳工们根本就不出活儿。他恨不得一天二十四个小时都待在工地上。碰巧我到那里不久就发生了一件使他非常高兴的事。他曾提出将这条道路的一段分包给一个中国人，但这个包工头要价太高，超过了莫顿的预算。经过了漫长的讨价还价，他们还是无法达成妥协。眼看着道路施工的进度无法完成，莫顿心中怒气冲冲，但却无可奈何。然而一天早上来到办公室后，他听说昨天晚上在一家中国人开办的赌场中发生了一起斗殴事件。一名中国苦力在斗殴中受了重伤，肇事者已经被逮捕。这名伤人者正是那个包工头。包工头被带到法庭，证据确凿，莫顿罚他做八个月的苦工。

“现在他还得去修这条该死的路，但一分钱也拿不到了。”莫顿告诉我这个故事的时候，两眼闪闪发光。

一天上午，我们看见了这个正在干活的家伙。他身着犯人们穿的布裙，冷漠地干着活。他泰然地接受了自己这种倒霉的命运。

“我告诉过他，如果道路能早日完成，我就免除他剩余的刑期，”莫顿说道，“他非常高傲，竟然拒绝了。其实这对我来说不是小事一桩吗，是不是？”

当我与莫顿告别时，我让他一回到英国后就联系我。他答应回国后第一件事就是给我写信。一个人可能会在一时冲动之下发出这类邀请，而另一人也可能完全是非常真诚地对待这件事。但如果一个人真把这件事当真了，则另一人就会感到有些惊愕。人们经常在回国后与他们在海外时完全判若两人。在海外时他们表现得平和、自然和友善。他们会有很多有趣的事告诉你，他们会对你非常友好。你会非常急于想做点儿什么，以此来表示自己对所受款待的感激之情。但真要回报起来却很难。有些人很善于当东家，他们会让客人有种宾至如归的感觉。但他们却可能是些乏味的客人。他们会表现得紧张和腼腆。当你把他们介绍给自己的朋友时，你的朋友们会认为他们乏味至极。你的朋友们会尽量表现得礼貌一些。但这些陌生人走后，朋友们会感到轻松多了，谈话又会恢复到惯常那种轻松的氛围。我想，那些早早就参加了工作，生活在边远地区的人对此会感受更深一些，因为他们从中得到的是苦涩和羞辱感。因此我发现，那些居住在深林边缘，在远离总部的分支机构工作的人很少接受别人的邀请。尽管这些邀请非常诚挚，他们自己当初也是非常真心地接受了邀请，但他们还是不会践约。但莫顿不同，他是一个年轻的单身汉。通常这些人的妻子们更难参与社交活动。其他女人只要扫一眼她们身穿的一点儿也不时髦的服装，看看她们的神态，就能知道她们是外省人，然后用冷漠的态度将她们晾在一边。而一个男人可以玩玩桥牌、打打网球，还可以跳跳舞。莫顿的气质很迷人，我毫不怀疑，只要有一两天时间，他就能适应这种环境。

“你回国了怎么不告诉我呢？”我问他道。

“我想，你可能并不愿意我去打搅。”他笑了。

“你真是在胡说八道。”

我们就这样站在邦德大街的路边说了一会儿话，当然在我看来他变化很大。我在他那里的时候，他从来都只穿一身卡其布的短衣短裤或网球衫，只有在晚上我俩从俱乐部回到住处后，他才会换上一件睡衣上装，下穿马来人穿的围裙来吃晚饭。这身装束可以说是迄今为止人类所发明的服装中，穿着最舒适的晚间服装了。现在他身穿一身蓝哔叽西装，显得有些拘束。在雪白衬衣领子的衬托下，他的面孔显得更黝黑了。

“那条路修得怎么样了？”我问道。

“修完了。我曾担心工程不能按时完工，耽误我回国的行程。快完工的时候遇到了一两个障碍，但我督促他们往前抢进度。我在回国的前一天开着那辆福特车从这条路的头跑到尾，一路都没有停车。”

我笑了。他高兴的样子很迷人。

“你回伦敦后都在忙些什么？”

“买衣服。”

“这段时间还好吗？”

“好极了。我有点儿孤单，这你知道。但我并不在意。我每晚都去看一场电影。帕尔默一家就要回伦敦了。我想你在沙捞越[1]时见过他们。我们打算一起玩玩。但他俩要先回苏格兰，因为帕尔默夫人的母亲病了。”

他的话虽然是轻描淡写，但却刺到了我的痛处。他们这类人都有这样共同的经历。这个经历让人想想就心碎。离回国还有好几个月的时间，他们就开始制定回国的计划；当他们离船踏上伦敦的土地时，他们会兴奋得难以自制。伦敦！这里到处都是商店、俱乐部、剧院和餐厅。伦敦！他们就要在这里生活下去了。伦敦！他们就要淹没于其中了。伦敦对他们而言是一个陌生而混乱的城市，没有敌意，但充满了冷漠，而他们就要迷失于其中了。他们在这里没有朋友，他们与这里的熟人没有任何共同之处。他们在这里比在丛林中更感孤独。如果在剧院碰上了一个他们在东方认识的熟人，他们会感到非常高兴（也许对方并不高兴，甚至感到他们这些人腻烦透了）。他们也许会约好在某个晚上见面，在欢声笑语中回味他们在一起时的快乐时光，谈论共同的朋友，最后还会相互透露一点儿自己当年的小秘密。当然过后他们也不会为此而后悔。当他们要分手的时候，他们还会约定下次见面的时间。他们会相互拜访对方的家庭，当然很高兴又见到他们的家人了。但今非昔比，环境已经不同了。他们会感到自己有点儿像是个局外人。他们最终意识到伦敦人的生活就是这样死气沉沉。当初回国确实令人感到非常快活，但现在他们却有些难以忍受这里的生活了。有时你会想念自己俯瞰河流的平房，想念自己当初在那里旅游的生活。那些在蓝色

① 马来西亚的一个州。

的月光下造访山打根[1]、古晋[2]或新加坡的日子是多么快乐呀。

我想起了莫顿当时对我倾吐的期望。当时他说，一旦公路完工，他就要请假回国。而现在他回到了伦敦，但他却是一个人凄凉地坐在一家没有任何熟人的俱乐部里吃晚饭，或者孤单单地在苏活区的一家餐厅，吃完饭就去看电影。看电影也是自己一个人，甚至没有人在放映间隙里陪他喝一杯。想到这里，我的心中一阵剧痛。同时我也想到，即使我知道他回到了伦敦，我也帮不了什么忙。上个星期我忙得一点儿工夫都没有。就在我要出国的头天晚上，我还在陪朋友吃饭和看一场电影。

“今晚你怎么安排的？”我问他道。

“我打算上布莱顿酒店去吃饭。那里经常是人满为患，难得订到一个座位。但路那头有一个很有本事的家伙，他给我预订了一个座位。当然那是别人推掉的。你知道，即使难于弄到两个退座，弄到一张退座还是不难。”

“你今晚过来跟我一起吃饭得了。今晚我要跟几个朋友一起在干草市场饭店吃饭。饭后我们要去席罗兹俱乐部玩。”

“那好啊。”

我们约定十一点见面。然后我与他分手去赴一个约会。

我有些担心今晚一起吃饭的朋友可能会让莫顿不大开心。但我实在想不出还有哪个年轻人在一年中的这个季节能被我抓住应应急。也想不出有哪个我熟识的姑娘乐于答应我，去陪一个腼腆的从马来亚来

① 又译“仙那港”，马来西亚东部一港口城市。

② 沙捞越州的首府。

的年轻人吃饭和跳舞。不过我相信毕肖普夫妇能够尽他们所能来帮他。不管怎么说，能有几个人在一家俱乐部里陪他吃晚饭，还能在那里看美女们跳舞，他一定很开心。这比他自己一个人在半夜十一点就回家上床睡觉强多了。因为他再也没有其他地方可去了。当我还是一个医学院的学生时，我就认识了查理·毕肖普。他那时长得又瘦又小，一头浅褐色头发，相貌平平。他虽然有一双又黑又亮的漂亮眼睛，却戴了一副眼镜。他红红的圆脸盘总是一副快乐模样。他非常喜爱美女。我想他们夫妇都没有钱，也没有朋友和亲人要陪着，在某些地方倒是很相配。他总能设法召集一帮年轻人，随他一起到各地去旅游。他人很聪明，但颇为自负，而且好争论，性子急。他说起话来总是带着一股挖苦人的味道。回过头来想想，我敢说当时的他是一个不那么好处的年轻人，但他并不招人讨厌。现在他大概有五十五岁了，大光头，身材见胖，但金边眼镜下的一双眼睛依然机敏而有神。他说话还是那么武断，甚至有些自负；还是好争论，还是带着那么一股挖苦人的味道；但他脾气很好，而且言语幽默。当这样一个人成了你的老朋友后，他的这些习性就不会再惹恼你了。你能容忍他的这些毛病，就如同能容忍自己的身体缺陷一样。他是一个病理学家。他经常送我他刚刚出版的、薄薄的书。书的内容非常专业，配有大量的细菌照片做插图。这些书我都没有读过。我从道听途说中了解到，查理的学术观点是错误的。我想他与同行们的关系也不太好。他毫不掩饰自己对同行们的看法，认为他们都是一些不称职的傻瓜。但他一直做着病理学家这份工作，这让他一年有六百至八百英镑的收入。我想，他对其他人对自己的评价完全不放在心上。

我喜欢查理·毕肖普这个人，因为我与他相识三十年了；但我也喜欢他妻子马热丽，因为她人非常好。当他告诉我他要结婚了的时候，我感到非常出乎意料。当时他四十出头，且用情不专。因此我当时断定，他恐怕要打一辈子光棍了。他非常喜欢女人，但一点儿也不投入感情。他也并不特别在意要哪一类型的女人。他对女性的评价在理想主义盛行的当今会被认为是粗俗的。他知道自己需要什么，只要能满足身体的需要就行。如果哪个女人想要从他这里得到爱情或金钱，他就会耸耸肩膀，转身走人。简言之，他并不需要女人来满足自己精神上的理想，只要能跟他私通就行。尽管他又瘦又小，长相平平，但奇怪的是，有许多女人居然甘愿让他遂意。至于自己精神上的需求，他能够从单细胞体中得到满足。他是一个说话总是直奔主题的人。当他告诉我要与一个叫马热丽·霍布森的年轻女人结婚时，我当即问他为什么。他咧嘴一笑。

"有三方面原因，"他说，"首先，我不跟她结婚，她就不跟我上床；其次，她能让我开心，能让我笑得肚子痛；第三，她无依无靠，没有一个亲人，必须有人来照顾她。"

"第一个理由你是在炫耀，第二个理由是空话，第三个才是真正的原因。看来你已经完全听凭她的摆布了。"

他的双眼在一副大眼镜下闪闪发光，但很温柔。

"你这家伙，什么事都能一眼看穿。"

"你现在不仅对她百依百顺，而且还为此扬扬得意。"

"明天过来吃午饭，认识认识她。她长得不难看。"

查理是一家不限男女的俱乐部的会员。那时我也经常出入这家俱乐部。我们约定明天在这家俱乐部吃饭。我发现马热丽是一个非常吸引人的年轻女人。那时她快满三十了，很有修养。这让我很高兴，同时也有几分吃惊。因为查理通常只对那些不太有教养的女人感兴趣，这一点逃不过我的眼睛。她的长相虽说不上多好，但挺标致，有一头漂亮的黑发和一双漂亮的眼睛。肤色白皙，看起来很健康。她说话非常率直，让人听起来很舒服。她看起来是一个诚实、单纯、可信任的人。我立即就喜欢上了她。跟她说话很轻松，虽然她并没有说什么奇言妙语，但她善解人意。对别人说的笑话，她马上就能领悟其中的可笑之处，而且她还是一个爽朗之人。她留给人们的印象是能干和务实。她的快活和平和说明她有一个好脾气，而且悟性很高。

他们俩似乎对彼此非常满意。我第一次见到她时，曾自问过：为什么马热丽要嫁给这样一个脾气暴躁的小个子？他不仅已经开始谢顶，而且也不年轻了。但我很快就发现，答案是她爱这个男人。他俩经常互相揶揄，然后哈哈大笑；他俩的目光不时相对，眼神意味深长，似乎在传递只有他俩才能理解的信息。这真是有些感人呢。

一个星期后，他俩就在一家结婚登记处办理了结婚手续。这桩婚姻非常美满。十六年后的现在回味起来，想到嬉闹使他俩结合在一起，我还禁不住要同情地窃笑一番。他们非常恩爱，虽然经济上始终不很宽裕，但却其乐融融。他们没有什么远大的抱负，生活对他们而言就像是永远没有尽头的野餐。他俩住在潘通大街的一处公寓内，是我所见过的最小的公寓了，包括一间小卧室、一间小客厅和一个卫生间。但他俩没有家的观念。他们通常只在公寓吃早点，而去饭馆吃饭。这里只是他俩睡觉的地方。他们的小家布置得很舒适，只是来个客人喝杯掺苏打水的威士忌时，房间就显得拥挤了一点儿。马热丽雇了一个按日付薪的清洁女工，将房间打扫得非常整洁。只是查理邋遢惯了，对此感到有些不大适应。室内的所有设施几乎都是两人共用的。他俩还有一辆微型轿车，只要查理休假，他俩就会钻进汽车到欧洲大陆去旅行。每人一个大袋子就能把所有的行李都装进去了，想上哪就去哪。如果路上车坏了他俩也从不烦恼。遇到了坏天气就当作一件开心的事；就是轮胎爆了，他们也只当是又出了一桩笑话。如果迷了路，不得不在野外过夜，他俩就会把这视为最快活的一天。

查理仍然是好争论，脾气暴躁。但马热丽总能保持着平和的态度。她只消一句话就能使他冷静下来，再说几句就能使他笑起来。她为他撰写的关于鲜为人知的细菌论文打字，从科学杂志中寻找资料。有一次我问他们吵过架没有。

“没有，”她回答道，“我俩似乎从来没有什么要吵的。查理的脾气好极了。”

“胡说，”我反驳道，“他是个蛮横、好斗、坏脾气的家伙，他从来都这样。”

她看看自己的丈夫，咯咯地笑了。我明白她认为我是在开玩笑。

“他是在说胡话呢，”查理说道，“他是个傻瓜透顶的笨蛋，他甚至都不知道自己在胡说些什么。”

他俩在一起的时候非常甜蜜，非常享受对方的陪伴。只要有可能，他俩就尽量待在一起。尽管都结婚很长时间了，每天中午查理还是开车到城西，与马热丽在一家餐厅一起用餐。如果有人请他俩到乡间去度个周末，马热丽就会写信给女主人，询问是否能为他俩准备一张双人床。如果行的话，他俩就会欣然接受邀请。人们常常为此而善意地取笑他俩，但嗓音可能会带有几分怪声。他俩在一起睡了这么多年，但还是不能各自分开去睡。一般人可能都会对此感到有点儿尴尬。通常来说，丈夫与妻子不仅会在各自的卧室睡觉，如果要让他们共用一个卫生间，他们恐怕都会不高兴。现在一般人家的卧室都是单人间，但如果你要邀请毕肖普夫妇到你家做客暂住的话，一定要准备一个有双人床的客房。这在他俩的朋友圈子中已经人所共知。当然有些人认为他俩这样做不大合适，但满足他俩的这个要求并不麻烦。而且他们夫妇俩都讨人喜欢，满足这个怪癖还是值得的。查理总是精神头十足，说话带着一股嘲讽的味道，非常有趣。马热丽娴静而随和。能请到他俩来做客，是一件让人感到快活的事情。而对他俩而言，没有什么能比俩人在乡间漫步更惬意的了，他俩常常走出很远。

一个男人结婚后，或早或晚都会疏远他的老朋友。但马热丽正相反。她反而使查理与朋友的关系更近了。她不仅使他更能容忍别人，也使他成为了一个更合群的人。让人忍俊不禁的是，他俩不像是一对已婚的夫妇，倒像是一对在一起生活的中年光棍。一般情况下都是六七个男人在争论和打趣，开着下流玩笑，而只有马热丽一个女人陪着他们。她在场不仅不会使他们感到拘束，反而使他们更开心。只要我回到英国，我肯定会去看望他俩。他们一般都在我前面提到的俱乐部吃饭。如果我有空的话，我就会与他俩一起用餐。

那天晚上我与他们夫妇俩一起吃点心，然后我们要一起玩一会儿。我告诉他俩，我已经邀请莫顿过来吃晚饭。

“他这个人可能有点儿乏味，”我解释道，“但他是一个非常正派的小伙子。我在婆罗洲的时候，他待我非常好。”

“你为什么不早点儿告诉我？”马热丽嚷道，“要不我会带个姑娘来的。”

“找个姑娘来干吗？你不在这嘛。”

“我想，让一个小伙子跟我这么大岁数的女人跳舞，他不会很开心。”

马热丽说。

“胡说八道！岁数跟跳舞有什么关系！”查理转过身来对我说道，“跟你跳过舞的女人中，有比她跳得更好的吗？”

答案当然是肯定的了。但她的舞确实跳得很好。她的舞步非常轻盈，而且节奏感把握得非常好。

“从来没有。”我语气诚恳地说道。

我们三人到达席罗兹俱乐部的时候，莫顿已经在那里等我们了。他穿着晚礼服，显得肤色更黑了。也许是我知道这些西装已经在一口铁皮箱中，伴着卫生球躺了四年的缘故，我总觉得他穿着西装有些不自然。他肯定还是身着卡其布的短衣短裤更感轻松自在一些。

查理·毕肖普是个健谈的人，喜欢一个人说个不停。而莫顿却有几分腼腆。我给他要了一杯鸡尾酒，还要了点儿香槟。我感觉他可能想要跳舞，但不知他是否想到可以请马热丽跳。我深深地感觉到了我们之间的代沟。

“我想应该告诉你，毕肖普夫人可是一个跳舞高手啊。”

“是吗？”他的脸有几分涨红了，“能否请您跳支舞？”

她站了起来，俩人开始跳舞。那天晚上她的衣着看起来不仅是时髦，简直可以用美妙一词来形容了。我估计她那身很普通的黑色服装价值顶多不过六个金币，但穿在她身上，却使她显得像个贵夫人。她的腿型非常好看，而当时流行非常短的裙子，因此她得以受益其中。我猜她可能化了点儿淡妆，但与其他女人对比之下，看起来非常自然。她留着短发型，头发乌黑锃亮，没有一根白发夹杂其中。这个发型很适合她。她的长相称不上漂亮，但她待人的亲切态度，她精神饱满的神态，她健康的身体都给你一种感觉，感到她是一个漂亮的女人。至少你也会认为她长得漂亮还是不漂亮都没有关系。她跳完舞回到座位上后，眼睛闪闪发光，脸色绯红。

“他跳得怎么样？”她丈夫问道。

“好极了。”

“您的舞跳得也很好，与您搭配非常轻松。”莫顿说道。

查理又开始了他滔滔不绝的演讲。他说起话来讥讽中带着幽默，他之所以让人感到有趣，就是因为他先被自己的话给迷住了。但他所说的话莫顿是一无所知。虽然莫顿出于礼貌摆出一副感兴趣的样子，但我可以看得出，欢快的气氛让他非常激动，他注意更多的却是音乐和香槟，而不是谈话。当舞曲声再次响起来的时候，他立即探寻地瞅瞅马热丽。查理看出了他的意思，笑了。

“再跟他跳一曲，马热丽。跳舞也能锻炼身体，我乐意你去。”

他俩又去跳舞了。查理用爱恋的眼神瞅了她一眼。

“马热丽今天很开心。她非常喜欢跳舞，可我跟她跳舞就喘不上气来。这个小伙子不错。”

我的小小派对很成功。当我和莫顿同毕肖普夫妇告别后，我俩一同步行前往皮卡迪利广场。在路上他非常真切地对我表示了感谢。他说自己真的非常喜欢这个聚会。我与他挥手告别。第二天早上，我就出国了。

我为自己不能帮莫顿更多的忙而感到遗憾。我知道等我回到英国的时候，他可能正在返回婆罗洲的路上了。我不时会想起他。但到了秋天我又回到英国后，我已经把他忘到脑后去了。大约在我回到伦敦一个星期左右的时候，一天晚上，我偶然到查理·毕肖普也是会员的那家俱乐部去玩，看到他正与三四个男人一起坐在一张桌子前，而这些人我倒认识，所以我走上前去。我这次回来后还没见过这些人。其中一个人叫比尔·马什，他妻子珍妮特是我的老朋友了。他邀请我一起喝一杯。

“你上哪去了？”查理问道，“最近一直没有看到你。”

我立刻注意到查理喝醉了。我非常吃惊。查理喜欢喝口酒，但他很有分寸，从来都不喝高。时光荏苒，我俩都很年轻的时候，他偶尔也喝醉过。也许这件事最能说明他的伟大，而把他年轻时偶尔喝过量的事翻出来不大公平。但在我的记忆中，查理只要喝醉了就会丑态百出。他会显得更加盛气凌人。他的话也更多了，说话的声音也更大了，他会更爱吵架了。他现在就是这样，说话武断，指手画脚，鲁莽地就下了结论，听不得他人的不同意见。其他人知道他喝醉了，一方面对他无理搅三分的劲儿感到生气，一方面又觉得他既然喝醉了，就不要与他计较了。他是一个很难相处的家伙。他这么大岁数了，有点儿发福，还秃了顶，戴着一副眼镜，却醉得一塌糊涂。正常的时候他都是衣冠楚楚，但现在却是衣衫凌乱，全身沾满了烟灰。查理叫服务生过来，又要了一杯威士忌。这个服务生已经在这家俱乐部工作了三十年。

“您桌上还有一杯呢，先生。”

“让你干啥你就干啥，”查理·毕肖普说道，“马上给我拿两杯威士忌来，否则我就要投诉你怠慢客人。”

“好吧，先生。”

查理端起桌上的那杯威士忌，一饮而尽。但他的手有些颤抖，因此有一些酒洒落到身上。

“好了，查理，老伙计，咱们该走了。”比尔·马什说道。然后他转身对我说：“查理今天来这里的时间不长。”

这就更奇怪了。我感到有什么事不对劲，但最好还是什么都不说。

“我这就走，”查理说道，“但我走之前要再喝一杯。这样我今晚就能睡个好觉了。”

在我看来这个聚会没有马上散伙的意思，因此我站了起来，说我要走着回家了。

“我说，”看我要走，比尔说道，“明天晚上你过来跟我们一起吃饭，好不好？就我、珍妮特和查理三个人。”

“好的，我很高兴过来。”我答应道。

肯定是有什么事了。

马什夫妇住在摄政公园东侧的一排住房内。为我开门的女佣将我让进马什先生的书房。他正在那里等我。

“我想在你上楼前最后还是与你唠几句，”他一面与我握手一面说道，“你知道马热丽把查理给甩了吗？”

“是吗？不知道啊。”

“他对这始终不能释怀。珍妮特认为让他自己一个人待在那套凌乱的小公寓内太残酷了，因此我俩邀请他到我们这里住一段时间。我们尽可能地安抚他。他这段时间喝酒没个够。他失眠有两个星期的时间了。”

“她不会永远离开他吧？”

我感到非常震惊。

“她是要这样。为了一个叫莫顿的家伙，她简直疯了。”

“莫顿？哪个莫顿？”

我压根儿也没有想到他可能是我在婆罗洲认识的那个朋友。

“该死，还问呢。是你介绍的他。看你做的这件好事吧。现在咱俩上楼去。我想最好还是让你先明白一下自己的处境。”

他推开门，我俩走出书房。我心里七上八下的。

“但你给我解释解释。”我说。

“去听珍妮特解释好了。她了解事情的前后经过。这件事真让我莫名其妙。马热丽干的这件事让我无法容忍。他这下肯定垮了。”

他引着我走进客厅。我进屋后，珍妮特·马什站起身，走上前来欢迎我。查理正坐在窗前，读着晚报。看到我走到身边，他把报纸放到一边，同我握握手。他十分清醒，说话依然是那种快活的语气。但我注意到他看起来状态很差。我们喝了一杯雪利酒，然后走下楼去吃饭。珍妮特是个精力十足的女人。她个子高挑，容貌姣好。她机警地使谈话持续进行下去。当我们几个男人要去喝杯葡萄酒的时候，她命令我们不许超过十分钟。比尔平时是一个沉默寡言的人，现在却要千方百计找话说。我恍然大悟。我刚才光想着到底出了什么事，却没有意会到他们夫妇的苦心。显然，马什夫妇是不想让查理陷入到沉思中去，因此，我尽力说些有趣的事，查理似乎也愿意尽量配合我们。他总是喜欢滔滔不绝地说个没完。现在，他又站在一个病理学家的角度，开始分析最近发生的一起谋杀案。这起案件已经开始引起公众的注意。但他的话听起来干巴巴的。看来他现在干什么都没有心思了。你会感觉到他为了回应主人的好意而强迫自己说话，但他的心思在别的地方。这时头顶上的地板跺响了，这是珍妮特不耐烦的信号，我们大家都感到如释重负。这种场合最需要一个女人来缓解气氛了。我们走上楼去，一起打了会儿桥牌。时间很晚了。当我要与他们告别的时候，查理说他要送我一程，可以一直走到马里波恩路尽头。

“查理，现在太晚了，你最好还是上床睡觉吧。”珍妮特说道。

“我睡觉前散散步，这样能睡得实一些。”他回答道。

她有些担心地瞅瞅他。但一个年岁已到中年的病理学教授要出去走走，你是拦不住的。她眼睛一亮，瞅了一眼她丈夫。

“我想比尔也该去散散步。”

我想这句话不大明智。女人们往往有点儿过于独断专行了。查理不高兴地瞅了她一眼。

“完全不需要比尔跟我们出去。”他口气坚决地说道。

“我一点儿也不想出去。”比尔笑着说道，“我累坏了，要上床睡觉了。”

我想，我俩出去后，比尔·马什跟他妻子一定会拌几句嘴。

当我俩沿着栅栏向前走去的时候，查理对我说：“他们两口子对我太好了。如果没有他们，我真不知道自己会干些什么蠢事。有两个星期我都没有合眼。”

我对此表示遗憾，但并没有询问原因。我俩就这样静静地走了一段路。我猜他和我一起出来是想要告诉我这件事的来龙去脉。但我感到他并不急于讲述。我急着要表达我的同情，但又担心说错了地方。我不想让自己表现得似乎要急于使查理失去自信。我不知道该怎样引导他说这件事。我相信他也不需要别人去引导。他不是一个说话拐弯抹角的人。我想他是在考虑怎么说才好。我们走到了街道的拐角处。

“你可以在前面的教堂打到出租车，”他说，“我再溜达一会儿。晚安。”

他点点头，然后没精打采地走了。我简直是惊呆了。我无可奈何，只能继续向前走，直到打了一辆出租车。第二天早上我正洗澡呢，电话铃声响了起来。我在身上裹了一条毛巾，就浑身湿漉漉地跑出来接电话。电话是珍妮特打来的。

“喂，你对这一切怎么看？”她问道，“昨晚你跟查理一起待了很长时间啊。我听说他回家的时候已经是凌晨三点了。”

“他在马里波恩大街就跟我分手了，”我回答道，“他什么也没跟我说。”

“是吗？”

珍妮特的语气中透露出她想要跟我长唠一阵。我猜她是在用床边的电话。

“我正在洗澡呢。”我赶紧说。

“哦，你在洗澡间安了一部电话？”她热情地问道。

“没有。”我赶快而坚决地回答，心里有几分不快，“我把地毯都弄湿了。”

“哦！”我感到她的语气中有些失望，还有一点儿不高兴，“好吧，什么时候我可以见你？你能在十二点的时候来一趟吗？”

这个时间不太方便，但我不打算跟她争辩了。

“可以，再见。”

我不容她再说什么就把电话挂断了。天堂里的人们打电话时肯定也是一句废话也没有。

我很挺喜欢珍妮特。但我知道一旦她的哪个朋友遇到了不幸的事，她是最感兴奋了。她是真为这些朋友着急，真心实意地想要帮助他们。但她总要深深地卷入这些事情里面。她是一个人在逆境中的朋友。她愿意卷入别人遇上的麻烦事，乐此不疲。只要有谁的伴侣出了一桩风流韵事，她就肯定会来对你表示同情，并成为你的知己；谁家要是闹离婚，她肯定也会在里面插一手。而她同时又是一个很不错的女人。第二天中午，珍妮特将我让进客厅。看着她急不可耐的样子，我禁不住偷偷乐了。她对毕肖普的不幸极为不安，但这件事很刺激，如果能遇上一个人，她能把这件事的前前后后都告许他，她会乐死了。珍妮特期待这场谈话，就像一个母亲期待与家庭医生讨论她已婚女儿的第一次月子一样。珍妮特知道这件事很严重，她也不可能轻看这件事。她打定主意要从这件事中挖掘出所有的快乐。

“我想，当马热丽告诉我，她已经打定主意要与查理分手时，没有谁比我更感震惊了。”她非常流利地说道。一个人只有一字不落地把这句话至少说上十来遍，才能达到这种流利程度。“他俩是我所认识的人中关系最密切的一对了。他们一见如故,缔结了一桩完美的婚姻。当然，比尔和我的关系很不错，但我俩也要不时地大吵一顿。我想，我有时真想杀了他。”

“我对你与比尔的关系一点儿兴趣都没有，”我说道，“跟我说说毕肖普夫妇的关系吧。我过来就是想听这个的。”

“我就是感觉要见见你。你是唯一能把这件事解释清楚的人。”

“哦，上帝，千万别这么说。如果不是前天晚上比尔告诉我，我对这件事一无所知。”

“是我让他先告诉你的。我突然想到你也许还不知道这件事，我担心你冒冒失失地说错话。”

“你就从头说起吧。”我说道。

“好吧，就从你开始吧。不管怎么说，你是这场麻烦的始作俑者。你向他俩介绍了这个年轻人。这也是我为什么急着见你的原因。你非常了解这个人，而我从来没有见过他。我对他的所有了解也就是马热丽告诉我的那些话。”

“你几点吃午饭？”我问道。

“一点半。”

“我也是在这个时间吃午饭。接着讲这个故事吧。”

但我的话使珍妮特有了一个主意。

“听我说，你把你订的午餐退掉，我也退掉。咱俩可以在这里吃点儿便餐。我这里还有一些冷盘肉，这样咱俩就不用着急了。我三点钟去做头发，这样我们就有的是时间了。”

“别，别，别。”我连忙拒绝，“我不同意这个主意。我至多只能待到一点二十分。”

“那我就只能简单说了。你认为格里这个人怎么样？”

“谁是格里？”

“格里·莫顿。他的名字叫杰拉尔德。”

“这我哪知道？”

“你跟他在一起待过。他的住处没有什么信件吗？”

“可能有，但我不可能碰巧去读这些信。”我回答的语气有些辛辣。

“别说这样的蠢话了。我指的是信封。他是一个什么样的人？”

“好吧。他有点儿像吉卜林。你知道这个类型的人是什么样。他工作非常卖力，为人真诚，是为大英帝国扩张疆土立下汗马功劳的人。”

“我说的不是这个意思。”珍妮特有点儿不耐烦了，大声说道，“我是说，他长得怎么样？”

“我想，他长得很普通。当然，如果我再次见到他，我还能认出他来。但我无法把他非常清晰地描绘出来。他看起来很干净。”

“哦，上帝，”珍妮特喊道，“你还是不是一个小说家了？他的眼睛是什么颜色的？”

“这我不知道。”

“你肯定知道。你跟任何一个人在一起待上一个星期，都不可能不知道他的眼睛是蓝色还是棕色。他的皮肤是黑还是白？”

“既不太黑，也不太白。”

“他的个子是高还是矮？”

“我想应该算中等个吧。”

“你故意想惹我发火吗？”

“绝对不敢。他确实就是一个普通人。他身上没有任何地方能引起你的注意。他长得既不丑，也算不上英俊。他看起来很正派，像是个绅士。”

“马热丽说他长得很可爱，笑起来很迷人。”

“可能是这样。”

“他疯狂地爱上了她。”

“你是怎么得出这个结论的？”我冷淡地问道。

“我看过他写的信了。”

“你是说她把他写的信都给你看了？”

“这有什么奇怪吗？当然是了。”

对于一个男人来讲，他们对女人们将他们的隐私泄露给他人总是感到难以保持克制。这些女人真是不知廉耻。她们可以在一起谈论男女间最私密的事情而丝毫不感到尴尬。庄重是男性特有的美德。一个男人虽然知道这一点，但每逢女人们做出缺乏矜持之事的时候，他还是感到极为震惊。莫顿的信件不仅是被马热丽读了，珍妮特·马什也跟着读了，而且马热丽把他迷恋于她的状况也逐日随时告知了珍妮特。

根据珍妮特的描述，他对马热丽是一见钟情。自打他俩在席罗兹俱乐部我的那个小型晚餐聚会上相识后，第二天早上他就给她打电话，邀请她过来，找一个能跳舞的地方跟他一起吃早点。我一边听着珍妮特的故事，一边想，她的叙述显然是根据马热丽的描述而来。我决定不带偏见地听下去。让我感到有趣的是，珍妮特同情的一方是马热丽。当马热丽抛弃了她的丈夫后，是珍妮特出主意让查理跟他们在一起住两三个星期，免得他孤零零地待在那个小公寓内，一个人伤神。珍妮特对他照顾得也确实非常到位。她几乎每天都陪查理吃午饭，因为他已经习惯了每天都与马热丽一起吃午饭。她每天都陪他到摄政公园去散步，让比尔在周日陪他打高尔夫球。她非常耐心地听他讲自己不幸的故事，尽其可能给他抚慰。她为他感到非常难过。尽管如此，她显然是站在马热丽一边。当我表示不赞成她这样的做法时，她气势汹汹地申斥我。这件事让她非常兴奋。她从一开始就参与到这件事中。开始时，马热丽面有得色，又犹疑不决地到她这里，微笑着告诉她，自己有了一个相好的年轻人；直到最后，马热丽怒气冲冲又心神不宁地来到她这里，宣布自己再也无法忍受了，已经带着自己的行李离开了公寓。

“当然，起初我也无法相信自己的耳朵。”她解释道，“你非常了解查理与马热丽。他俩简直就是形影不离。他俩的关系这样亲密，别人禁不住都要笑话他们了。他这样一个矮小的男人，我从来都不认为有什么吸引力。但我无法不喜欢他，因为他对马热丽太好了。我有时甚至有些嫉妒她。他们没有钱，住的地方也是一片混乱。但他俩非常快活。当然，我从没想过他俩的关系会出现问题。马热丽也只是把这当作一件有趣的事而已。她对我说：‘自然我没有非常认真地对待这件事。但到了我这样的年龄还能有一个年轻人来追求，确实让人感到开心。

已经有好多年没人给我送鲜花了。我告诉他不要再送了，因为查理会认为这样太傻帽了。他在伦敦没有任何亲人和朋友，而且他喜欢跳舞。他说跟我跳舞就像在做一场梦。他总是自己一个人去电影院太凄惨了。我俩一起看了两次日场电影。每次我答应与他一起出去时，他那副感激的样子真让人可怜。’她接着说道：‘我知道你能理解我。你不会责怪我吧？’‘当然不会，亲爱的。’我这样回答她，‘你对我还不了解吗？我要是处在你这样的情况下，也会这样做的。’”

马热丽并不向她丈夫隐瞒她与莫顿出去游玩的事。而查理只是宽厚地揶揄一番她和男友的事。但查理认为莫顿是一个非常彬彬有礼、讲话讨人喜欢的小伙子，很高兴在自己忙碌的时候，能有个人陪着马热丽一起玩。他从未吃过莫顿的醋。他们三人还一起吃过几次饭，还一起看了一场电影。但不久后格里·莫顿就恳求马热丽在晚上单独跟他出去。马热丽说这不可能。但他不断恳求，让她不得安宁。最后，有一天她找到珍妮特，让她帮忙给查理打电话，叫他晚上过来吃饭，并告诉他要打桥牌，独缺他一人。查理从不在晚上撇开妻子，一个人外出。但马什夫妇是他的老朋友了，而珍妮特又特别重视这件事。珍妮特编造了一些荒诞无稽的借口，让这个聚会看起来很重要，使查理无法不参加。第二天马热丽与她见了面，告诉她昨晚妙极了。他俩一起在梅登黑德饭店吃的饭，还跳了舞，然后在夏日的深夜开车回家。

“他说他疯狂地迷上了我。”马热丽这样告诉她。

“他吻你了吗？”珍妮特问道。

“当然吻了。”马热丽咯咯地笑道，“别说傻话了，珍妮特。他非常可爱，性格非常好。当然，我并不全信他对我说的话。”

“亲爱的，你不会爱上他了吧？”

“我已经爱上他了。”马热丽回答说。

“亲爱的，这不是要有点儿难办了吗？”

“这场恋情不会很长的。他秋天就要返回婆罗洲。”

“哦，你现在确实显得年轻了好几岁。”

“这我知道，我自己也感觉年轻了好几岁。”

不久，他俩就每天都要见面了。他俩在上午见面，然后一起到公园去散步，或者一起去美术馆。中午时分他俩就分手了。因为马热丽要陪她丈夫一起吃午饭。午餐后他俩又会一起开车去郊外兜风，或者开到河边的一处地方。这些事马热丽没有告诉她丈夫。她很自然地认为他无法理解。

“你怎么就从来没有见过莫顿呢？”我问珍妮特。

“哦，是她不让我见。你看，我跟马热丽属于同一代人。我完全能理解她的这个做法。”

“我明白。”

“当然，我是尽可能帮她的忙。只要她跟格里出去时，她总是借口上我这来。”

我是一个非常注重细节的人。

“他们俩就没有做出轨的事吗？”我问道。

“哦，没有。马热丽不是那种人。”

“你怎么知道的？”

“如果真有这种事，她会告诉我的。”

“我猜她应该干了这样的事。”

“我当然问过她。但她断然否认了。我相信她对我说的是实话。她俩之间从来没有发生这类事。”

“对我来说似乎有点儿难以理解。”

“这你知道，马热丽是一个品质非常好的女人。”

我耸了耸肩膀。

“她对查理绝对忠诚。无论如何她都不会欺骗他。她不能忍受自己有任何瞒着查理的念头。当她意识到自己爱上了格里时，马上就想把这件事告诉查理。我当然恳求她别这样做。我告诉她，这样做不会有任何好处，只能使查理感到伤心。不管怎么说，这个小伙子两个月后就要走了。把一件不会持续很长时间的事闹得满城风雨的不会有什么好处。”

但格里返程的日子越来越近，这促使了这个事件的爆发。毕肖普夫妇早已计划像往常一样出国去旅行。他们这次打算驾车穿越比利时、荷兰和德国北部。查理忙着寻找各地的地图和旅游手册。他从朋友们那里收集到了旅馆和道路的信息。他盼着自己的这个假期，像一个中学生一样兴奋不已。马热丽沮丧地听着他议论这次旅行。他俩要离开四个星期，而格里在九月份就要乘船走了。她与格里在一起的时间本来就不长了，现在又要浪费掉这么长一段时间。这让她难以忍受。她想起这趟驾车旅行就生气。随着假期一天天逼近，她的情绪也越来越不安。最终，她决定只能跟他摊牌了。

一天，他正在跟她谈论刚听人说起的一家餐厅，她突然打断了他的话。“查理，我不想进行这次旅行了。我希望你另找个人跟你一起去。”

他目瞪口呆地望着她。她对自己刚才脱口而出的话感到吃惊，嘴唇也有些颤抖了。

“为什么？出什么事了么？”

“没什么事。我就是不想去了。我想自己一个人待一段时间。”

“你感觉不舒服吗？”

她从他的眼神中看到了突然降临的恐惧。他的关心使她更加难以忍受。

“我感觉挺好。我的一生中都没有这么好过了。我爱上了一个人。”

“你？你爱上谁了？”

“格里。”

他极为震惊地看着她。他无法相信自己的耳朵。而她误解了他的表情。

“责怪我也没有用。我不由自主地就爱上了他。他几个星期后就要走了。我不想把这点儿宝贵的时间浪费掉。”

他突然大笑起来。

“马热丽，你怎么这么傻呀？你的岁数差不多可以做他的母亲了。”

她的脸红了。

“他也同样爱我。”

“他是这样告诉你的吗？”

“他这样说了无数遍。”

“他是一个该死的骗子，就是这么回事。”

他咯咯地笑个不停。他的胖肚子乐得直抖。他认为这是一个天大的笑话。我猜查理这样对待他妻子的方式不对。珍妮特似乎认为查理应该表现出体贴和同情的态度。他应该能够理解这件事。我看得出来，她认为应该出现这样的情形：查理嘴唇紧绷，默默地伤心，最后宣布两人断绝关系。女人对他人表现出来的自我牺牲之美总是非常敏感。如果他勃然大怒，打碎一两件家什（当然，他还会买一件新的补上），或者朝马热丽的下巴重重地打上一拳，珍妮特也会对他表示同情。但对她进行嘲笑却是不可原谅的错误。对于一个矮胖的、年龄已达五十五岁的病理学教授而言，要让他像一个洞穴人一样对突然的变故做出反应，这也太难了一点儿。但我并没有指明这一点。不管怎么说，他俩预定去荷兰的旅行取消了，毕肖普夫妇在伦敦度过了八月份。他俩都不怎么开心。他俩的中饭和晚饭依然在一起吃。因为这么多年来形成的习惯难以改变。而其余的时间则是马热丽与格里一起度过。她与他在一起的时间极大地弥补了她所忍受的痛苦。查理喜欢开粗俗的玩笑，对她和格里百般挖苦嘲弄，以此为乐事。他断然拒绝严肃地对待这件事情。他为马热丽如此愚蠢而发火，但显然他从未想过她会干不忠于自己的事情。对此，我与珍妮特有不同的看法。

"他甚至从未怀疑这一点。"她说，"他太了解马热丽了。"

几个星期过去了，格里终于搭船离开了。他是从蒂尔伯里[1]上的船，马热丽为他送了行。她回来后哭了两天两夜。查理看着她，愈来愈生气。他的脾气变得非常暴躁。

"听我说，马热丽，"最后他说道，"我对你一直很有耐心，但现在你必须重新振作起来。这件事已经超过开玩笑的限度了。"

"你就不能让我自己待一会儿吗？"她喊道，"我什么都没有了，生活对我而言已经没有什么意义了。"

"别犯这样的傻气了。"他说。

我不知道他还说了些别的什么话。但他将自己对格里的评价说给她听就太不明智了。我推测他一定是用极其恶毒的语言描述了格里。他俩大吵了一架。以前他俩从未这样激烈地吵过。她过去之所以能够

[1] 蒂尔伯里（Tilbury），伦敦和英格兰东南部的主要集装箱港口，位于泰晤士河北岸。

忍受查理的冷嘲热讽，是因为她知道，再过一个小时或一天，她就又能见到格里了。而现在她永远也见不到格里了，就再也无法忍受这样的语言刺激了。她已经忍耐了几个星期，现在，她把自我控制抛到九霄云外去了。也许她根本就不知道自己都对查理喊了些什么。他本来就是一个脾气暴躁的人，最后他动手打了她一巴掌。这一下将俩人都吓了一跳。他抓起帽子，转身冲出了公寓。婚后尽管生活艰辛，但他们始终共享着一张床。但当他后半夜返回家中后，他发现她在客厅的沙发上为自己搭了一个地铺。

“你不能睡在这儿，”他说道，“别犯傻气了，到床上睡去。”

“不，我不会去的。让我自己在这里待着。”

这一晚他俩接着争吵。她已经打定主意，以后每晚都在沙发上睡。但公寓这么小，他俩谁也逃离不了对方。甚至对方的一举一动自己都能看见，对方说的话也都得灌进自己的耳朵里。他俩在一起亲密地生活了这么多年，出于本能他俩也要待在一起。他试图跟她讲清道理。他认为她傻得令人不可思议，不断跟她争吵，想要让她知道自己是多么执迷不悟。他不让她自己一个人待着，也不让她睡觉。他一讲就讲到后半夜，直到俩人都精疲力竭为止。他认为自己通过讲道理，能让她摆脱这场爱情。有一段时间，他俩两三天时间都不说话。一天，他回家后发现她正在痛哭。看到她在流泪，他乱了方寸。他告诉她，自己多么爱她。他回忆起两人这么多年来所度过的幸福时光，试图用这个办法来感动她。他打算让这件事就这样过去。他许诺再也不提起格里了。他俩真的能忘记经历的这场噩梦吗？但这样一种和解的想法已经使她感到厌恶了。她对他说，自己头痛欲裂，让他给自己拿瓶安眠药水来。第二天早上他出门的时候，她还假装在睡着。但他一离开家门，她就将自己的东西打上包裹,离开了公寓。她有几件继承来的廉价首饰。变卖掉这些首饰后，她手上有了一小笔钱。她在一家廉价寄宿公寓内租了一间屋，没有告诉查理自己的住址。

查理发现马热丽离开了自己后就垮了。她逃离带来的打击彻底击溃了他。他告诉珍妮特，自己无法忍受这种孤独。他给马热丽写信，乞求她回来;他请珍妮特为他求情，他愿意做出任何保证，他卑躬屈膝。但马热丽执拗地不愿回去。

“你认为她终有一天会回去吗？”我问珍妮特。

“她说绝不回去。”

现在已经是近一点半了,我必须走了。我驾车向伦敦城另一端驶去。

两三天后，我接到了马热丽打来的一个电话。她问我能否见她一面，提议到我的住处来。我招待她喝茶。我尽量对她表现得友好一些。虽说她的风流韵事与我无关，但我内心深处认为她是干了一件非常愚蠢的事。我猜自己的态度也有几分冷冰冰的。她的长相从来也称不上漂亮，流逝的岁月也改变不了这一点。她的一双黑眼睛还是那样好看，让人感到吃惊的是，她脸上一点儿皱纹都没有。她的穿着很普通，即使是化了妆的话，她也是非常在行，反正我没有看出来。她仍然透出那么一种魅力。她是一个非常自然的人，和蔼中带着幽默，使你感受到她的魅力。

“如果你愿意的话，我想请你为我做件事。”她开门见山，一点儿也不拐弯抹角。

“什么事？”

“查理今天就要离开马什夫妇的家，回到自己的公寓了。我担心他头几天会很难过。如果你能请他吃晚饭或陪他活动活动，那就太好了。”

“我得看看我的书。”

“据说他现在喝酒喝得很凶。他是在作践自己。我希望你能提醒提醒他。”

“据我所知，他最近是在为家里的事而烦恼。”我说话的语气可能有几分讥讽的味道。

马热丽的脸红了。她痛苦地看了我一眼。她的脸部扭曲着，就好像我刚在她脸上打了一拳似的。

“当然，你认识他的时间要远远超过认识我的时间，所以你自然会站在他的一边。”

“天哪，告诉你实话吧。这些年来我之所以熟悉了他，主要还是你的缘故呢。我从来都不太喜欢他。但我认为你的为人非常好。”

她对我笑了。她的笑容很甜。她知道我这个人从来不说瞎话。

“你认为我对他称得上是个好妻子吗？”

“绝对。”

“他经常惹得别人不高兴。很多人都不喜欢他。但我从来都没有感觉他难处。”

“他非常喜欢你。”

“这我知道。我俩在一起的这些年一直很不错。十六年来我俩都很幸福。”她停顿了一下，目光渐渐下移，“我只能离开他了。我俩不可能再回到一起了。这种吵吵闹闹的生活太可怕了。”

“两人不愿生活在一起，就不要勉强。我从来都持这种观点。”

“你瞧，对我俩来说情况就太糟糕了。我俩的关系一直都非常亲密，从来都是难舍难弃。结果，现在我却不愿多看他一眼。”

“我想，目前你俩的处境都不容易。”

“我爱上了他人，这并非我的过错。你瞧，这与我对查理的爱完全不同。我对格里的爱包含着母爱，意在对他进行保护。我比查理要理性得多。他这个人很难相处，但我跟他相处得一直都很好。但格里不同。”她的声音变得温柔起来，她的面容也出现了光彩，因而显得有些漂亮了。“他让我变得年轻了。对他来说我是个女孩。跟他在一起我有一种可以依靠的感觉，感到很安全。”

“我也认为他是一个不错的小伙子。”我语速很慢地说道，“我想他以后会过得很好的。我遇见他的时候，他从事的工作对于那么年轻的人来说很不容易。他现在也才刚二十九岁，是不是？”

她温柔地笑了。她知道我说的是什么意思。

“我从未对他隐瞒过自己的年龄。他说这没有关系。”

我知道她说的是实情。她不是那种刻意隐瞒自己年龄的女人。她在告诉格里自己年龄的时候，曾感到这是一件极其快乐的事情。

“你今年多大了？”

“四十四岁。”

“现在你打算怎么办呢？”

“我已经给格里写了信，告诉他我已经离开了查理。只要我一接到他的回信，我就打算去跟他一起生活。”

“你将一个年轻人在爱的冲动下所说的话当真，做出了如此重大的决定，你确信这样明智吗？”

极度兴奋的表情又出现在她脸上，让她看起来真的很漂亮了。

“是的。这个年轻人碰巧是格里，所以我完全相信自己的判断。”

我的心情很沉重。我静静地想了一会儿。然后我向她讲了格里·莫顿督建那条公路的故事。我讲的有点儿夸张，我想这样效果会更好一些。

“你给我讲这个故事想说明什么呢？”我讲完后她这样问我。

“我只是想，这是一个不错的故事。”

她摇摇头，笑了。

“不，你是想通过这个故事来告诉我，他非常年轻，非常有热情。他是个工作狂，因此，他不会将很多时间用在其他兴趣上。我不会影响他的工作。你对他的了解不如我。他非常浪漫。他将自己看成了一个开拓者。他对于自己亲自参与了一个新国家的开发而激动不已，连我都被他感染了。这难道不是一桩宏伟的事业吗？与之相比，我们在这里的生活真的很无聊和平庸。当然，那里的生活非常孤独，甚至有一个中年妇女陪伴也很不错。”

“你打算嫁给他吗？”我问道。

“我完全听他的。我不想做任何他不愿意做的事。”

她说的话非常简洁，但她甘心屈从的态度深深地打动了我。她走后，我感到自己已经不怨恨她了。当然，我依然认为这件事她办得很蠢。但如果男人们干了蠢事使伴侣一时感到愤怒，则女人们干的蠢事会使对方的一生都怒气难消。我想一切都会过去的。她说格里非常浪漫。他确实如此。但在平凡的现实生活中，人们不会总是去干傻事，浪漫也就随之而去。因为最终他们会狡猾地意识到，现实情况是，那些只注重浪漫的表面意义而一意孤行的人，最后都吃亏上当了。英国人很浪漫，所以其他国家的人都认为英国人虚伪。但英国人绝非都是些伪君子。他们是真心实意地想建立一个理想的天国。但这个过程是艰难的，英国人有理由在这个过程中拾起任何能找到的稳当投资。英国人的心灵就像惠灵顿将军指挥下的大军一样，需要充足的物资保障。我猜格里收到马热丽的信后会有十五分钟的时间心情很糟。我并非多么同情他，只是想看他如何摆脱这个困境。我想马热丽会由于深深的失望而感到痛苦。这样，对她也没有太大的伤害，然后她就会回到她丈夫的身边。我相信经过这场磨难之后，他们俩的余生会生活在平和、平静和幸福之中。

这件事很是不同寻常。碰巧最近几天我不能与查理·毕肖普有任何约会。但我写信给他，邀请他于下周的某个晚上跟我一起吃晚饭。虽然有些犹疑，但我还是建议饭后一起去看场戏剧。我知道他是个大酒鬼，如果喝高了，他就会唠唠叨叨个没完。我希望他不要在剧院也说个没完，惹别人讨厌。我们约定在我们所属的俱乐部内碰头，七点左右开始吃饭。之所以定在这个时间，是因为我俩想去看的那场戏要在八点一刻开始演出。我先到了那里，就坐下来等着他。但他根本就没来。我给他的公寓打电话，但没人接。我估计他可能正在路上。我不喜欢看戏看不到开头。我焦急地在俱乐部的大厅内等着，这样只要他一到，我俩就可以直接上楼。为了节省时间，我已经点好了菜。时钟指向了七点半，然后是八点差一刻。我认为没有必要再等下去了，因此就上楼到餐厅，自己一个人吃了晚饭。但他还是没有出现。我要了一个从餐厅接到马什夫妇家的电话，一个服务员过来告诉我，是比尔·马什接的电话。

“我说，你知道查理·毕肖普在哪里吗？”我说道，“我俩约定在这里吃晚饭，然后去看戏。但他没来。”

“他今天下午死了。”

“什么？”

我大吃一惊，说话的语气引得周围两三个人都抬头看我。今天餐厅爆满，服务员都在不停地忙碌。电话放在收银员的柜台上。一名负责送酒水的服务员托着一个盘子走过来，盘子上放着一瓶霍克酒[①]和两个高脚玻璃杯。他递给收银员一张记账单。一个大块头服务员正引着两个男人坐到一张餐桌前，他挤了我一下。

“你在哪里打电话呢？”比尔问道。

我猜他听到了我周围盆盘刀叉撞击发出的声音。我告诉他后，他要我一吃完饭就马上到他那里去，说珍妮特有话要对我说。

“我马上过去。”我答应道。

我到他家的时候，比尔跟珍妮特正坐在客厅里。比尔在看报，珍妮特在玩着单人纸牌游戏。当女佣把我领入后，她马上走了过来。她走路的样子有种弹跳感，稍有点儿下蹲，但脚下不出动静，就像一头美洲狮在逼近猎物。我立即就看出来，她现在是如鱼得水，非常适宜这种情况。她握住我的手，把脸扭到了一边，好不让我看到她盈满了眼泪的双眼。她说话的声音低沉，充满了悲痛之情。

“我把马热丽带回了我家，让她上床睡了。医生给她开了一剂安眠药。她全都服了进去。这件事太可怕了，是不是？”她说话的声音介于喘息和抽泣之间，“不知为什么在我身边总出现这类事情。”

毕肖普夫妇一直没有雇做家务的用人，只是找了一个钟点工，每天早上过来打扫房间，清洗早饭后用过的刀叉碗碟等。钟点工有房门的钥匙。这天早上，她如往常一样打开房门，清扫了客厅。由于妻子离开了家，查理的房间非常凌乱。看到他还在睡觉，她也没有感到突然。但上班的时间到了，她知道他需要去上班，还有工作等着他完成。她在卧室的门上敲了敲，但没有回答声。她认为自己听到他在呻吟，便

① 霍克酒，德国莱茵区产的一种干白葡萄酒。

急忙推开房门。他面朝上地躺在床上，打着呼噜。他还在睡着。她叫他也没有反应。但他身上的某些症状让她感到害怕。她去叫对门的住户。对门住着一个记者。她按门铃的时候他还没有起床，穿着睡衣给她开了门。

“打搅您了，先生，”她说道，“您能不能过来一下，看看我的东家怎么了。我想他不大对劲。”

这个记者走过过道，进到查理的公寓内。在床边有一瓶已经空了的安眠药。

“我想你最好还是找个警察来。”他说。

一个警察来了，他立即用电话向警局要了辆救护车。他们把毕肖普送到了查令十字街医院。但他再也没有清醒过来。他咽气的时候，马热丽陪在他的身边。

“警方当然要进行一番调查了，”珍妮特说道，“但这件事情很明显。最近三四个星期他严重失眠，我猜他一直在服用安眠药。他一定是意外地服用过量了。”

“马热丽也是这么认为的吗？”

“她的情绪非常不稳，脑子乱成了一锅粥。但我告诉她，我确信他不是自杀身亡的。我的意思是说，他不是这样想不开的人。我说的对吗，比尔？”

“没错，亲爱的。”

“他留下遗书没有？”

“没有，一个字都没有。奇怪的是，马热丽今天早上收到了他寄给她的一封信。哦，几乎称不上一封信，就是一个字条。字条上写着的是：‘亲爱的，没有你我太孤单了。’但这张字条说明不了什么，她向我保证不对警察提这张字条的事。我的意思是说，让别人联想起其他事情来有什么好处？人人都知道，只要是扯上了安眠药，事情就说不清道不白了。不管出了什么事，我今后都不会服用安眠药了。这件事明显是个意外事故。我说得对吗，比尔？”

“没错，亲爱的。”他答道。

我看得出来，珍妮特打定主意要相信查理·毕肖普不是自杀而亡。但她内心里有几分相信她自己的话呢？我不是一个够格的女性心理学家，对此我分析不出来。当然，也许她是对的。一个中年科学家由于中年发妻离开了自己而自杀，做出这样的假设太荒谬了。极有可能的情况是，由于饱受失眠的折磨，在极不理智的情况下，他服用的安眠药超量了，而他全然没有意识到。不管怎么说，验尸官的结论就是这样。他被告知，最近查理·毕肖普酗酒成瘾，导致了他妻子的离家出走。很明显，他并未产生要结束自己生命的念头。验尸官对死者的遗孀表达了自己的同情，反复强调了滥用安眠药的危险。

我不喜欢参加葬礼，但珍妮特恳求我这次一定要参加查理的葬礼。他生前所在医院的几个同事恳切地希望能参加这个葬礼，但由于马热丽不同意，他们被劝阻了。参加葬礼的只有珍妮特和比尔，马热丽和我。我们要到太平间去接灵车。他们提出让我等着，车到的时候叫我。我就在家等着。我看到车开过来了，就下楼了。但比尔下了车，在我的家门口堵住我。

“稍候片刻，”他说，“我要跟你说点儿事。珍妮特要你在葬礼后到我家来吃茶点。她说让马热丽闷闷不乐地待着不好，我们可以一起打打桥牌。你能来吗？”

“就这些吗？”我问道。

我穿着燕尾服和晚礼服裤，系着一条黑领带。

“哦，这就行了。这样可以让马热丽分分心。”

“好吧。”

但我们最后没有打桥牌。珍妮特一身黑色装束，但发型时髦，衣服漂亮。她以高超的技巧扮演着一个深表同情的朋友的角色。她也流了一点儿泪，然后轻轻地擦了擦眼睛，以免碰到涂了睫膏的眼睫毛。当马热丽肝胆欲裂地哭泣的时候，珍妮特温柔地搂着她。当别人遇到麻烦的时候，她确实能帮帮忙。我们在葬礼后回到马什夫妇的家。这时送来了一封给马热丽的电报。她拿过电报就上楼了。我猜这是查理的一位朋友发来的唁电，他刚刚听到查理的死讯。比尔去换衣，珍妮特和我来到客厅，我俩把桥牌桌抬了出来。她摘下帽子，将帽子放到钢琴上。

“人不要过于虚伪。”她说道，“虽说马热丽的情绪非常不稳，但她现在必须要振作起来。打打桥牌能让她恢复到正常的状态。当然了，我也为失去查理而感到非常悲痛。但就查理而言，我想他从来就没有从马热丽离开他这件事中恢复过来。不可否认的是，现在对于马热丽来说，事情简单多了。今天早上她给格里打电话了。”

“说了些什么？”

“告诉他关于可怜的查理死了的事。”

这时女佣走进客厅。

“你能上楼去一趟吗，太太？毕肖普夫人说她想要见您。”

“当然，能去。”

她迅速离去，我一个人被撂在了客厅。比尔这时走过来陪我。我俩喝了杯酒。过了很长一段时间后，珍妮特又回到客厅。她递给我一封电报。电报上写着：

看在上帝的面上等着信。

格里。

“你认为这句话是什么意识？”她问我。

“就是这个意思嘛。”

“愚蠢！我当然要告诉马热丽这句话是什么意思都没有。但她感到有点儿烦躁。她肯定是通过电话告诉他查理已经死了。我想，她现在可能不会有心情打桥牌了。我的意思是说，在她丈夫刚举行完葬礼的当天就进行这种游戏不大合适。”

“确实，我同意。”我说道。

“当然他会发电报来。他肯定会的，对不对？我们唯一可以做的事情就是挺直了坐着，等他的电报。”

我看再继续这场谈话已经没有任何意义了，就起身离开了。两天后，珍妮特给我打来电话，告诉我莫顿给马热丽发来了唁电。她将电报的内容逐字读给我听。

惊悉噩耗，不胜悲哀。望你节哀，多多保重。

爱你的，

格里。

“你怎么看这封电报？”她问我。

“内容很恰当啊。”

“他当然不会说自己高兴得要跳起来了，对不对？”

“要是那样的话就太不深沉了。”

“但他还是用上了‘爱你的’这三个字。”

我在头脑中想象着这两个女人怎样反复揣度着这两封电报。她们仔细琢磨每一个字的含义，从各种角度来进行分析。我几乎可以听见她俩无休无止的交谈声。

“如果他现在让马热丽感到失望，我不知道马热丽能否受得了。我真怕她再出点儿意外。”珍妮特继续说道，“当然了，他是否是个绅士还有待观察。”

“别胡说了。”我说完这句话后就挂断了电话。

接下来的几天，我与马什夫妇又在一起吃了两次饭。马热丽看起来憔悴不堪。我猜她正在烦躁而焦虑地等着那封还在路上的信。她身受悲痛和害怕的双重折磨，瘦得不成样子。她现在极度脆弱，不得不去看心理医生。之前她从未有过这样的举动。她变得非常和蔼。别人对她表示关心，她会非常感激。她的笑容也没有了自信，甚至有点儿怯懦，带着无边的哀婉。她无助的样子非常惹人同情。但莫顿远在数千英里之外。一天早上，珍妮特又给我打来电话。

“信到了。马热丽说可以让你看这封信。你能马上过来一趟吗？”

她紧张的语气已经让我大致知道了信的内容。当我到达她家后，珍妮特立即把信拿给我看。我读完了信。可以看出，这封信的用词很谨慎，我猜莫顿反复修改过这封信。信的内容充满了抚慰，显然他刻意避免说任何可能伤及马热丽的话，但信中流露出他心中的恐惧。显然他被这种情况吓得浑身发抖。显然他觉得应付这种局面的最好办法是用点儿玩世不恭的语言。他对那块殖民地上的白种人肆意取笑了一番。但如果马热丽突然出现，他们会说些什么呢？他很可能很快就被炒鱿鱼了。人们往往认为在东方的生活自由自在，非常轻松，但事实并非如此。这里的生活比克拉珀姆[1]还要紧张。他太爱马热丽了，想到那些可怕的女人们对马热丽嗤之以鼻的情景，他就无法忍受。此外，他现在被派往一个驻地，那里离周围其他地方有十天的路程。她无法生活在他住的小屋内，的的确确是个小屋。那里当然也没有旅馆。他得深入丛林中去工作，一去就是好几天。这里不是一个适于女人生活的地方。他告诉她，自己把她看得非常之重，希望她不要再烦恼了。他不禁想到，她要是能回到她丈夫身边就好了。如果他认为自己成了她跟她丈夫之间的障碍，他将永远也不会饶恕自己。是的，我完全相信，写这样一封信真是不易。

"他写这封信的时候当然不知道查理死了。我曾告诉马热丽，他这一死把一切都改变了。"

"她同意你的说法吗？"

"我想她现在有点儿失去了理智。你怎么看这封信？"

"哦，写得很明白。他不打算要她。"

"两个月前他可是拼死拼活地追求她呀。"

"此一时彼一时了。人的变化之快真是难料啊。对他而言，离开伦敦的这段时间感觉起来得有一年了。他又回到了老朋友中间，又开始了他过去感兴趣的事情。亲爱的，马热丽拿自己开玩笑没有什么益处。他已经回到属于他自己的生活中了，那里没有她的份。"

"我已经建议她不要管这封信，直接找他去。"

"她这样一个自尊心极强的人，如果让她直接面对他的拒绝，那太可怕了。"

"那她怎么办呢？哦，这也太残酷了。她是这个世界上最好的女人。

① 克拉珀姆（Clapham），伦敦西南部兰贝斯区的一个地名。

她真的是非常优秀。”

“你这样想就可笑了。正是她的优秀惹来了这些麻烦。她为什么要跟莫顿来场婚外情？查理本来可以不知道这件事，那样也就没有这些糟糕的后果了；她与莫顿本来可以度过一段快活的时光，然后意识到一段让人舒心的插曲也要有一个优美的终结，这样分手后就没事了，这段事情也能成为两人一段愉快的回忆；她本来可以心满意足地回到查理身边过平稳的生活，继续做她的贤妻，她从来不都是个贤妻吗？”

珍妮特噘起了嘴唇。她轻蔑地瞅了我一眼。

“但还有贞洁的问题要考虑呢，你懂吗？”

“让贞洁见鬼去吧。贞洁只能造成毁灭和不幸，一文不值。你称这种行为为贞洁，我管它叫怯懦。”

“她不会在与查理共同生活的时候背叛他。虽然有些女人能干得出来，但她想起这个念头都感到厌恶。”

“天哪，她本来可以选择在精神上对他保持忠诚，但肉体上对他不忠的。这是一种女人们认为很容易玩的戏法。”

“你真是一个可恶的玩世不恭者。”

“如果客观地看问题和按常识处理生活中遇到的问题被称作玩世不恭，那我肯定是一个玩世不恭者。如果你喜欢的话，也可以称我可恶。现在我们就来客观地分析分析。马热丽是一个中年妇女，查理五十五岁了，他俩已经结婚十六年了。当一个小伙子对她百般殷勤的时候，她自然会昏了头。但不要把这称作爱情。这是一种生理学现象。她如果认真看待他所说的任何一句话，那她就是一个傻瓜。说出这些甜言蜜语的不是他本人，而是他如饥似渴的性本能。他一直在忍受着性饥渴，在四年的时间里他没有碰过女人，至少是没有碰过白种女人。他当时是说了一些疯话，许了一些诺，但她竟然当真了，这会毁了他，这太可怕了。他看中马热丽只是一个巧合。他想要她，因为得不到她而更想要她。我猜他把这当成了爱情。但我可以肯定地说,这只是淫欲。如果他俩真的上了床，查理现在就不会死。正是她该死的贞洁才引出了这一系列后果。”

“你怎么这么蠢呢？你没看出来她是身不由己？她只是这次才控制不了自己的。”

“我更喜欢称一个控制不了自己的女人为一个自私者、一个荡妇或一个傻瓜。”

“哦！住嘴。我请你到这里来不是让你来胡说八道，说这些恶毒话的。”

“那你让我过来干什么？”

“格里是你的朋友,是你把他介绍给了马热丽。假使她陷入了困境，那也是他造成的。但你是这一切麻烦的根源。你有责任给他写信，告诉他，他必须对她负责任。”

“我要是写这样一封信那我才该死呢。”我回答道。

“那你最好就离开这里。”

我转身就打算离开。

“嗨，不管怎么说，万幸的是查理买了生命保险。”珍妮特说道。

听了这句话，我转过身来，对她说道：

“你还敢管我叫玩世不恭者？”

在这里我就不重复我甩给她的那些骂人话了。我一面谩骂，一面摔门而去。但珍妮特依然是那个非常不错的女人。我经常想，娶了这样一个女人一定非常有意思。

整整一打

我喜欢艾尔珊这个地方。这是一处英格兰南部的海滨度假胜地，距布莱顿不太远。这个令人感到惬意的小镇有一种乔治王朝晚期的迷人风格。但小镇既不熙熙攘攘，也不过于花哨。十年前我经常到那里去。那时还能看到一些古老的建筑零零散散地分布在小镇各处。这些老房子结构坚固，外观有点儿炫耀，但并不让人反感。这种风格的建筑就像是一个家境已经破落的贵妇。她出身高贵，对自己的祖先感到非常骄傲，总是小心翼翼地向你提及她的家世。这样的妇人绝不会使你产生受到了冒犯的感觉，而会感到她非常有趣。这些房屋都建于“英格兰第一绅士”[1]统治时期。很有可能曾有一位官运不济的朝廷重臣在此了却了残生。小镇的大街上有一种慵懒的氛围，医生的汽车似乎是一个放错了地方的物件。家庭主妇们在街上不紧不慢地采购着家里的吃用。有的人一面同肉贩闲聊着，一面看着他从一扇南塘羊颈部最好的部位割下一片肉来；有的人一面拿出网兜，让杂货商将半磅茶叶和一袋食盐装进去，一面和蔼地问候他的妻子。我不知道艾尔珊这个地方是否曾时尚过，但那时肯定不是。但这个地方值得尊敬，而且物价低廉。有很多老年妇女、大龄剩女和寡妇们选择这里居住。这里还有很多印度籍平民和退伍军人，他们有点儿忐忑不安地盼着每年八九月份的到来。这么说绝非是蔑视他们，因为每到这个季节，这里就会有大

① 指乔治四世（George IV，1762—1830）。

批的度假者蜂拥而至，他们就可以向这些游客出租房屋了。游客们可以在这些瑞士风格的膳宿公寓内度过几个星期悠闲的生活。我从不在这样紧张忙乱的季节到艾尔珊来。这时所有接待住宿的地方都会爆满。身着宽松运动衣的小伙子们会沿着海滨路闲逛，皮耶罗小丑会在海边表演节目。在多尔芬旅店，台球室内击球的声音会一直响到夜里十一点钟。我只在冬季到艾尔珊来。这个季节空闲的出租房屋很多。沿着海滨的一排排房屋都建于一百多年前，这些房屋外立面采用拉毛粉刷，全都安着飘窗。此时这些房屋大都挂着可以出租的标识。这个季节在多尔芬旅馆内只有一个侍者与几个仆役接待住宿的客人。一到晚上十点，门房就会来到吸烟室，看你的眼神明白无误是要撵你走呢。你只能站起身来回屋睡觉。但冬季的艾尔珊非常恬静。多尔芬也是一个住着很舒适的旅店。想到当年已经摄政的王子[①]与费兹赫伯特夫人[②]一道，曾多次坐着马车来到这家旅店的咖啡厅喝茶，就会让客人有一种愉快的感觉。在旅店接待大厅的墙壁上，有一封用镜框镶嵌的书信。这封信是大名鼎鼎的萨克雷先生写的，内容是预订一套能够俯瞰海滨的、有一间客厅和两间卧室的客房，并且指明要派一辆出租马车到车站来接他。

大概在大战后两三年的一个十一月，我得了一场流感。为了养病，我来到了艾尔珊。我是在下午到达小镇的。放好行李，我就来到海边散步。这个下午天空阴沉，大海一片沉静。海面灰蒙蒙的，空气很冷。几只海鸥在紧挨着沙滩的海面上飞着。由于是冬天，帆船的船桅都落

① 指乔治四世。

② 费兹赫伯特夫人（Maria Fitzherbert，1756—1837），曾与乔治四世结婚的一个罗马天主教寡妇。

了下来，被拖上满是鹅卵石的海滩。灰暗而破旧的更衣棚一间紧挨一间，排成了一列。小镇的管理部门在海滨大道两侧安置了不少长凳，但这些凳子上现在都空无一人。有几个人正在海滨吃力地走着，有的人与我同向，有的人是迎面而来。这些人是在锻炼身体。一个长着红鼻子的上校迈着沉重的脚步从我身边走过。他穿着一件宽大的运动裤，身后跟着一个本土军士兵、两个上了年纪的女人和一个长相平平的姑娘。两个老女人都穿着短裙和结实的鞋，那个姑娘戴着一顶无檐圆帽。之前我从未见过这片海滨如此荒凉过。那一排排的出租房屋就像是一些邋里邋遢的老处女在苦等着永远也不会露面的情人。甚至让人感觉亲切的多尔芬旅馆现在也显得苍白和凄凉了。我的心情也变得阴郁起来。生活突然之间变得非常平庸。我返回旅馆，拉上我的起居室窗户的窗帘，拨弄着壁炉中的火舌，然后拿起一本书来排遣自己心中的忧思。吃晚饭的时间快到了，我真的很高兴。我穿好衣服，走进咖啡厅，发现旅馆的其他客人已经先到了一步。我随意地扫视了一眼，看到有一个中年女士自己单坐着；两位老先生可能是打高尔夫球的，脸膛红润，都有些谢顶了，俩人郁郁寡欢地吃着。房间内剩下的客人就是坐在飘窗旁的那三个人了。他们立即引起了我突然而至的兴趣。这三人中有一个老先生和两位女士。其中一位岁数大的女士可能是他的妻子，另一位年纪较轻，可能是他的女儿。而正是这个年纪大的女士首先引起了我的兴趣。她穿着一件宽大的黑色丝绸外衣，头戴一顶黑色镶了花边的帽子。她的手腕上套着沉甸甸的金手镯，脖子上挂着一条大金项链，项链上带有一个大盒坠。她的衣领上也别着一枚硕大的金质领针。我不知道还有别的什么人如今还戴这样的首饰。过去也只有二手珠宝的经销商和当铺老板才这样做。我的目光在这些怪异的老式饰品上多停留了片刻。这些首饰非常结实，价格昂贵，但看起来非常丑陋。我有点儿伤感地笑了，心想，佩戴这类首饰的女人们早已死去多年了。看到这些首饰，你不禁会想起女人们内着裙撑，外穿镶有荷叶边裙子的年代，现在这些装束已经被衬裙和平顶卷边圆帽所取代了。那个年代的英国人喜欢结实和值钱的东西。那时他们每个周日的早上都要去教堂做礼拜，然后上公园去散步。那时他们请客人吃饭一定要上十二道菜，主人要亲自切分牛肉和鸡。饭后，会弹琴的女士一定会演奏门德尔松的《无词歌》来为同伴们助兴。拥有优美男中音的男士也一定会高歌一曲古老的英国民歌。

那个年轻女士背对我坐着，因此我只能看到她修长而年轻的背影。她有一头浓密的棕色头发，似乎经过了精心梳理。她身着一身灰色的服装。这三个人在小声地唠着什么。这时年轻女士转过头来，因此我可以看到她脸部的侧影。她漂亮得让人吃惊。她的鼻梁优美而高挺，脸颊的侧面轮廓非常优美，像是一尊高雅的塑像。这时我才看清她梳着亚历山大皇后的发型。这几个人吃完了，他们站起身来要走了。那个老妇人目不斜视，步态优雅地走出了餐厅。那个年轻女士跟在她后面。我吃惊地发现，她其实并不年轻了。她的连衣裙样式非常简洁，裙子的样式显得有点儿古老，比时下流行的样式长很多。我猜这种样式的裙子更能将腰部的线条显露出来。但这是一种女孩们穿着的裙子。她个子高挑，稍显纤弱，就像是一位丁尼生作品中的女主角，步态优雅地走了过去。我先前已经注意到了她的鼻子，现在感到这简直就是一个希腊女神的鼻子。她的嘴型也很美，眼睛又蓝又大。她脸上的皮肤一点儿也没松弛，只是额头与眼角上有了皱纹。但这张脸年轻的时候一定非常可爱。她使你想起那些罗马时代雅致的贵夫人们，阿尔玛－

塔德玛[①]的画作中经常可见这样的人物。尽管画作中的贵妇们穿着罗马人的服装，但难以抹去她们身上的英国人气质。我已经二十五年没有见过这种类型的冷美人了。就像讽刺短诗一样，这种风格现在已经消亡了。我就像一个考古学家偶遇一些年代久远的雕像，为未曾预料地见到了这些以往年代的遗物而激动不已。因为这几天太过沉闷了。两个女士离开后，老先生也站起身来，但片刻后又重新坐了下来。服务员给他端过来一杯浓郁的波尔图葡萄酒。他嗅了嗅，抿了一小口，用舌头仔细地品了品。我注意观察他。他身材矮小，比他令人印象深刻的妻子要矮很多；他身体略有发福，但并不显肥胖，头发灰白而卷曲。他脸上的皱纹很多，略带一点儿幽默的表情。他的双唇抿得紧紧的，下巴方正。以我们目前的眼光来评价，他的衣着有些奢华。他穿着一件黑丝绒夹克，一件有饰边的衬衣。衬衣的领口很低，系着一个很大的黑色领结。他下穿一条非常宽大的晚礼服裤，让你模模糊糊地感到这是一件戏装。慢慢喝完杯里的葡萄酒，老先生站起身来，缓步走出餐厅。

当我路过接待大厅的时候，忽然对这些入住的客人有了好奇心，想知道他们的名字。我扫视了一眼入住登记簿，看见上面登记的是一个女人的笔体，棱角分明。这种笔体是四十年前学校所教的一种流行字体。上面登记的名字是：埃德温·圣克莱尔先生与夫人和波切斯特小姐。上面登记的住址是：伦敦贝华特区伦斯特广场 68 号。这肯定是这三个人的名字了。但这个地址使我感到非常有趣。我问旅馆的经理是否知道圣克莱尔先生是干什么的。她告诉我说他可能在伦敦市政厅工

① 阿尔玛-塔德玛（Alma-Tadema，1836—1912），荷兰裔英国画家，他的作品以豪华描绘古代世界（中世纪前）而闻名。

作。我走进台球室打了一小会儿台球，然后穿过休息室上楼。那两个红脸膛的先生正在休息室读晚报。那个老太太正捧着一本小说在打瞌睡。而那三个人坐在一个角落里。圣克莱尔夫人在打毛衣，波切斯特小姐在绣花，而圣克莱尔先生在用洪亮的声音小声地读书。我走过去的时候看到他正在读的是《荒凉山庄》。

第二天我的大多数时间是在阅读和写作中度过的。但下午时我出去散了会儿步。在返回旅馆的路上，我在海滨的一条长凳上坐了一会儿。天气已经不像昨天那么冷了，周围的景物让人感到舒心。正在无所事事之时，我看到一个人从远处向我走来。这人走近后我发现他是一个衣衫有些褴褛的矮小男人。他穿着一件单薄的黑色大衣，戴着一顶破旧的圆顶硬呢帽。他的双手插在衣服口袋内，看起来感觉很冷。他走过我身旁的时候打量了我一眼，往前走了几步后，踌躇了一下，然后停下脚步，转过身来。当他又走回我身边时，他从衣袋内抽出一只手来在帽子上碰了碰。我注意到他戴了一副破旧的黑手套，猜测他很可能是一个经济上陷入困境的鳏夫。要么他就是哑巴，像我一样，最近刚得了一场流感，尚未痊愈。

"对不起，先生，"他说道，"能借根火柴用吗？"

"当然。"

他在我身边坐下。当我伸手到衣服口袋内去拿火柴时，他也伸手到自己的衣服口袋中去拿香烟。他掏出了一个黄金洛牌香烟的小烟盒，脸色沉了下来。

"天哪，天哪，怎么搞的！盒里空了，真是烦人呢。"

"抽我的吧。"我微笑着说道。

我掏出烟盒，他从中取了一支。

“金的？”当我合上烟盒的时候他敲了敲烟盒，然后问道，“金烟盒我总也留不住。我曾先后有过三个，但全都被偷走了。”

他的眼光忧郁地瞅着自己脚上穿的鞋。这双鞋确实也该修修了。他是一个干瘪的小个子，鼻子又长又细，有一双淡蓝色的眼睛。他的皮肤蜡黄，脸上布满了皱纹。我猜不出他有多大岁数。他可能只有三十五岁，也可能有六十岁了。你除了感到他是一个无足轻重的人之外，他身上没有什么不寻常之处。但除了一望可知他很穷之外，他的一身整洁而干净。他是一个体面之人，他也希望别人尊敬他。现在我想他不是一个哑巴，我想他是一个初级律师的雇员。他最近刚死了老婆，被关爱员工的老板送到艾尔珊来度假，好让他能从这个打击中恢复过来。

“您要在这里待很长时间吗，先生？”他问道。

“十天到两个星期吧。”

“我非常熟悉这个地方，先生。有点儿吹牛的说，几乎没有哪个海滨胜地我没去过了。但无论哪个地方都比不上艾尔珊。这里的人很好，他们很文雅，从不吵吵嚷嚷。艾尔珊给我留下了非常愉快的回忆。我很早以前就很熟悉艾尔珊这个地方。当年我就是在圣马丁教堂举行的婚礼。”

“真的吗？”我随口应道。

“我结婚的时候非常幸福。”

“我很高兴知道这件事。”我答道。

“我的这场婚姻持续了九个月。”他沉思着说道。

他说的都是些个人小事。我本来没有兴趣听这些，但我可以清楚地看出，如果我能听听他的这场婚姻经历，他会非常高兴。我虽说没有什么兴趣，但至少还有一点儿好奇心。因此我等着他继续说下去。但他没有再说什么，只是轻轻地叹了口气。最终还是我打破了沉默。

“现在这里的游客似乎不大多。”我说道。

“我喜欢这样。我是一个喜欢清净的人。正如刚才我说的，我在许多海滨胜地都待过很长时间，但我从不在旅游旺季去这些地方。我喜欢这里的冬天。”

“你没觉得冬天这里有种让人忧伤的气息吗？”

他转过身来对着我，将他戴着手套的手放在我的胳膊上。

“这里确实让人感到忧伤。正因为这里有种忧伤感，要是能出点儿太阳就好了。”

这话在我听来非常傻，因此没有作答。他把手从我身上拿开，站起身来。

“先生，我不能再陪您了。很高兴能认识您。”

他非常有礼貌地将头上暗黑色帽子脱下，点了下头就走了。空气越来越冷了，我想我也该回多尔芬旅馆了。当我走到旅馆宽阔的台阶前时，一辆带篷四轮马车驶了过来。拉车的是两匹瘦骨嶙峋的马。从车上下来的是圣克莱尔先生。他头上戴着一顶帽子。这顶帽子好像是圆顶硬呢帽与大礼帽不和谐结合的产物。他先将手伸给他妻子，然后伸给他侄女，搀扶两位女士走下马车。门童跟在他们身后将坐垫和脚垫拿了进来。圣克莱尔先生给车夫付钱的时候，我听到他对车夫说，明天还在约定的时间到这里来。我听明白了，圣克莱尔先生每天下午都要乘带篷四轮马车出去转转。如果我知道了这三人中谁都没坐过汽车，恐怕我也不会感到吃惊的。

旅馆的女经理告诉我说，这三人独来独往，并不想熟悉住在旅馆的其他客人。我的想象力又开始自由驰骋了。我看到他们一日三餐，我看到圣克莱尔夫妇上午在旅馆大门外台阶的顶上坐着。圣克莱尔先生总是读《泰晤士报》，而他夫人总是在打毛线。我猜圣克莱尔夫人这一辈子都没有读过一张报纸。因为他们除了《泰晤士报》外，手上从来不拿任何书报。圣克莱尔先生每天进城当然也是带着这份《泰晤士报》了。大约在十二点的时候，波切斯特小姐与他俩碰面了。

“今天散步感觉如何，埃莉诺？”圣克莱尔夫人问道。

“很好，格特鲁德姑妈。”埃莉诺小姐答道。

因而我又了解到，正如圣克莱尔夫人每天下午要坐“车”出去兜兜风一样，波切斯特小姐每天上午都要出去散散步。

“你打完这一行后，亲爱的，”圣克莱尔扫了一眼他妻子的编织后说道，“咱俩最好也在午饭前散散步，这样有益健康。”

“那很好啊。”圣克莱尔夫人答道。她将手上的编织叠好，递给波切斯特小姐。“如果你上楼的话，埃莉诺，能把我的编织带上去吗？”

“那没问题，格特鲁德姑妈。”

“我看你散步后有点儿累了，亲爱的。”

“我午饭前会休息一会儿的。”

波切斯特小姐走进旅馆，圣克莱尔夫妇沿着海滨大道并肩慢行着。他俩走到一个固定的地方，然后又漫步而回。

当我在楼梯遇见他（或她）时，我会微微鞠躬，他（或她）也会没有任何表情地鞠躬作答；在早上遇见他（或她）时，我冒险问一句早安，但对方也只是微微鞠躬，并不回答。似乎我不可能有机会与他们中的任何一个人说上话。但最近我感到圣克莱尔先生不时会朝我扫上一眼。我想他可能听说过我的名字了。我颇有点儿自负地猜测，他看我很可能是对我有了好奇感。在这一两天后，我正坐在自己的房间内，门童进来传了个口信。

“圣克莱尔先生让我转达他对您的敬意，并让我问一下，您能否借他一本《惠特克年鉴》看看？”

我大吃一惊。

“他怎么会认为我一定有《惠特克年鉴》呢？”

“哦，先生，经理告诉过他你是一个作家。”

我无法理解这两者之间有什么联系。

“去告诉圣克莱尔先生，我现在手头没有《惠特克年鉴》，因此非常抱歉。我要是有一本的话，我会非常高兴借给他。”

我的运气来了。现在我是一心想要对这些行为怪异的人有更多的了解。这些年来我经常在亚洲腹地进行旅行，时不时地能遇上一些孤独的部落，并在这些完全陌生的异族人的小村住上几天。没有人知道他们是怎样到达这里的，也没有人知道他们为什么要在这里定居下来。他们有自己的生活方式，讲他们自己的语言，与周围的部落完全没有联系。没有人知道他们是否是当年横扫欧亚大陆的蒙古人遗散下来的一支后裔，也没有人知道他们的祖先是否就是那个曾贵为这个国家皇帝的伟大人物。他们是些神秘的人。他们既没有未来，也没有历史。在我看来，这个怪异的小家与那些部落民有很多相似之处。他们属于那个已经逝去的过去。他们使我想起了我们父亲一辈才读的小说中的人物。这些旧式小说的风格非常从容不迫。他们属于十九世纪八十年代，而且之后再也没有跳出那个年代。他们竟然可以这样生活四十年，仿佛这个世界静止了一般，这太不寻常了。他们又把我带回到童年的记忆中，让我想起那些早就死去的人。我不知道是否是由于他们不愿与他人交往才使我产生了他们很特别、不同于当今任何一个人的感觉。在过去，一个人要是被别人称作“怪人”的话，老天爷呀，这个人还就真是个了不起的人物。

因此，那天吃完晚饭后，我就走进休息室，壮着胆子对圣克莱尔先生说：

“先生，为没有借给您《惠特克年鉴》一事我感到非常抱歉。但我还有一些其他书籍，如果您需要的话，我非常高兴能借给您。”

圣克莱尔先生显然吃了一惊。其他两个女士目不旁视地继续做着她们手上的活。房间里寂静得让人尴尬。

“这没关系。旅馆的经理告诉我说，你是一个小说作家。”

我绞尽脑汁也想不明白，但显然在我的职业与《惠特克年鉴》之间应该有某种联系。

“过去我们经常邀请特洛勒普[①]先生到我们位于伦斯特广场的家吃饭。我记得他曾说过，对一个小说家来说，有两本书最有用。一本是《圣经》，一本是《惠特克年鉴》。”

“我知道萨克雷曾在这家旅馆住过。”我不知道该说点儿什么好才能让这场谈话继续下去。

“我从来都不太喜欢萨克雷的作品。他与我故去的岳父莎吉恩特·桑德斯一起吃过好几次饭。我认为他的作品过于玩世不恭。我侄女到现在也没读过《名利场》这本书。”

波切斯特小姐听到提到了她，脸色微微泛起了红晕。一名服务员端进了咖啡，圣克莱尔夫人对她丈夫说：“亲爱的，也许这位先生能赏光与咱们一道喝杯咖啡。”

① 安东尼·特洛勒普（Anthony Trollope，1815—1882），英国小说家。

虽然这话没有直接对我说，但我急忙答道："非常感谢。"

我坐下了。

"特洛勒普是我最喜欢的小说家，"圣克莱尔先生说道，"他是一个彻底的绅士。我也很欣赏查尔斯·狄更斯，但查尔斯·狄更斯的小说无法吸引一个绅士。我知道现在的年轻人认为特洛勒普的小说乏味。我侄女，波切斯特小姐，她就偏爱威廉·布莱克[①]的作品。"

"我想我还从来没有读过他的作品。"我说道。

"哦，我看你有点儿像我，你也有点儿落伍了。我侄女曾劝我读一本罗达·布劳顿[②]的小说，但我读了一百页后，说什么也读不下去了。"

"我并没有说我喜欢那本书，埃德温姑父，"波切斯特小姐为自己辩护道，脸又红了一下，"我对你说的是这本书的节奏有点儿快，但所有人都在谈论这本书。"

"我相信你的格特鲁德姑妈不会让你读这类书的，埃莉诺。"

"我记得布劳顿小姐曾对我说过，她年轻的时候人们说她写的小说节奏太快；她岁数大了时，人们又说她的小说节奏太慢。这可让她犯难了，她用同样风格写小说有四十年了。"

"哦，你认识布劳顿小姐？"波切斯特小姐问我，这是她第一次对我说话，"这可太有意思了。你也认识薇达[③]吗？"

"埃莉诺，你还要说些什么！我相信你从未读过薇达写的任何小说。"

"我当然读过，埃德温姑父。我读过她写的《两面旗之下》，我非常喜欢这本书。"

---

① 威廉·布莱克（William Blake，1757—1827），英国诗人、画家。

② 罗达·布劳顿（Rhoda Broughton，1840—1920），英国女作家。

③ 薇达（Ouida，1839—1908），英国维多利亚时代的著名女作家。

“你太让我感到震惊了。我真不知道现在的姑娘都要变成什么样了。”

“你一直说等我过了三十岁，你就可以让我读任何想读的书。”

“亲爱的埃莉诺，自由与许可之间是有区别的。”圣克莱尔先生说道，同时微微一笑，以使自己的责备显得不那么严厉。但语气仍然很严肃。

我不知道通过叙述这段对话是否把我当时的印象向您转达清楚了。我当时感到屋内充满了过去年代的那种迷人氛围。我真想整个晚上都能听他们的谈话，听他们谈论堕落的十九世纪八十年代，那时他们还都年轻。我真想有个法子能让他们同意，让我到他们位于伦斯特广场的家里去看一看，让我能看一眼他们居住的那所宽敞的房子。我应该能认出必然会摆放于客厅的那套古板的家具，每件家具都摆放在固定的位置上，上面覆盖着织锦。陈列柜内琳琅满目的德累斯顿瓷器一定能把我的思绪带回到童年时代。由于客厅只在正式聚会时才用，人们一般习惯坐在餐厅里。餐厅内铺着土耳其地毯，周围的红木厨具柜内摆满了银质的餐具。餐厅的墙上肯定会挂上油画，这些油画曾使沃德·汉弗莱[②]夫人和她的马修叔叔激动不已。

第二天上午，我在艾尔珊一条漂亮的僻静小路上散步时，遇到了波切斯特小姐。她正在进行她每日的步行锻炼。我本打算与她同行一段路。但转念一想，即使与我这么大岁数的一个男人一起散步，也肯定会使这位五十来岁的老处女感到尴尬。我经过她身边时，她微微鞠了一躬，脸又红了。奇怪的是，在她身后仅几码远的地方，我又碰到了那个可笑的小个子男人。他依然是衣衫褴褛的样子，戴着副黑手套。我与他曾在海滨路上说过几句话。他用手碰了碰他那顶破旧的圆顶硬

② 沃德·汉弗莱（Ward Humphrey，1851—1920），英国作家。

呢帽。

“对不起，先生，能借根火柴使吗？”

“当然，”我有点儿挖苦地说道，“但这次我可能身上没带香烟。”

“那你来一支我的好了。”他一面说，一面掏出他的纸烟盒。但里面空空如也。“天哪，天哪，我又忘了带烟。这也太巧了。”

我继续往前走去。但我感到他有点儿加快了脚步。我开始有点儿怀疑他了。我担心他会不会去骚扰波切斯特小姐。有一瞬我真想转回去，但还是没有这样做。他是一个文明的小个子男人，我想他不会干那种骚扰一位独行女士的事。

那天下午我又见到了他。当时我正在海滨路上坐着，他迟疑不决地向我慢慢走来。似乎像是起了一阵风，而他就像是一片干树叶被风刮着向前飘动。这次他没有踌躇，而是直接在我身旁坐下。

“咱俩又见面了，先生。这个世界太小。如果没有给您造成不便的话，能否让我在这里坐几分钟？我有点儿累了。”

“这是一条公共板凳，你跟我一样，都有权在这坐着。”

我没有等他向我要一根火柴，而是立即递给他一支香烟。

“您真是太好了，先生！我必须控制自己每天的吸烟量，但吸烟是我的一大享受。一个人变老了，生活的乐趣也就少了。但我自身的经验告诉我，一个人也就愈发重视这些不多的乐趣了。”

“这倒是个给自己找安慰的想法。”

“对不起，先生，我想您是一个著名的作家。我猜的对不对？”

“我是一个作家，”我答道，“但你怎么知道的？”

“我在书籍的插图中见过您的肖像。我猜您没有认出我来。”

我又看了他一眼，他是一个瘦弱的小个子男人，衣着整洁，只是一身黑色的外衣有点儿破旧了。他的鼻子很长，长着一双淡蓝色的眼睛。

“我想我不认识你。”

“看来我是变了，”他叹了口气，“曾经有一段时间我的照片被登载在英国所有的报纸上。当然，印刷的照片不大清晰，难怪您没有认出我来。我敢负责任地说，先生，有些照片是太模糊了。要不是看到这些照片下面有我的名字，就连我自己都猜不出照片中的人是我。”

他沉默了一会儿。现在大海正在退潮，海岸的鹅卵石滩外是黄泥带，半掩在黄泥中的防波堤就像是一头史前怪兽的脊梁骨。

“当一个作家一定非常有趣，先生。我常想，如果我能把自己的经历写出来，那一定能吓人一跳。我以往曾读过不少书，但最近读得少了些。主要是由于视力下降了的缘故。我相信如果我试一试的话，我也能写一本书。”

“据说任何人都可以写一本书。”我答道。

“我不是想要写一本小说。我这个人不适合去写小说，我更愿意去写点儿历史之类的书。如果有人愿意出稿费的话，我就想写一本自己的回忆录。”

“现在写回忆录非常时髦。”

“无论从哪方面来看，能有我这样经历的人都不多。不久前我还给一家《星期日报》写信，提出了这个建议，但他们却没有给我答复。”

他久久地打量着我。他的神态很有尊严，不像是要管我要点儿零钱的样子。

“您还是不知道我是谁，对吗，先生？”

“我真是不知道。”

他似乎又考虑了一会儿，然后脱下他的黑手套，盯着手套上的一个破洞看了一会儿。然后他毫无自我意识地转向我说："我就是大名鼎鼎的莫蒂默·埃利斯。"

"哦？"

我真不知道该说些什么。我深信自己过去从未听过这个名字。我看到他脸上出现了一种失望的表情，我感到有点儿尴尬。

"莫蒂默·埃利斯，"他重复着这个名字，"您不会要对我说，您从来就没听说过这个名字吧？"

"恐怕我只能这样说了。我经常出国，在国内的时候不多。"

我不禁想，他是靠什么出名的呢？各种可能都被我一一推翻了。尽管在英国靠体育就能使人出名，但他这样的身板可不是当运动员的料。他可能是一个信仰医疗师，或者是一个台球冠军。当然他不可能是一名前内阁大臣，否则我也不可能不认识他。他可能曾任英国贸易部属某个已废止的委员会的主席，但他一点儿也没有一个政治家的样子。

"您应该知道这个名字呀，"他颇有些抱怨地说道，"有好几个星期我都是整个英国谈论最多的人。再看看我。您肯定曾经在报纸上见过我的照片。那个叫莫蒂默·埃利斯的人。"

"对不起，我还是想不起来。"我摇了摇头。

他停顿了片刻，以使他要说的话有更佳的效果。

"我就是那个著名的重婚者。"

当一个你完全陌生的人告诉你，他是一个著名的重婚者，你会如何回答他呢？坦白地说，我认为自己通常情况下还是一个能言善辩之人，并为此而感到几分自负。但现在我发现自己张口结舌了。

"我曾经有过十一个妻子，先生。"他继续往下说。

"大多数人有一个妻子就够应付的了。"

"哦，这需要实践。当你有过十一个妻子后，你对女人就无所不知了。"

"那你为什么就只娶了十一个？"

"我就知道您会这样问的。我看到您的第一眼时，我就对自己说，这个人长着一副聪明面孔。先生，我自己也对此迷惑不解。11 似乎是一个可笑的数字，对吗？似乎还有什么没有完成。现在所有人都喜欢 3 这个数字，7 也不错，据说 9 是个吉祥数，10 也没有毛病。但我怎么就停到了 11 这个数字上呢？这是我感到遗憾的地方。如果我能将这个数目提高到一整打的话，我这辈子就别无他求了。"

他解开外衣扣子，从里面的一个口袋里拿出一本皱巴巴、油腻腻的笔记本。从这个本子里他取出一大包剪报。这些剪报破破烂烂，沾满了油渍与脏物。他展开了其中的两三份。

"现在您看看这些照片。我问您，这些照片像我不？真是让人气愤啊。如果单看这些照片，您会认为我是一个罪犯。"

从这些剪报的大小来看，相关报道占了很大的版面。看来在文字编辑们眼里，莫蒂默·埃利斯确实很有新闻价值。其中的一篇报道的大标题是：一个有多房太太的男人。另一篇报道的标题是：没有心肝的恶棍受到了惩罚。第三篇报道的标题是：卑鄙的恶棍遭遇了滑铁卢。

"报上对你的评价可不怎么样啊。"我小声嘀咕道。

"我从不关心报上说些什么，"他耸了耸消瘦的肩膀，"自那以后我算是彻底了解这帮记者了。不，我恨的是那个法官。他对我的裁决简直是骇人听闻。但恶有恶报。我告诉你，做出那项裁决后不到一年他就死了。"

我快速地浏览了一遍手上的报纸。

"报道中说他判了你五年的监禁。"

"我称这是一项可耻的判决。看报纸上是怎么说的。"他用食指指着一处地方，"'其中三个受害者请求法官宽恕他。'这说明了她们对我的态度。而在这之后，这个法官还是判了我五年监禁。看他怎么称呼我的，'一个没有心肝的恶棍'。而我可以说是一个最有情有义的男人了。接着看，'一条社会害虫，对公众造成了危害'。他还说如果他有权力这样做的话，一定要判得更重。虽说他判了我五年，但我还没有非常仇恨他。就是非常仇恨他也不过分。我问你,他这样说我对吗？不，他是大错特错了。我永远也不会宽恕他，即使我活到一百岁也不会。"

这个重婚者的脸颊涨得通红，他的双眼此刻充满了怒火。这是一个触到了他痛处的话题。

"我可以读一读这些报吗？"我问他。

"我拿出来就是要让您读的。我是真心想让您读，先生。如果您读了后没有说我是一个大混蛋，那么就算是我没看错人。"

我读过一篇篇剪报后，知道莫蒂默·埃利斯对英国的海滨胜地真的是非常熟悉。这些地方是他的狩猎场。他的做法是到某个旅游热季已过的海滨胜地去，在一栋客人很少的出租公寓内租一套房。他很快就会与一些女人熟悉起来。这些女人可能是寡妇，也可能是老处女。我注意到她们当时的年龄都在三十五到五十岁之间。她们在证人席上做证时说，她们都是在海滨大道上第一次遇见他的。他通常会在两个星期内向她们求婚。然后很快就结婚了。他引诱她们的方法不一，但都把她们的积蓄哄骗到手了。几个月后，他就会借口有公务去伦敦，然后一去而不返。只有一个女人之后又见过他一面，其他人只是在她们被迫出席做证时，才在被告席上又见到了他。她们都是有些身份的女人。其中一个出身医生家庭，另一个女人出身神职人员家庭，还有一个是出租公寓的管理员；一个女人的前夫是旅行推销员，另一个女人的前夫是个已退休的裁缝。这些女人多数都有五百至一千英镑的财产。但无论她们有多少钱，最后都被他骗走了，导致这些女人一文不名。她们中的一些人讲了自己被骗后的凄惨生活，真是让人闻之落泪。但她们都说他曾对她们非常好，像是一个好丈夫。不仅有三个女人请求法官宽恕他，甚至还有一个女人在证人席上说，如果他愿意回来，她准备接纳他。他注意到我正在读这一段。

“她愿意为我去工作，”他说道，“这一点毫无疑问。但我说最好就让过去的事就这样过去吧。坦白地说，我虽然非常喜欢吃羊身上最好的那块肉，但这块烤肉如果已经冰凉了就没有味道了。”

只是由于碰巧了，莫蒂默·埃利斯才没有娶到第十二个妻子，取得“整整一打”的结果。我知道他非常在意这样对称的数字。他曾千方百计想要娶哈伯德小姐为妻。他告诉我说：“她共有两千英镑的财产。她只要有一点儿钱就都买成战时公债了。”他俩的结婚公告都已经张贴了出去。不巧的是，他的前妻碰见了他。她经过询问后向警察报了案。就在他将要举行第十二次婚礼的前一天，警察逮捕了他。

“她是一个坏女人，”他对我说，“她背叛了我，而且是以这种恶毒的方式。”

“她是怎么背叛你的？”

“哦，我是在伊斯特本[①]碰见她的。那是十二月的一天，在码头上。她告诉我说，她过去经营女帽，现在退休了。她说自己积攒了不小的

---

① 伊斯特本（Eastbourne），英格兰南部海岸城镇，位于东苏塞克斯郡。

一笔钱，但没有说具体数目，但给我的感觉应该有一千五百英镑。但我娶了她之后才知道，她只有三百英镑。这真让人无法相信。而她竟然还向警察告发了我。跟你说吧，许多男人如果感到他们受到了愚弄都会勃然大怒的。而我从未责怪过她。我甚至从未向她表示自己很失望。我只是一个字都没有留下就离开了。

“但那三百英镑我没有留给她，我拿走了。

“但您也要知道，先生，”他接着说道，带有一种受到了伤害的语气，“三百英镑花不了很长时间。而且我是在跟她结婚四个月后她才吐露真情的。”

“恕我冒昧，”我说，“请不要认为我的问题贬低了你的个人魅力，但，她们为什么会嫁给你？”

“因为我向她们求婚了。”他回答道，显然对我的问题感到很突然。

“从来就没有人拒绝过你吗？”

“很少。在我的一生中，拒绝我求婚的女人不超过四五个吧。当然，我都是感到自己比较有把握时才求婚的，有时也会有人拒绝我的求婚。我当然不能指望每次都会有女人对我一见钟情了。一般情况下我对一个女人最多投入七周的时间，如果还没有效果就不再与她往来了。”

我陷入沉思之中。但过了一会儿我注意到，我这位朋友表情丰富的脸上正在布满笑容。

“我知道你在想什么。”他说道，“是我的外表使你感到迷惑不解。你不知道她们能看上我哪方面。电影和小说中的男主角都英俊潇洒。你认为女人们看中的男人要么是牛仔类型的，要么就是旧式西班牙风格，很浪漫而又有人情味的那种。他们双眼炯炯有神，有着古铜色的皮肤，跳起舞来非常优美。你要让我笑破肚皮了。”

“我很高兴你能直言。”

“您结过婚没有，先生？”

“结过。但我只有一个妻子。”

“这样不行。只娶一个老婆你无法透彻地了解女人，你不能只从一个例子中推导出结论来。现在我问你，如果你只养过一条牛头㹴犬，你对犬类会有多少了解呢？”

我想这个问题只是为了加强他的语气，完全不需要回答。他略微停顿了一会儿，以引起听者的注意，然后继续说下去。

“您错了，先生。您完全错了。她们可能会喜欢一个长相英俊的小伙子，但她们并不想嫁给他。女人对男人的外表并不真正在意。

“道格拉斯·杰罗尔[①]的长相就很丑，但他非常聪明。他就说过，如果让他与一个女人待上十分钟，就能让这间屋内最英俊的男人开溜。

“女人们不想嫁给聪明的男人。她们也不想嫁给有趣的男人，她们认为这样的男人不够庄重。女人们同样不想嫁给长相特别英俊的男人，她们认为这样的男人也不够庄重。她们需要嫁给一个庄重的男人。她们首先考虑的是安全，然后是这个男人对她们是否殷勤。我这个人可能既不英俊，也不有趣，但请相信我的话，我拥有女人所需要的一切。我很自信。证据就是，我曾让我娶过的所有女人都感到幸福。”

“你三个前妻都曾在法庭上为你求情，其中一个还愿意接纳你，这肯定能大大增加你的自信。”

“您不知道，我在监狱中对此一直都非常焦虑。当我刑满释放的时候，我真担心她们会在监狱的大门外等我。我当时对典狱长说，看在上帝的面上，先生，把我偷偷送出去吧，不要让任何人看到我。”

---

① 道格拉斯·杰罗尔德（Douglas Jerrold，1803—1857），英国作家。

他又把手套套回手上，又盯上了食指上的破洞。

“住在寄宿公寓就有这样的好处，先生。您可能要问了，一个男人没有妻子服侍怎么能保持整洁和干净呢？但我已经结过多次婚了，我能一个人过得好好的。有些男人不喜欢结婚,这让我难以理解。实际上，你只有全身心地投入到一件事上才能把这件事做好。我喜欢做一个已婚的男人。对我而言，想要讨女人喜欢一点儿都不难。而有些男人却不屑去做这样的事。正如我刚才所言，女人们需要的是殷勤。我出门前肯定要给我的妻子一个吻，我回家后也肯定要先给她一个吻。我很少回家不给她们带上点儿鲜花或巧克力。我从来不抱怨这方面的花销。”

“但你花的都是她们的钱。”我插嘴道。

“那又有什么关系？重要的不是你买这件礼物花了钱，而是这件礼物所表达的意义。女人们重视的正是这一点。我不是一个喜欢自吹自擂的人，但我可以这样评价自己：我是一个好丈夫。”

我随意地翻看着手上登有那次审判报道的剪报。

“我发现了一件使我感到惊奇的现象，”我说道，“所有这些女人都有值得尊敬的身份，都是些有一定阅历、安分守己的正派人。然而她们在认识你这么短的时间内又不经过调查，就嫁给了你。”

他拍拍我的胳膊。

“这一点您就无法理解了，先生。女人都渴望嫁个男人。无论她们的岁数是年幼还是年长，个头是高还是矮，皮肤是黑还是白，她们都有一个共同之处：她们想要嫁人。请您注意，我都是在教堂举行婚礼。一个女人只有在教堂举行了婚礼才会真正感到安全。您说我不够英俊，而我从来也是这样看自己的。但即使我只有一条腿而且还驼背，女人们照样会争先恐后地嫁给我，我想娶几个就能娶几个。她们在意的不是要嫁给一个什么样的男人，而是能否嫁出去。这是女人们患上的一种狂躁症，是一种病态。她们之所以没有一个在见到我的第二面后就嫁给我，那是因为我只在确信有把握后才向她们求婚。其结果就是我求婚的次数非常有限,总共也就结了十一次婚。刚十一次？这也太少了。连一整打都没凑上。如果我想要的话，我肯定能结三十次婚。我向您保证，先生，当我想到自己曾有过的机会，我都为自己的节制而感到吃惊。”

“你对我说过，你很喜欢读历史书。”

“是的，这是沃伦·黑斯廷斯[①]曾说过的话，对不对？我读到这句话的时候印象特别深刻。把他这句话套用在我身上是再合适不过了。”

“你这样不断地求婚，就从未感到有点儿乏味吗？”

“哦，先生，我想我这个人很有逻辑头脑。观察同样的原因能导出相同的结果总是使我感到非常愉快。当然，您要理解我说的是什么意思。例如,如果对方是一个从未结过婚的女人,我就称自己是一个鳏夫。这一招真是效验如神呀。您不知道，一个老处女喜欢有些阅历的男人。但如果对方是个寡妇，我就总是说自己是个大龄剩男。一个寡妇害怕嫁给一个结过婚的男人，这类男人懂得太多。”

我将他的剪报还给他。他将这些剪报整整齐齐地叠好，重新夹入那个油腻腻的笔记本中。

“您不知道，先生，我总是感到自己被冤枉了。您看他们怎么评价我：一条社会害虫、无耻的恶棍、卑鄙的无赖。您现在再看看我。我问您，我像是那种人吗？您现在了解我了，我将自己的一切都告诉您了，而您又非常善于识别人，您现在认为我是一个坏人吗？”

---

① 沃伦·黑斯廷斯（Warren Hastings，1732—1818），英国首任印度总督。

“我对你了解得还很少。”我认为自己这样回答很圆通。

“我想，那些法官、陪审员，还有公众，他们是否曾站在我的立场上考虑过这个问题。当我被带进法庭时，观众席上是一片嘘声。法警不得不护着我，以免我挨打。他们有人想过我是怎么对待这些女人的没有。”

“你拿走了她们的钱。”

“我当然要拿走她们的钱了。就像其他人一样，我也要活着呀。但我也给她们回报了。您知道我都给了她们多少回报吗？”

这又是一个不需要回答的问题。尽管他盯着我，好像希望我回答似的，但我没有作声。我确实也不知道怎么回答。他的声音提高了，说话也一字一顿的。我可以看出来他是真认真了。

“我来告诉你，我拿什么来交换她们的钱财。这就是一次浪漫的经历。看看这个地方，”他伸出手来划了一个大圈，将大海和地平线都划了进去，“在英格兰有上百处这样的地方。看看这片大海和天空，看看这些出租房屋，再看看码头和海滨大道。难道这些没有使您感到情绪低落吗？这里真是死一般的沉寂。您是想到这里来放松放松，只待上一两个星期，您的感受不会太深。但想想那些年复一年生活在这里的女人。她们看不到前途，她们在这里谁都不认识。她们只是不愁吃穿而已。我想你可能真的不知道她们过的那种可怕的生活。她们的生活就像这条海滨大道一样，表面覆盖着混凝土，一直向前延伸，没有尽头。从一处海滨景区通向另一处海滨景区。即使到了旅游热季也跟她们没有什么关系。她们是些局外人。她们觉得自己还是死了更好些。就在这时，我出现了。请您记住，如果一个女人不愿意承认自己已经到了三十五岁以上，我是不会去向她献殷勤的。我给予她们爱情。很多女人从来没有体验过被男人追求是种什么感觉。很多女人也从来没有过黑暗中坐在一条长凳上，一个男人搂住她腰肢的经历。我给她们带来了新鲜与刺激的感觉，我让她们重新对自己感到骄傲。她们被束之高阁，难以嫁人。而我悄悄地靠近，从容不迫地将她们取下来。在她们单调乏味的生活中出现了一缕阳光，那就是我。她们争先恐后地要嫁给我一点儿也不奇怪，她们要接我再回去也毫不奇怪。唯一将我赶出来的女人就是那个女帽商。她说她是个寡妇，我私下里对她的评价是，她再也嫁不出去了。您说我对她们做了缺德事，这不对。我给十一个女人带去了幸福和性快乐。她们今后再也不会有这样的机会了。您要说我是个恶棍与坏蛋,那您就错了。我是个慈善家，但他们却判了我五年监禁。他们应该授予我一枚英国溺水者营救会的勋章。”

他取出他那空空如也的黄金洛牌香烟盒，看了看，然后忧郁地摇了摇头。当我将自己的烟盒递给他的时候，他二话没说就取出了一支香烟。我看着这个好人，他在竭力控制自己的情绪。

“我问你，我做了这么多慈善之事，但得到的回报是什么？”他又开始说上了，“除了食宿费用外，我连买包烟的钱都没有了。我这个人不会攒钱。证据就摆在眼前，我都到了这个岁数了，可口袋里从来就留不住几块钱。”他侧面瞅了我一眼，“我竟然到了这个地步，真是落魄至极呀。我过去从来都是靠自己挣钱，我这一生中都还没有管一个朋友借过钱。我在想，先生，您能否借我一点儿钱。说出这样的话来真让我感到羞愧，但现在的情况是，如果您能借给我一个英镑，对我来说都是一大笔钱。”

好吧，我从这个重婚者这里得到的乐趣足以价值一个英镑了。我伸手去掏钱包。

“我愿意借给你点儿钱。”我说道。

他看着我掏出的钞票。

“您能借给我两英镑吗，先生？”

“可以。”

我递给他两张一英镑的钞票，他接过后叹了一口气。

“您不知道这两英镑对我意味着什么。我过去过惯了舒适的家庭生活，现在却不知道自己下一晚睡觉要上哪里去对付。”

“有一件事希望你能告诉我，”我说道，“我虽然不是玩世不恭的人，但我认为总体来说女性更适用于这句格言：施恩比受惠更有福。而男性则不大适用。你是怎样哄得这些正派，而且无疑很节俭的女人这样相信你，将她们的全部积蓄都交给了你的？”

他被逗乐了，长相平平的脸上满是笑容。

“好吧，先生。莎士比亚曾经说过，野心常因过大而招致失败。[1]这就是答案。告诉一个女人，如果她将积蓄交给你去运营，你能在六个月内让她的钱翻一番，她就会忙不迭地将钱递到你的手上。贪婪，这就是答案。只因为她们贪婪。”

接触了这个有趣的恶棍后又回到正派人中间，尤其是像圣克莱尔夫妇和波切斯特小姐这样依然佩着薰衣草香袋，穿着四周撑起衬裙的人们中间，就像上了一道冰激凌上浇了滚烫调味汁的菜，强烈的反差真的很刺激人的胃口。我现在每天晚上都与这家人一起消磨时光。只要两位女士一离开餐厅，圣克莱尔先生马上就会让服务员送来一张便

① 出自《麦克白》。

条，邀请我与他一起喝一杯波尔图葡萄酒。喝完葡萄酒后，我俩就会走进休息室喝咖啡。圣克莱尔先生自己还要喝点儿陈年白兰地。与他们一家在一起的时候极度乏味，恐怕我是唯一能对此迷恋的人了。旅馆的经理曾告诉他们我正在写剧本。

“亨利 · 欧文爵士[①]还在莱森戏院的时候我们经常去那家剧院看戏。”圣克莱尔先生说，“我曾有幸见过他。有一次约翰 · 埃弗里特 · 米莱斯爵士[②]带我到加里克俱乐部去吃晚饭，我在那里被介绍与他相识。他那时还没有爵士头衔呢。”

“埃德温，告诉他当时欧文先生对你说了些什么。”圣克莱尔夫人说道。

圣克莱尔先生摆出了一副演戏的样子，活灵活现地模仿着亨利·欧文的神态说道：“‘你长着一副演员的面孔，圣克莱尔先生，’他对我说，‘如果你什么时候想要当演员的话就来找我，我来给你安排一个角色。’”圣克莱尔先生现在完全露出了他原本的样子。“这番话足以使一个年轻人飘飘然了。”

“但您却没有因此而成为一个演员。”我说道。

“我不否认，如果在其他情况下我可能就会受此诱惑而成为一个演员了。但当时我要考虑家人的态度。当时我如果不选择经商，我父亲会伤心至极的。”

“您选择了经营什么？”

“我是一个茶叶商，先生。我的公司是伦敦历史最悠久的茶叶公司。

---

① 亨利·欧文爵士（Sir Henry Irving, 1838—1905），英国著名演员兼经理人。

② 约翰 · 埃弗里特 · 米莱斯爵士（Sir John Everett Millais, 1829—1896），英国画家。

在我年轻的时候英国人普遍都喝中国茶，而我一生用了四十年的时间想要改变人们的这一习惯，我竭力想要人们养成喝锡兰茶的习惯。”

我想象着他用了一生的时间来劝导大众放弃他们想要的东西，而去购买他们不想要的东西，感到他真是可爱而又有个性的老头。

“我丈夫年轻的时候在业余时间演过很多戏。人们认为他的演技很棒。”圣克莱尔夫人说道。

“我一般都演莎士比亚的戏剧，有时也出演过《造谣学校》[①]。我从来不会去出演那些乱七八糟的戏剧。但那都是过去的事了。我有表演的天才，浪费了真可惜了，但现在是太晚了。聚餐的时候，有时在女士们的强烈要求下，我会朗诵一段哈姆雷特的著名独白。现在我也就只能做这些了。”

哦！哦！哦！我一想到那种聚餐，一想到那种迷人的氛围，不禁浑身都要颤抖起来。不知我是否能有幸被邀请参加一次这样的聚餐。圣克莱尔夫人对我的反应有些吃惊，冲我微微笑了笑。但仍是一脸严肃。

“我丈夫年轻的时候像个波西米亚人，非常放荡不羁。”她说道。

“我曾经沉醉放荡过。我认识许多画家和作家。如威尔基·柯林斯[②]。我还结识了一些报纸的专栏作家。瓦茨[③]曾为我妻子画了一幅肖像。我还买过一幅米莱斯的油画，我认识许多拉斐尔前派的画家。”

---

① 18世纪时一部著名的讽刺喜剧，英国剧作家谢拉丹（Richard Brinsley Sheridan，1751—1816）的代表作。

② 威尔基·柯林斯（Wilkie Collins，1824—1889），英国小说家，代表作《月亮宝石》《白衣女人》。

③ 乔治·弗雷德里克·瓦茨（George Flederic Watts，1817—1904），英国画家，雕塑家。

“您也买过罗塞蒂[1]的画吗？”

“没有。我钦佩罗塞蒂的天才，但我不赞成他的私生活。如果一个画家我不屑请他到家里吃饭，我就决不会买他的画。”

波切斯特小姐看看表说：“您今晚不给我们读书了吗，埃德温姑父？”而我的脑袋这时也有点儿昏昏沉沉，因此我告辞了。

一天晚上，当我与圣克莱尔先生在一起喝一杯波尔图葡萄酒的时候，他告诉了我波切斯特小姐的故事。她与圣克莱尔夫人的一个外甥订了婚。他是一个有资格出席高级法庭的律师。但这时他与洗衣女佣的女儿私通的事曝光了。

“这太可怕了，”圣克莱尔先生说道，“太可怕了。我侄女当然也就只有与他分手了。她退回了他的订婚戒指，他的书信，还有他的照片，说她不再可能嫁给他了。她请求他娶了这个他做了不当之事的女孩，说自己能当她的姐姐。这件事让她彻底伤了心。自那以后，她就无心嫁人了。”

“他娶了那个女孩吗？”

圣克莱尔先生摇摇头，叹了口气。

“没有，我们完全看错他这个人了。我妻子每当想到她的一个外甥竟然做出这样丢脸的事来，心里就感到极度的忧伤。过了一段时间后我们听说他与一位年轻的女士订了婚。这个姑娘家境不错，她自己就有一万英镑的财产。我感到自己有责任将他过去的所作所为告知这个姑娘的父亲，因此给她父亲写了一封信。他给我的回信非常傲慢无礼。他说他宁愿他的女婿在婚前有个情妇，而不要在婚后找一个。”

---

① 丹蒂·加布里埃尔·罗塞蒂（Dante Gabriel Rossetti，1828—1882），意大利裔英国画家、诗人。

“后来呢？”

“他俩结婚了。现在我妻子的这个外甥是英国高等法院的一名大法官，他的妻子成了大法官夫人。但我们从来不邀请他来家做客。当我妻子的这个外甥受封骑士爵位后，埃莉诺曾建议我们请他吃顿饭，但我妻子说永远不许他再踏进我们家的门槛。我支持她这个意见。”

“那个洗衣女工的女儿呢？”

“她后来嫁给了一个门当户对的丈夫。她住在坎特伯雷市的一套公寓房内。我侄女自己有点儿钱，她尽力帮助这个女人，而且还是她第一个孩子的教母。”

可怜的波切斯特小姐。她是将自己牺牲在维多利亚时代的道德祭坛上了。恐怕她从这一切中得到的唯一收获就是意识到自己表现得很完美。

“波切斯特小姐是个外貌非常引人注目的女人，”我说道，“她年轻的时候一定是美貌绝伦。她怎么就没有再嫁个其他男人呢，我真纳闷。”

“波切斯特小姐曾经是个公认的大美人。阿尔玛－塔德玛非常欣赏她的美貌，曾邀请她做他一幅画中人物的模特。我们当然不能允许她这样做了。”圣克莱尔先生的语气表明，这个提议严重伤害了他的感情，他认为当模特不大正派。“除了她那个表兄，波切斯特小姐对任何男人都没看上眼。他俩分手已经三十年了，但她从来没有提过他。但我相信她心里还在默默地爱着他。她是一个真正的女人，一辈子只爱一个男人。虽然我对她被剥夺了婚姻与母亲的快乐而感到遗憾，但我非常钦佩她的忠诚。”

但一个女人的内心是猜不透的。认定她就会这样安分下去恐怕下结论太早。埃德温大叔，您的结论可能下得太早。您虽然熟悉埃莉诺这么多年，自打她母亲身体日渐衰弱，最后撒手归西，您就把这个孤儿接到了自己家，接到了您那位于伦斯特广场的舒适，甚至有些奢侈的家中，她那时还是一个孩子。但进入事情的实质问题上，埃德温大叔，您真的了解埃莉诺吗？

在圣克莱尔先生非常信任我，对我讲述了波切斯特小姐的感人故事，让我知道了她至今未嫁的原委后的两天，那是个下午，我打了一场高尔夫球后回到旅馆，旅馆的女经理就慌里慌张地上楼来对我说："这是圣克莱尔先生的便条，他要我在您一回到旅馆后就请您立即到 27 号房间去。"

"我知道了。出什么事了吗？"

"哦，出了件少见的乱子。他们会告诉您的。"

我敲了敲 27 号房间的门，听到门内传出了"请进，请进"的声音。听到这个声音，使我想起圣克莱尔先生可能曾在伦敦最优秀的业余剧团出演过莎士比亚的戏剧。我走进房间，发现圣克莱尔夫人正躺在沙发上，额头上敷着一块浸了科隆香水的手帕，手上拿着一瓶嗅盐。圣克莱尔先生则站在壁炉前，他的姿势就像是不想让这屋里的其他人烤到火一样。

"以这样一种无礼的方式请您过来，我首先要向您表示道歉。但我俩现在极度焦虑，我们想，也许您能对这件发生的事情有个解释。"

一望可知，他现在非常烦恼。

"发生了什么事？"

"我侄女，波切斯特小姐，她私奔了。今天早上她给我妻子送了个字条，说她的头痛症又犯了。而她只要一犯头痛症，就希望别人不要去打搅她。直到今天下午我妻子才去看她，看看能为她做点儿什么。但她的屋内空无一人，她的旅行箱都收拾好了。她的化妆盒与银器都不见了。在枕头上她给我们留了一封信，告诉我们她的仓促之举。”

“非常抱歉，”我说道，“我不知道我到底能做点儿什么。”

“根据我俩的印象，您是她在艾尔珊所认识的唯一男士。”

他这句话的意思把我弄了个大红脸。

“我可没有与她私奔，”我说道，“还好我是一个结了婚的男人。”

“我知道您没有与她私奔。起初我们想，可能……但不是您，那又会是谁呢？”

“这我肯定不知道。”

“把那封信让他看看，埃德温。”圣克莱尔夫人躺在沙发上说道。

“别动，格特鲁德。要不你又会腰痛的。”波切斯特小姐有头痛症，圣克莱尔夫人有腰痛症，那么圣克莱尔先生会有什么病呢？我敢拿五英镑出来打赌，圣克莱尔先生有痛风症。他递给我那封信，我以一种庄重而同情的神态读了这封信。

我最亲爱的埃德温姑父和格特鲁德姑妈：

当你们看到这封信的时候我已经远走高飞了。今天上午我就要与一位男士结婚了。他对我非常好。我知道自己这样逃走不对，但我害怕你们会竭力阻止我的这场婚姻，而没有什么能改变我的主意了。我想我这样悄悄地结婚，而让你们对此一无所知，这样可以避免咱们之间出现不愉快的局面。我的新郎是个非常孤僻的人，由于长期生活在热带国家，他的身体也不很好。他认为我俩办一个非常私密的婚礼更好一些。如果你们知道我有多幸福，我想你们会原谅我的。请把我的箱子送往维多利亚火车站的行李房。

爱你们的侄女，

埃莉诺

“我永远也不会原谅她，”当我把信还给他的时候，圣克莱尔先生说道，“她永远也不能再踏进我的家门。格特鲁德，我不许你再在我面前提到埃莉诺的名字。”

圣克莱尔夫人默默地开始抽泣。

“您这样也太绝了吧？”我说道，“波切斯特小姐为什么就不能结婚呢？”

“她都这么大岁数了，”他愤怒地回答道，“这也太可笑了。我们一家会成为在伦斯特广场居住的所有人的笑柄。你知道她多大岁数了吗？她都五十一岁了。”

“五十四岁。”圣克莱尔夫人抽泣着说道。

“我们一直把她视为掌上明珠，把她看作自己的女儿。她成为老姑娘已经多年了。我认为以她现在这样的年龄，结婚绝对不合适。”

“对我们而言，她总是个姑娘，埃德温。”圣克莱尔夫人祈求道。

“她嫁给的这个男人是谁？这是一场让人怨恨难消的骗局。她一定是在咱俩眼皮底下跟他勾搭上了。她甚至没有告诉咱们他的名字。我担心会出现最坏的结果。”

我突然产生了一种灵感。那天早上吃完早餐后，我出去买了包香烟。在香烟铺我碰上了莫蒂默·埃利斯。我有几天没有见到他了。

“你看起来非常整洁。”我说道。

他的皮鞋修好了，打上鞋油后显得乌黑锃亮；他的头发也梳过了，穿着一件新衬衣，戴着一副新手套。我想他是有效地使用了我给他的那两英镑的钱。

“我今天上午要到伦敦去办点儿公事。”他回答说。

我点点头就离开了商店。

我又想起来了两个星期前在小路上散步时的情景。当时我碰到了波切斯特小姐，在她身后几码远的地方又碰到了莫蒂默·埃利斯。难道不是他俩正在一起散步，看到我后，他就拉后了一段距离？老天爷呀，我全明白了。

“我想您说过，波切斯特小姐自己也有一些钱？”我问道。

“她有不多一点儿钱，也就是三千英镑吧。”

现在我可以肯定了。我茫然地望着他俩。突然，圣克莱尔夫人跳了起来。

“埃德温，埃德温，如果他没有娶她呢？”

圣克莱尔先生闻听此言，双手抱住了脑袋，一下子瘫坐在一张椅子上。

“这种奇耻大辱会要了我的命。”他呻吟道。

“不用惊慌，”我说道，“他会在教堂与她结婚的。”

老两口没有注意我说的是什么。他俩可能认为我突然说起了疯话。我现在完全可以肯定了。莫蒂默·埃利斯到底是实现了他的抱负。波切斯特小姐成全了他娶一整打老婆的愿望。

人性难测

我只在旅游淡季到罗马来。我每年八月或九月都要从不同的地方来到这里。每次来这里我都要到熟悉的地方去走走，逛逛美术馆。我对这些地方和这些画有种亲切感，它们能让我回想起过去的快乐时光。

这个季节天气很热，白天可以在卡索大街上看到很多本地居民来来往往地闲逛着消磨时光。国民咖啡馆内更是人头攒动。人们坐在小桌旁，桌上的咖啡杯早就见底了，但仍然能在这里坐上几个小时。在西斯廷教堂里，你可以看到一头金发、皮肤晒得黝黑的德国人。他们下穿灯笼裤，上着开领衬衣，身后背着帆布背包，沿着尘土飞扬的意大利公路跋涉而来。在圣彼得大教堂里，你能看到一小帮一小帮虔诚的朝圣者，他们疲惫不堪，但双眼闪着兴奋的光芒。他们是些严格意义上的朝觐者，从某些遥远的国度远道而来的。这些人通常由一个传教士带领，说着各式各样奇异的语言。

这个季节的普拉扎酒店凉爽而恬静。各公共场所宽敞、幽暗而宁静。在喝茶时间，休息大厅内只有一个年轻而英俊的军官和一个长着一双漂亮眼睛的女人。他俩一面喝着冰镇柠檬汽水，一面小声而亲密地交谈着。他俩说的是一种语速很快的异族语言，唠起来没完没了。我走上楼，回到自己的房间，阅读，写信。两个小时后又走下楼来。那两个年轻人依然在那唠着。晚饭前会有几个客人漫步走进餐厅，但其他时候这里是空无一人。因而餐厅的服务员闲得很。他会跟你唠嗑，告诉你他母亲是瑞典人，告诉你他自己在纽约的经历。我与他闲聊些人生和爱情，还有喝酒的昂贵花费，等等。

在这个季节，我感到这家酒店简直就是为我自己开办的。当接待大厅的服务员将我领进我的房间的时候，他告诉我酒店基本已经客满。但我洗漱完毕，换完衣服又重新进入接待大厅的时候，开电梯的服务员（是我的一个老熟人）告诉我说，酒店内现在只有十几个客人。在这个炎热的季节里，经过横跨意大利的长途旅行，我感到非常疲惫。我决定就在酒店内静静地吃晚饭，然后早早地上床睡觉。当我走进宽敞的餐厅的时候，厅内灯火通明，开饭已经有一段时间了。但只有三四张餐桌上有客人。我满意地四下看了看。在一个自己非常熟悉的大城市里，能找到这样一个自己能幽静地待着的地方，能住在这样一座空荡荡的大酒店内，这真是一件让人感到非常惬意的事。它能够让你享受到自由的感觉。我感到了一种精神上的放松，内心里似乎要振翅翱翔了。我在餐厅内逗留了十分钟，喝了一杯干马提尼酒，然后又要了一瓶高档红酒。我虽然浑身乏力，但精神很好，食欲也很旺盛。我开始体验到一种心情非常愉快的感觉。我一面大口吃鱼，大口喝汤，一面想着各种美事。我的大脑非常兴奋。想到我正在创作的一部小说中的人物，我的创作灵感喷涌而出，这些人物间的大段对白一下就浮现在脑海。我读出了一句，品了品，感到比这瓶红酒的味道还要好。我开始考虑怎样描述书中人物的外表。要让读者通过这些描述，就仿佛如我一样亲眼见到了这些人物，这确实很难。对我而言，这是写小说中最难的事。你对小说中人物的容貌细致描写完后，读者对这个人到底会有什么印象呢？我对此是一无所知。一些作者采取的对策是抓住人物容貌上的主要特征，如狡诈的笑容、躲躲闪闪的眼神等，重点描述这些特征，这样有效地回避了困难，但并没有解决问题。我环顾四周，想看看我该怎样描述邻近桌上的客人。就在我对面的桌上独自坐着一个男人。为了练练手，我开始琢磨怎样描述他呢。他是一个瘦高的男人，一般来说都用“柔韧性很好”这样的词语来描述他们这类人。他穿着一件无尾礼服和一件浆过的衬衣。他的脸有点儿长，眼睛是灰色的。他的头发有着天然的大卷，挺漂亮，但已经有点儿稀了。由于太阳穴部位谢了发，使高贵的额头露了出来。他的容貌没有什么特别之处。嘴跟鼻子与普通人没有什么区别，胡子刮得很干净，他的皮肤天然很白皙，但现在晒得黝黑。从他的外貌来看，他应该是个普通的知识分子。他看起来像是个律师，或者是一个高尔夫球打得很漂亮的大学导师。我感觉他的品位应该不错，应该是个博览群书之人，应该是一个在切尔西午餐聚会上令人感到非常愉快的客人。但要命的是你只能通过寥寥几句话将他描述出来，让读者看到一个鲜活而有趣的人物，在读者的脑海中形成一个精确的图像，而这个图像我自己也想象不出来。也许最好的办法还是只描述这个人的特征，而省略对他其余外貌的详述。尽管这种方法已经让人用腻了，但它毕竟把这个人留给你的最明确的印象描述了出来。我一面看着他，一面陷入沉思之中。突然，他俯身向前，朝我微微鞠了一躬。尽管这个动作有些僵硬，但还是显得非常有礼。我有一个让人感到可笑的习惯，就是大吃一惊的时候会脸红。现在我感到自己的脸又红了。我感到吃惊是因为自己就这样盯着他瞅了好几分钟，仿佛他是一个假人。他一定认为我是一个非常无礼之人。我非常尴尬地点点头，把目光挪开。幸运的是，此时服务员过来递给我一个碟子。我的确认为自己以前从未见过这个人。我在心里问自己，他向我鞠一躬，究竟是由于我长时间地盯着他，使他产生了似曾在何处见过我的错觉，还是我真的就在什么地方见过他，然后就忘得一干二净了？我这个人不善于记住他人的面孔。这次也一样，他长得实在是太普通了，没有什么明确的特点。在任何一个风和日丽的星期日，在伦敦所有的高尔夫球场，他这样长相的人你都能看到十来个。

他在我之前吃完了饭。他站起身来，走到我坐的桌旁时停下了。他向我伸出手来。

“您好！”他说道，“您刚进来的时候我没有认出您来。我绝非有意怠慢您。”

他说话的声调令人感到愉快，有一种在牛津培养出来的、被许多从未上过这所大学的人所仿效的语气。显然他认识我，而且没想到我会不认识他。我忙站起身来。但他比我高一大截，只能俯视着我。他身上带着一种倦怠，而他微微有点儿驼背，这又让我产生了他有点儿歉意的感觉。他的态度让人感觉有点儿纡尊降贵，同时又有点儿羞怯。

“一会儿能过来与我一起喝杯咖啡吗？”他说道，“我就自己一个人。”

“好的，我很高兴去。”

他走开了。可我还是想不起来他是谁或者我曾在哪里见过他。我注意到他身上有一种很奇特的东西。当我俩握过手，简单交谈了几句的时候我还没有注意到，即使他点点头离开后我也没有注意到。但当他脸上堆起了带着猜疑的微笑时，我注意到了。近距离地观察他后，我感到他是一个有自己特色的美男子。他五官匀称，灰色的眼睛很漂亮，身材修长。但他的举止并不让人感到有趣。一个傻女人可能会说他看起来很浪漫。他很像是伯恩·琼斯[①]的画中的一位骑士。当然他比画中的骑士们要高一大截，而且这样形容并非意味着他同画中那些不幸的人物一样，也饱受着慢性结肠炎的折磨。你可能会想象他这种人一旦穿上高档服装后就会帅极了，但当你亲眼看到他穿着这样的服装后，你又会感到他显得很滑稽。

我吃完了饭，走进休息大厅。他坐在一把大扶手椅上，看到我后，他召唤服务员。我坐下了。一个服务员过来了，他要了咖啡和饭后饮用的甜露酒。他的意大利语说得很好。我琢磨着怎么才能知道他是谁而又不伤他的自尊。一般人都把自己看得很重，如果发现自己在他人心目中无足轻重，就会感到极为不安。他流利的意大利语让我想了起来，我知道他是谁了，同时也想起来我不喜欢这个人。他叫汉弗莱·卡罗瑟斯。他在英国外交部工作，可能还颇有实权。他是一个我不知道叫什么名字的部门的负责人。他与许多使馆人员关系密切。我猜他这次在罗马逗留与他流利的意大利语有关。我没有立即看出他的职业与外交有关真是愚蠢。他浑身都透着外交官的气派。他既彬彬有礼，又非常傲慢。这种态度是精心设计好的，目的就是要让一般人感到不快，用这种冷淡的方式让别人意识到他是个外交官，与一般人不一样。但他在感觉不安时，偶尔会显得羞怯，这样他傲慢的态度就不易被他人觉察到。我认识卡罗瑟斯已经很多年了，但与他交往并不多。也就是在聚餐会上我向他问个好，在剧院他对我冷冰冰地点点头。一般人都认为他很聪明，也很有修养，他的谈吐非常得体。我没有记住他真是犯了一个不可饶恕的错误，因为近来他作为短篇小说家很有一些名气。

① 伯恩·琼斯（Edward Burne Jones，1833—1898），拉斐尔前派重要代表画家，画作主题多取材于亚瑟王传说、圣经故事和希腊神话等。

不时会有一些好心人为了给那些理解力很强的读者提供一些值得一读的作品,因而创办了某种杂志。他的短篇小说首先就刊登在这类杂志上。一旦这些杂志的所有者手头资金紧张时，这些杂志就会停刊。这类杂志尽管发行量不大，但排版缜密，印刷精美，上面登载的作品往往能引起一定的关注。然后这些作品会被整理成书，出版发行。这些书籍的发行往往能引起轰动。我很少阅读周报上对这类书籍千篇一律的溢美之词。大多数周报都用整整一个版面来介绍某本新书。《泰晤士报》文学增刊对这类书籍的评论不是放在一般小说栏目中，而是将这类书籍的评论与某位著名政治家自传的评论置于并排的位置。文学评论家们将汉弗莱·卡罗瑟斯称作这个圈子内的一颗新星。他们称赞他的作品特色分明，描述细腻，带着微妙的讽刺，且见解深刻；他们赞扬他的写作风格和基调，赞扬他的品位。最终的评价是，他将英语国家的短篇小说提高了一个层次，他应该为自己的作品自豪。他的短篇小说完全可以与芬兰、俄罗斯和捷克斯洛伐克的这类最好作品相比肩。

三年后汉弗莱·卡罗瑟斯出版了他的第二本书。评论家们对这个时间间隙非常满意，他们称赞他“没有为了金钱而出卖自己的才华。”这本书收到的好评或许不如他的第一本书那样热烈，评论家们也需要一段时间来整理思绪，但也足以让那些以写作为生的普通作家们感到欣快了。他在文学界的地位无疑得到确认，他本人也是声名鹊起。他最受好评的一部短篇小说叫《剃须布》。最优秀的文学评论家们都一致认定，这本书的作者只用了三四页的篇幅就将一个理发师助理这个悲剧人物的灵魂之美刻画了出来，真是非常优秀的一部作品。

但他最有名的作品是《周末》，也是他创作的最长的一部小说。这部小说的名字也成了他第一本书的书名。这部小说描述的是一些人的冒险经历。他们在星期六下午从帕丁顿车站上车，坐火车到达泰普乐，去那里与朋友们聚会。然后他们在星期一早上返回伦敦。故事情节非常微妙，想要知道这个故事到底讲了些什么颇需要动一番脑筋。这部小说的主人公是一个年轻人，他从国会秘书腾达到了内阁大臣。小说中他已经近于向一个准男爵的女儿求婚了，但最终还是没有这样做。在这部小说中有这样的情节：有两三个人坐在一艘方头浅平底船上，他们正在河上游玩。他们相互间用隐晦的语言进行了热烈的讨论。但他们说的都是些半截话，意思非常微妙，用了许多破折号和省略号。这部小说用了大量篇幅来描述园里的鲜花和雨中泰晤士河微妙的景致。这些都是以一个德国籍家庭女教师的眼光来描述的。所有的评论文章都认为卡罗瑟斯以这样一个人物的眼光来描述景物很幽默，读之令人愉快。

汉弗莱 · 卡罗瑟斯的这两本书我都读过。我认为作者是把写小说当作自己主业的一部分，这样他就能更好地了解当代人都在写些什么。我也非常愿意学习，我认为自己可以从这两本书中发现一些对我有用的东西。但读完之后我感到失望了。我喜欢有开头、中间情节和结尾的小说，我愿意读情节明了的故事。我认为氛围固然很重要，但没有内容的氛围就像光有画框而没有画，因而也就缺乏意义。但也许是我自身的缺陷而没有看到汉弗莱 · 卡罗瑟斯作品的长处。如果说我对他的两部书评价不佳，原因也许在于我的虚荣心曾受到过伤害。因为我清楚地知道，在汉弗莱 · 卡罗瑟斯眼里，我是一个不值一提的作家。我相信他从未读过我写的任何作品。我享有的声望足以使他相信，他没有必要关注我。他自己也曾一度引起了轰动，我现在的声望似乎应该属于他所有，但普通读者无法理解他那高雅的作品，他很快就销声匿迹了。人们虽然无法确切地说出属于知识分子这个圈子的人数到底有多少，但人们可以确切地知道有多少人愿意掏腰包购买他的书，以此来表明自己喜爱他的作品。一部优秀的戏剧出台，剧院总是挤得人山人海，票房收入剧增；验证一本书是否受读者欢迎，要看这本书面向普通读者的销售量是否超过了一千两百本。知识分子尽管欣赏美，但往往却只看免费的戏或上图书馆借书看。

我相信这个经历并没有使汉弗莱·卡罗瑟斯感到痛苦。他既是一个艺术家，也是外交部的一名工作人员。他作为作家很有名望，对世俗的东西并不上心。他的书如果销售过火可能还会损害自己的职业生涯。我猜不出他邀请我与他一起喝咖啡的目的是什么。他无疑是孤单的一个人，但我应该能想象得到，他有充实的头脑做伴并不会感到孤独。我相信他对我说的话也不会有什么兴趣，他不是出于这个目的而邀请我的。然而我发现他情绪沮丧，而且尽可能地表现出谦恭有礼来。我想起来我俩最后一次见面的地点。当时我俩还谈了会儿俩人都认识的居住在伦敦的朋友。他问我在这样一个季节到罗马来有何贵干，我如实告诉了他。他主动告诉我，他是今天上午才从布林迪西[①]到达这里的。我们俩的谈话一点儿也不自在。我本来打定主意，再唠几句不失礼节后，我就起身离开他。但现在我又有了一种奇异的感觉，我不知道这种感觉是怎么产生的，就是他好像已经知道了我的想法，焦虑中想尽一切办法不让我有借口离开。我感到很突然，不由得警觉起来。我注意到只要我的话稍一停顿，他马上就插言说起一个新话题。他在试图找出某个使我感兴趣的话题，这样我就会坐下来。他使出了浑身解数想要表现得和蔼可亲。感到孤单肯定不是他这样做的原因。凭他的外交关系，

① 布林迪西（Brindisi），意大利东南部港市。

他一定认识很多人能陪他一起消磨晚间的时光。我感到奇怪的是，他为什么不到大使馆去吃晚饭。即使是夏季，英国大使馆内也一定有他的熟人。我还注意到他一直没有露出笑容。由于心情急切，他说话的声音都有些变调了，就好像他害怕出现瞬间的宁静一样。他的声音似乎不受大脑的支配，好像他的内心在受某件事情的折磨。这太奇怪了。虽然我不喜欢他这个人，对他也不感兴趣，甚至有些讨厌与他待在一块儿，但我还是违心地对他产生了一点儿好奇。我探寻地看了他一眼。尽管他衣冠楚楚，表现得谦恭有礼，但我从他那双灰色的眼睛中看到的，就像一条被撵到墙角的狗所流露出的那种畏惧的眼神。他的面容扭曲着，似乎能从中读出他内心的痛苦。我真的是不明白了。我的脑海中不禁涌出了各种荒谬的想法。我这个人真是缺乏同情心。我就像一匹久经战阵的老马又嗅到了火药味，一下子就来了精神。今天我一直感到很疲惫，但现在我的疲惫感一扫而光。我的神经系统现在是高度敏感，我突然能够注意到他面部的每一个表情和他的每一个姿势。我原想他叫我过来，可能是他正在写一个剧本，想要听听我的意见。但我迅速否决了这个想法。他们这类高雅的先生们有一个非常奇怪的癖好，他们对戏剧舞台有一种难以割舍的迷恋。他们虽然非常傲慢，极端轻视舞美技师们的技能，但也不反对偶尔听听他们的意见。但现在不是这种情况。一个男人单独在罗马，他又有禁欲取向，那就很容易陷入心神不宁之中。我在想，卡罗瑟斯是否陷入到某种困境之中，而他又非常不愿求助于英国大使馆。我注意到，理想主义者解决性饥渴的方式有时非常鲁莽。他们有时会到一些见不得人的地方去排遣自己的性郁闷，但这些地方时不时地会有警察去造访，这就有麻烦了。我不禁心中窃笑。一个道学先生在一个暧昧之地被捉，即使是神仙也会笑起来。

突然，卡罗瑟斯说了一句使我感到震惊的话。

“我现在极度苦闷。”他小声地嘟囔着。

他说这话之前没有一点儿征兆。显然这是他的心里话。他说这话的声音带着哽咽，好像他就要哭出来了。听到他的这句话，我无法用语言描述自己此刻的震惊了。我此刻的感觉就如同走到街角时，突然迎面刮来一阵大风，让你大吃一惊，几乎要被风刮走。我怎么也没想到他会说这句话。我们俩毕竟一点儿也不熟悉，也不是朋友。我不喜欢他，他也不喜欢我。我从不认为他这个人善良。一个自控能力如此强的男人，一个温文尔雅的绅士，一个熟知文明社会习俗的外交官，竟然会崩溃到向一个陌生人说出这样的坦诚之语，这太让人感到震惊了！我这人天生不爱多言。无论我的内心多么痛苦，我都不会向其他人流露出来，我会为此而感到羞愧难当。我浑身颤抖了一下。他的软弱让我很生气。有一阵我心中充满了愤怒。他怎么能将自己心中的痛苦倾倒给我呢？我几乎要喊了起来：

“真是见鬼了。这跟我有什么关系？”

但我把这句话咽了下去。此刻他蜷缩在那把大扶手椅中。他那严肃而高贵的面孔让我想起了一尊维多利亚时代政治家的大理石雕像，这张脸的肌肉松弛，皮肤怪异地皱着。他的样子看起来是就要哭了。我不知该说什么才好，声音也有些颤抖了。我平时说话的时候爱脸红，但现在我感到自己的脸变得煞白。他是一个值得可怜的人。

“我感到非常抱歉，”我说道。

“我告诉您自己的烦心事，不知您介意不？”

“我不介意。”

现在他沉默了下来。我猜卡罗瑟斯的岁数是四十多一点儿。他身材匀称，像个运动员，有一种自信的风度。现在他看起来老了二十岁，奇怪的是个头也显得缩了。他让我想起了战场上死去的士兵。我在一次世界大战的战场上经常看到他们的尸体，奇怪的是他们死后身体变小了。我感到有些尴尬，因此把目光移向别处。但我感到他的目光是在召唤我，因此又把目光转向他。

“你知道贝蒂·惠尔顿·伯恩斯这个人吗？”他问我道。

“几年前我经常在伦敦碰到她。近来没有看到她了。”

“哦？”

他显得有些犹豫。

“如果我告诉您这些，我想您恐怕要觉得我这个人太奇怪了。我这些话实在无法憋在肚子里了。如果我不把这些话说出来，我就要精神崩溃了。”

除了咖啡，他已经要了两杯白兰地。现在他又叫服务员，让他再端一杯来。休息大厅内现在只有我们两人。在我俩之间的桌上有一盏带灯罩的小灯。由于这是公共场所，所以他将声音放低。令人奇怪的是，这个地方竟然可以让人有一种亲近感。在这里我无法复述卡罗瑟斯的原话，要我把这些话都记下来是不可能的。而用我的表述习惯将他的话讲述出来更方便一些。有时从他的话中无法确切地知道他想要表达的意思，我只能猜测他的想法。有时他的想法错误，而我通过某种方法能比他看得更清楚一些。贝蒂·惠尔顿·伯恩斯具有非凡的幽默感，而他这个人则不知幽默为何物。我能觉察到他的叙述没有提及那些幽默的事。

我见过贝蒂·惠尔顿·伯恩斯很多次，但我对她的了解主要还是来自别人的评论。她年轻的时候曾把小小的伦敦城闹得沸沸扬扬，我在见到她本人之前经常听人谈到她。我与她的第一次见面是在战后不久，在波特兰广场举行的一个舞会上。她当时正是大红大紫、声名鹊起之时。只要你打开任何一份有插图的报纸，肯定能看到她的肖像；人们聊天的话题也离不开她疯狂的恶作剧。她当时二十四岁，母亲已经去世。她父亲是康沃尔公爵。公爵当时年事已高，家境也不很宽裕，基本都生活在他的康沃尔城堡内。而贝蒂·惠尔顿·伯恩斯与一个孀居的姑姑一道住在伦敦。大战爆发时她去了法国，当时只有十八岁。她当时是一家后方医院的护士，还负责开一辆救护车。她参加过一个战地文工团的演出活动；在国内，她还参加过慈善募捐的舞台造型表演，举行过慈善募捐的拍卖活动，在皮卡迪利大街卖过旗子。她参加的所有活动都被报界广为报道，她每有一个新的角色都吸引了无数摄像机的镜头。我猜她极力想要自己过一个正派人的生活。但大战这时结束了，她也开始极度地放纵自己。那时所有的人都有点儿不知所措。年轻人卸掉了压在他们肩上整整五年的包袱，终于可以放纵自己干出一件又一件出格的事来。而所有这些越轨的事情都少不了贝蒂。他们的活动时不时地也见诸报端，而每次贝蒂的名字都会出现在报道的标题中。那时夜总会才刚刚兴起，她每天晚上都会出没于夜总会中。她的生活既紧张忙乱，又非常快活。描述她的生活只能使用这些陈腐之词了，因为她的生活已经腐化了。但让人琢磨不透的是，英国公众竟然将她奉成了大众生活的核心，贝蒂女士的名字红遍英伦三岛。当她参加一个婚礼的时候，妇女们会将她团团围住；当她出席一幕戏剧的首场演出时，观众会向她欢呼，仿佛她是一个舞台上的明星。姑娘们纷纷模仿她的发型，洗涤与化妆用品制造商们纷纷掏钱请她做形象代言人。

当然，也有很多人喜欢古板而乏味的生活。他们留恋旧的生活方式，讨厌贝蒂。他们对于贝蒂竟然能一直成为公众瞩目的中心一事嗤之以鼻。他们说这个女人对于自我宣传简直是疯狂了，他们说她是个放荡的女人，他们说这个女人酗酒成性，他们还说她是个大烟鬼。我得承认，根据听到的评价，我对她没有什么好印象。我看不起这类女人。她们将这场战争视为自己享受和出名的机会。有些报纸总是刊登一些社交圈的人物在戛纳散步或在圣安卓打高尔夫球的照片，我对此很是反感。我一直认为“有为青年们”其实非常乏味。他们自感快乐的生活在旁观者看来既沉闷又愚蠢。但从道德的角度急于对他们下结论还是不明智的。对这类年轻人雷霆大怒就如同对一窝互相追逐打闹的小狗生气一样，非常荒谬。如果这群小狗把花园弄得一团糟，或者是碰坏了一件瓷器，最好的办法还是忍耐。如果某条小狗掉到水里淹死了也不要大惊小怪，其他的小狗会长成懂规矩的好狗的。他们之所以行为难以驾驭，主要是由于年轻人精力过剩。

精力旺盛也是贝蒂身上最闪亮的性格特定。她周身都焕发着活力，炽烈的生命之火会让你感到目眩。我自打在一个聚会上第一次见到她之后，她留给我的印象，恐怕我这一辈子也抹不去了。她就像酒神巴克斯的一个女祭司。她跳舞时非常投入，完全沉湎于音乐和年轻躯体的舞动之中，她此时的样子会让你忍俊不禁。她的头发是棕色的，由于周身散发着活力而稍显杂乱。她的眼睛深蓝，皮肤白中透红。她是个大美人，但一点儿也没有大美人特有的那种冷峻。她总是笑声不断。即使听不到她的笑声，她也是在微笑，眼睛中跳跃着生活的乐趣。她就像是一个神仙居住的农庄中的挤奶女工。她既健康又充满了活力，经济上完全自食其力，仪态中有一种贵族气质的直率，让你一望可知，她是一个大家闺秀。我不知该如何描述她留给我的印象。她为人非常真挚和单纯，一点儿也不拿腔作势，摆名人的派头。我猜想，如果有机会的话，她一定能成为一个气质高雅的贵夫人。她可能自己还没有意识到，但她在内心深处认定世上的一切都无足轻重，所以所有的人都喜欢她。我理解为什么伦敦东区的工厂女工崇拜她，为什么数十万从未与她谋面，只是见过她照片的人却将她视为自己亲密的私人朋友。

我被介绍给她，她与我交谈了几分钟。看到她对我很感兴趣的样子，我的心里感到说不出的舒坦。虽然我明知她见到我时表现出来的高兴样子，她倾听我说话时全神贯注的神态并非发自真心，我还是非常愉快，立即喜欢上了她。她有一种见人自来熟的天赋。仅仅五分钟的交谈，我就感到她好像是自己熟识多年的老朋友。有人一把抓住她，把她从我身边拖走，想要和她跳个舞。她顺从地跟这个人走了，脸上依然是一副热情而快活的神态，就如同刚才她一屁股坐在我身旁的椅子里时一样。两个星期后的一次中午聚餐我又见到了她。她跟我说起那次嘈杂的舞会中我俩唠的那十分钟，她对我俩都说了些什么记得清清楚楚，真是让我大吃一惊。她虽然只是一个年轻的女子，但在社交场合却表现得非常优雅和老道。

我将自己与贝蒂第一次见面的经过告诉了卡罗瑟斯。

“她可不是一个傻瓜，”他说道，“很少有人知道她非常聪明。她的诗也写得非常漂亮。但她平时嘻嘻哈哈，大大咧咧，对谁都不在乎，所以别人都以为她是一个没有心计的人。但他们都错了。她其实比猴子都精。你绝不会想到她能有时间读那么多的书。我想任何人在这方面都不如我对她的了解。我俩经常在周末到城外去散步。在伦敦城里时，我俩就开车上里士满公园去散步和叙谈。她喜爱鲜花、树木和青草，她对什么都感兴趣。她知识丰富，感觉敏锐。她简直可以说是无所不知。

有时我俩下午散步后就会找一家夜总会坐一会儿。她会喝上两杯香槟，而她的酒量就这么大，喝完后她就醉了。这时她就成了夜总会里的中心人物了。我不禁想到，如果其他人知道就在几个小时前，我俩还在谈论一些非常严肃的话题时，他们会作何反应。这个反差也太强烈了。她此刻似乎成了另一个完全不同的女人。”

卡罗瑟斯一口气说了这么多，脸上没有一丝笑容。他说话的时候情绪非常低落，就好像他在谈论一个年纪轻轻就离开了人世的朋友，他因此少了一个亲密的伙伴。他深深地叹了一口气。

“我疯狂地爱上了她。我向她求了六七次婚。当然我也知道自己没有成功的可能。我只是外交部的一名低级职员。但我难以控制自己的冲动。她拒绝了我，她虽然每次都拒绝我，但对我的态度都非常好。我俩之间的友情没有受此影响。你不知道，她是真心喜欢我。我身上有一些其他人无法取代的东西。我一直认为她是真心喜欢我，对我比对其他人都好。我是疯狂地恋上了她。”

“我想向她求婚的绝不止你一个人。”我说道，感到自己也应该说点儿什么。

“岂止我一个。她经常一次就收到几十封求爱信。写这些信的人有非洲的农场主、加拿大的矿工和警察，她从来就没见过或听说过这些人。形形色色的人都向她求婚。她可以嫁给任何一个她喜欢的人。”

“听说还有一个皇室成员曾向她求婚。”

“是的，她说她无法过那样的生活。最后，她嫁给了吉米·惠尔顿·伯恩斯。”

“人们对此都感到很意外，是吗？”

“你从未听说过这个人吗？”

“不，我知道这个人。我可能还见过他。不过我对他已经没有任何印象了。”

“这不应该呀。他可是一个非常重要的人物。他父亲拥有英国北部最大的一家工厂。他本人在这场大战中发了横财，还捐了一个从男爵的头衔。我想他为显得有贵族血统还有意在自己的姓氏前加了一个H字母。”吉米在伊顿公学的时候跟我是同学。为把他培养成一个绅士，学校可是花费了不少精力。在战后的伦敦他可是个大忙人。他整天忙于举办各类宴会和派对，但他仅仅是个掏腰包的人，没有任何人会去注意他。他是一个最遭人讨厌的人。他非常古板，总是一副一本正经的样子，对人过于客套。他总是小心谨慎，生怕自己言行不当，因此跟他在一起你会有一种不舒服的感觉。他总是穿着笔挺，让你感觉这些衣服都是第一次穿着一样。而且他穿的衣服都有点儿过于贴身。

一天早上，当卡罗瑟斯随意翻看一份《泰晤士报》的时候，他将目光盯在了这天的时尚信息栏目上，看到其中有这样一篇报道，说康沃尔公爵的独生女儿伊丽莎白与约翰·惠尔顿·伯恩斯爵士的长子詹姆斯已经订婚。他当时简直是惊呆了。他马上给贝蒂打电话，问她这篇报道是否属实。

“当然是真的了。”她回答道。

他被惊得目瞪口呆，不知该说点儿什么。她接着说道：

“他要在今天带着全家人与我父亲见面，我们要在一起吃午饭。我敢说这个场面肯定有些沉闷。你可以在克拉里奇饭店请我喝一杯鸡尾酒，为我鼓鼓劲，可以吗？”

“几点见面？”他问道。

“一点。”

“那好。我准时在那等你。”

他先她一步到达那里。她进来的时候脚步非常轻快，就好像她的双脚已经急不可耐地要跳起舞步来。她的脸上满是笑容，双眼闪烁着快乐的光芒，似乎在告诉你，她快乐是因为她还活着，而这个世界是如此美好。她走进来的时候周围的人认出了她，都在小声地议论她。卡罗瑟斯真的感觉到她的到来就像阳光和鲜花一样，使沉闷而豪华的克拉里奇饭店休息大厅立时充满了生机。他没有说客套话，而是直奔主题。

“贝蒂，你不能这样做，”他说道，“这根本就是不可能的事情。”

“为什么？”

“他这人太糟糕了。”

“我不同意你的评价。我认为他相当不错。”

一个服务员进来问他俩要点什么，然后离去。贝蒂用她那双漂亮的蓝眼睛看着他，似乎既要竭力表现出自己很快乐，又要表现出对他非常温柔。

“他是一个令人讨厌的暴发户，贝蒂。”

“哦，别胡说八道了，汉弗莱。他一点儿也不比其他人逊色。我想你有点儿过于自命不凡了。”

“他这个人非常枯燥无味。”

“不对，他只是不大爱说话而已。我并不想要一个太过优秀的丈夫。我想他个人的条件不错。他长相挺好看，举止彬彬有礼。”

“天哪，贝蒂，你怎么会这么想。”

“哦，不要再傻了，汉弗莱。”

“你难道要假装自己爱他吗？”

“我认为人有时候需要圆滑一些，对不对？”

“那你为什么还要嫁给他？”

她冷冷地看着他。

“他很有钱。而我也快满二十六岁了。”

他再也无话以对。

他开车将她送回姑姑家。她的婚礼非常豪华。威斯敏斯特的圣玛格丽特大教堂门前是人山人海，几乎所有王室成员都出席了婚礼。蜜月是在她公公借给他们的游艇上度过的。卡罗瑟斯申请调到国外去工作。因此他被派往罗马（这一点我猜得很准，他一口流利的意大利语起了作用）。后来他又被派往斯德哥尔摩。他现在是英国驻意大利使馆的参赞。在此期间他创作了自己的第一篇小说。

也许贝蒂的结婚使英国的公众感到失望，他们曾对她寄予更大的期望；也许作为一个已婚的年轻女人，她不能再满足公众浪漫的感觉了。结果就是，她很快就从公众的视线中消失了。你很少能再听到她的名字了。她婚后不久就有传言说她就要生孩子了。但很快又有传言说她流产了。她并没有完全脱离自己的社交圈子。我猜她继续与她的朋友保持来往，但她的活动不再引人注目。她很少再去看她那些放荡不羁的老朋友。这些老朋友现在也已经成了一些过气的贵族，与他们关系密切的那些鼓吹手们现在改而吹捧他们是一些聪明而有文化教养的人了。人们都说她现在变得安分守己了。人们对她与丈夫如何相处很好奇。经过一番调查，人们很快就得出了结论：这对夫妇的关系并不和睦。现在又有传言说吉米酗酒很凶。一两年后，据说他患了肺结核。惠尔顿·伯恩斯夫妇在瑞典待了两个冬天。然后又有新闻传开了，说他们俩分道扬镳了，贝蒂自己到罗德岛[1]去居住了。选择这样一个地方真是让人感到奇怪。

“那里一定非常乏味。”她的朋友们都这样说。

不时会有几个朋友到那里去看她。他们回来后说，这个岛屿非常美，岛上的生活非常闲暇和迷人。当然，那里也非常偏僻。贝蒂这样一个精力充沛、才华横溢的人能心满意足地在那样的地方安居下来，这真让人感到奇怪。她在那里买了一套房子。她在那里除了几个意大利官员外，谁也不认识，而且那里确实也没有值得交往的人。但她在那里却感到非常幸福。去那里回来的朋友们都为此而感到纳闷。但伦敦的生活是忙碌的，人们要记住的事情太多。人们不再想起这个人，她被人们彻底遗忘了。然而，在我与汉弗莱·卡罗瑟斯在罗马相遇前几个星期，《泰晤士报》登载了吉米·惠尔顿·伯恩斯准男爵死亡的讣告。他的一个弟弟继承了他的贵族头衔。贝蒂与他没有孩子。

卡罗瑟斯在她结婚后继续与她保持往来。只要他回到伦敦，他俩就肯定会在一起共进午餐。她能在两人分手相当长时间后重建两人的友情，仿佛时间没有流逝，因此俩人见面后丝毫也没有陌生感。有时她问他打算什么时候结婚。

“你的岁数也不小了，汉弗莱。如果你不快点儿结婚，你就要变成一个老古板了。”

“你认为结婚好吗？”

提这样的问题有点儿不够友善，因为所有人都知道她与丈夫的关

---

① 罗德岛（Rhodes），爱琴海东南部希腊一岛，面对土耳其海岸，佐泽卡尼索斯群岛中的最大岛屿。

系紧张。但她的回答伤害了他的自尊心。

“总的看来，我想一桩不算美满的婚姻也许比不结婚要强。”

“你非常清楚我不打算结婚了，而你也非常清楚其原因。”

“哎哟，我的天呢，你不是要想说你还在爱着我吧？”

“我确实还在爱着你。”

“你真是一个该死的傻瓜。”

“我不介意做一个傻瓜。”

她冲他笑了。她看他时总是用这种半开玩笑、半温柔的目光。他的心里感到又痛苦又幸福。可笑的是，他几乎可以触摸到这种感觉。

“你很可爱，汉弗莱。你知道我很喜欢你，但即使我是自由之身，我也不会嫁给你。”

当她与丈夫分手，独自到罗德岛生活的时候，卡罗瑟斯就再也没有见过她了。她也再没有回英国。他俩只是经常进行书信往来。

“她的信写得非常漂亮。”他说道，“你似乎能从字里行间中感觉到她在对你说话。她的信就像她本人，既聪明又风趣，不大符合逻辑，但又非常机敏。”

他提议让他到罗德岛去待几天，但她认为最好不要这样。所有人都知道他曾经疯狂地爱上了她，所有人都知道他现在依然爱她。他不知道惠尔顿·伯恩斯夫妇是在什么情况下分居的。也许两人的关系非常僵。贝蒂也许会认为他到岛上会给她带来不利的影响。

“当我的第一部小说集出版的时候，她给我写了一封充满温情的信。你不知道，我的这本书是献给她的。她对我能在写作上取得这样的成功感到非常惊奇。所有人对这本书的评价都非常高，她对此表示非常高兴。我想她最高兴的事情是我能高兴。不管怎么说，我并非专业作家，我并不怎么看重我在写作方面的成功。”

你个傻瓜，我心想，她在骗你呢。难道他认为我没有注意到由于这两本书广受欢迎，他就陷入自我满足之中了吗？我并不是要责怪他有这样的感觉，我完全能够理解他。但为什么如此痛苦却不敢承认呢？但是毫无疑问，主要是由于贝蒂的缘故，他才如此享受它们带给他的声誉。他现在有了自己的成就献给她。他现在完全可以向她求婚。他还在爱她，他现在也是有名之人了。贝蒂也不再年轻了，她已经三十六岁了。她结婚了，然后又一个人逗留海外，说明一切都变了。她的身边不再围满了求婚者，她不再是头顶光环、众人膜拜的偶像。他俩之间的距离不再是遥不可及了。这么多年来他始终守身如玉，就是因为心里有她。而她继续将自己的美貌、智慧和社交天赋埋没在地中海上的一个偏僻小岛上，这也太荒谬了。他知道她喜欢他，他这么多年的苦苦思恋肯定也会打动她。他要给她一个新的生活。他打定了主意要再次向她求婚。七月底他有空休假。他写信给贝蒂，说他这个假期要在希腊各岛上度过。如果她高兴见他的话，他可以在罗德岛停留一两天。他听说岛上有一家意大利人开办的很不错的旅馆。他深思熟虑后，采用了这样一种很随意的方式提出了自己的建议。他在外交部待了这么多年，外交经历让他懂得，凡事不可鲁莽。他做任何事之前都要预先给自己留下退路。

贝蒂给他发了一份电报作为回答。她说他能到罗德岛来真是太好了。他当然不能住在外面。必须到家里来住，而且至少要待两个星期。要他电报告知坐哪艘船过来。

当他在布林迪西乘坐的轮船点火起航的那一刻，他真是激动不已。

日出后不久，轮船就抵达了罗德岛整洁而漂亮的港口。他几乎一晚都没有合眼，早早就起了床，在船上遥望着这座岛屿在晨曦中隐然显出的壮观轮廓，欣赏着夏季海面日出的美景。轮船抛锚后，小船就纷纷靠了上来。跳板搭好了。汉弗莱趴在船舷的护栏上向下望去，看到医生、港务局的官员和宾馆的导游们蜂拥而上。他是船上唯一的英国人。他的国籍一望可知。一个男子走上甲板，立即向他走来。

“您是卡罗瑟斯先生吗？”

“是的。”

他正想微笑着伸出手去，但立即从这个人躲闪的眼神中看出这个人虽然同自己一样都是英国人，但绝不是一个绅士。他虽然仍是彬彬有礼，但态度本能地有点儿僵硬。当然，卡罗瑟斯不会告诉我这些，但我能清晰地想象出这个场面，能毫不犹豫地把它描绘出来。

“夫人说她没有亲自来接您，希望您不要介意。这艘船到港的时间太早了，而我们的住处离这里有一个小时的路程。”

“当然不会。夫人好吗？”

“好，谢谢。您的行李准备好了吗？”

“是的。”

“请您告诉我哪个行李是您的，我去叫个挑夫把行李给您搬到小船上去。您在海关不会有麻烦的。我把一切都处理好了。那么咱们可以走了。您吃早饭了吗？”

“吃了，谢谢。”

这个男子说话经常漏发“h”音。卡罗瑟斯暗自思忖，他是干什么的呢？他并非全然不懂礼节，但对自己却有点儿爱答不理的。卡罗瑟斯知道贝蒂的房产很多，也许他是被雇佣的经纪人？这个人很能干。他俩坐上小船后，他用流利的希腊语指挥着搬运工。小船的船主还想多讨要一点儿费用，但他说了几句话后，他们哈哈大笑，满意地耸耸肩膀。他的行李通过海关时没有打开检查，那个男人与海关官员们握了握手。他俩走进了一片沐浴着阳光的空地，一辆宽大的黄色轿车就停在这里。

"你来开车送我吗？"卡罗瑟斯问道。

"我是夫人的司机。"

"哦，我明白了。刚才我没看出来。"

他的穿着不像个司机。他下穿一条粗布裤子，光脚穿着双帆布便鞋，上穿一件白色的网球衫。没有打领结，领子敞开着。头上戴着一顶草帽。卡罗瑟斯皱了皱眉。贝蒂不应该让她的司机这么一副打扮来开车。当然了，他天不亮就得起床，从港口到别墅的路上天气也很热。也许在一般的场合他就会穿制服了。他虽然比卡罗瑟斯矮一些，但穿着鞋也有六英尺高了，还不算很矮。他的肩膀很宽，身体结实，显得很粗壮。他略有点儿胖，但不臃肿。他看来是有一个好胃口的人，饭量很大。他看起来还算年轻，大概有三十或三十一岁。他现在已经是肌肉丰满，将来一定是个大块头。他的脸很宽，被晒得漆黑；鼻子又短又厚，看起来有点儿郁郁寡欢。他留着漂亮的小胡子。卡罗瑟斯感到奇怪的是，他模模糊糊地感觉自己曾在哪里见过这个人。

"你与夫人在一起的时间长吗？"他问道。

"是的，可以这样说。"

卡罗瑟斯的表情更僵硬了。他很讨厌这个司机说话的语气。这个司机对他说话不尊称先生，这让他很纳闷。恐怕贝蒂有点儿惯着他了，让他竟然有点儿自傲自大起来。可能她对这类事情不大在意。但这是一个错误。如果有机会的话一定记住提醒她。他俩的眼光相遇的一瞬，他敢打赌他看到这个司机的眼光中闪动着一种感到逗趣的神色。卡罗瑟斯无法知道其原因。他不知道这个司机有什么事情要感到好笑。

“那里，我猜，就是骑士们的旧城堡了。”他指着一段带城垛的墙，冷淡地说道。

“没错。夫人会带你去看的。这个季节我们经常到这里来。”

卡罗瑟斯曾想要表现得随和一些。他曾想，如果自己与司机并排坐在前坐，而不是一个人坐在后排，这样可能会显得更平易近人一些。于是上车前他主动提出了这个建议。于是司机告诉行李搬运工将他的旅行袋都放到车的后座上。司机自己坐在了驾驶员的位置，对他说：

“现在你跳上车，咱们就可以走了。”

卡罗瑟斯在副驾驶位置上坐下，他们就沿着一条白色的公路向前驶去。公路开始紧靠着海边，但几分钟后就进入到一片开阔的原野上。他俩默默地坐着。卡罗瑟斯的脸上略带一点儿他特有的高贵表情。他感觉到这个司机想跟他套点儿近乎，但他不打算给他这个机会。他自我安慰地想,自己对他的态度可能能使这个司机明白自己的身份。他想，自己这种严肃的态度和嘲讽的话语，用不了多久就能使这个司机称呼自己“先生”。但这个清晨非常可爱，白色的公路在橄榄树林和农家小院中穿梭。农家小院不时在车旁闪过。农家小院的房子白墙平顶，颇有远东格调，分外引人注目。想到贝蒂正在等着他，他现在心中满是爱意，对任何人都会非常友善。他给自己点着了一支香烟。他想，也递给司机一支香烟能表现出自己的慷慨大度。司机接过香烟后将车停下，好把烟点着。

“你带香烟来了吗？”他突然问道。

“我带什么？”

司机的脸拉长了。

“夫人给你打了电报，让你带两磅水手牌香烟来。这也是我疏通海关，让他们不要打开你的行李的原因。”

“我没有收到这样的电报呀。”

“该死的！”

“夫人要两磅水手香烟？她到底想要干什么？”

他说这句话的语气非常傲慢。他讨厌这个司机说话的态度。这个家伙目中无人地瞟了他一眼。卡罗瑟斯能看出来。

“这里买不到这种牌子的烟。”他只是简单地回答。

他非常气恼地将卡罗瑟斯递给他的那支埃及牌香烟扔掉，重新启动了汽车。但他的面孔阴沉着，什么话也不说了。卡罗瑟斯感到他尽量随和一些的想法是犯了个错误。因此，在剩下的行程中，他不再理睬这个司机。在英国大使馆当参赞时，如果有一个英国公民前来求助，他一般都是一副冷漠的表情。他对此是得心应手。现在这个本领正好能派上用场，他又换上了这么一副冷冰冰的神态。汽车开上山路已经有一段时间了，现在前面出现了长长的一堵矮墙，接着是一扇敞开的大门。司机将车拐了进去。

“我们到了？”卡罗瑟斯大声问道。

“五十七分钟开了六十五公里。”司机说道。他突然咧嘴笑了，露出了一口整齐洁白的牙齿。“在这样的路上能跑出这样的速度还算不赖。”

他按了下汽车喇叭，刺耳的声音响了起来。卡罗瑟斯激动得快要喘不上气来了。汽车爬上一条狭窄的道路，穿过一片橄榄树林，在一所布局杂乱的房屋前停了下来。贝蒂正站在大门前。他跳下汽车，走到她跟前，在她的双颊上各吻了一下。此刻他简直说不出话来。但下意识地，他注意到在大门旁还站着一个穿着白色粗布衣的管家和两个穿着当地人特有的硬褶白短裙的男仆。他们都很整洁，而且显得别具一格。尽管贝蒂放任她的司机毫无礼貌，但这所别墅管理得还是井井有条，充满了文明的气息，符合她的身份。她领他穿过大厅来到客厅。大厅的空间很大，墙刷得雪白，他模模糊糊地感觉到还布置了很漂亮的家具。客厅的面积也很大，只是举架稍矮了一些。客厅的墙也同样刷得雪白。他立即就感觉到了客厅的舒适与奢侈。

“你一定要先过来看看我这里的风景。”她说道。

“我先要看的就是你。”

她穿着一身白。她的胳膊、她的面孔和脖子都晒得漆黑，她的双眼看起来比以前更蓝了，牙齿更是洁白的惊人。她看起来状态非常好。她非常苗条和整洁。她留着大波浪的发型，指甲修剪过了。看到她在这样一个浪漫的岛屿上过着如此轻松惬意的生活，他的脑子中闪过了一丝焦虑。

“要我说，贝蒂，你看起来只有十八岁。你是怎么做到这一点的？”

“快乐的生活。”她微微一笑。

闻听此言，他感到胸口一阵剧痛。他不希望她太快乐了。他希望由自己来给她快乐。他希望能给她幸福。现在她坚持要带他到露台上来。客厅有五扇大窗与露台相通。站在露台上，可以看到长满了橄榄树的山坡非常陡峭，向下一直延伸到海边。山下有一处小海湾，湾口的海面上有一艘白色的小船。在平静的海面上可以看到船的倒影。小船被锚定在海边。在露台的拐角处可以看到远处的山峰，可以看到山上有一个由白色房子组成的希腊人的小村；从小村再向前看，是一堵巨大的灰色悬崖，悬崖顶就是那座有垛口墙的中世纪城堡。

“那是一座当年骑士们据守的城堡，”她解释说，“今晚我就带你去那里看看。”

这里的景致非常可爱，美得让你简直喘不上气来。周围非常宁静，但奇怪的是，这里却充满了生命的气息。在这种氛围下你不会陷入冥想之中，而会心情激动地想干点儿什么。

“我猜你把香烟带来了。”

他吃了一惊。

“我没有带来呀。我根本就没有接到你的电报。”

“但我给大使馆发电报了，直接发给大使本人的。”

“可我当时在广场呢。”

“这可真麻烦。艾伯特又要发火了。”

“艾伯特是谁？”

“是他开车把你接过来的。他只喜欢抽水手牌香烟，而这里却没有卖的。”

“哦，就是那个司机呀。”他指着山脚下那艘在海面上闪闪发光的小船问道，“这就是那艘我听过的游艇吧？”

“是的。”

贝蒂购买的是一艘大型轻划船，在船上又装了一台马达，进行了装修。她坐这条船游遍了希腊的各岛屿。她往北到过雅典，往南到过亚历山大城。

“如果你有时间的话，我们可以带你坐船去旅行。”她说道，“你既然到这啦，应该去看看科斯。”

“谁为你开船？”

“我当然得有一帮船上人员了。但主要是艾伯特来开。他非常善于摆弄车呀船呀这类机器。”

听到她又一次提到那个司机，他不知道为什么心里隐隐有股不舒服的感觉。卡罗瑟斯感到她可能让这个司机负责的事情过多了。而让一个仆人管太多的事可是犯了一个错误。

“我模模糊糊地感觉到以前在哪里见过艾伯特，但具体在哪里想不起来了。”

她欢快地笑了，眼睛里闪着光。突然而至的快乐使她的面容显得直率而可爱。

“你应该记得他。他是路易丝姑姑的二等男仆。他为你开门的次数肯定不止上百次了。”

贝蒂婚前就是与路易丝姑姑住在一起。

“哦，真的就是他吗？我想我当时肯定见过他，但没有注意。他怎么会在这里？”

“他来自我的家乡。我出嫁后，他表示愿意做我的仆人。因此我出嫁时将他也带去了。他做了一段吉米的贴身男仆。然后我派他去干点儿与机械有关的工作。他这个人非常喜欢摆弄汽车，所以最后我挑选他做我的司机。现在如果没有他，我很多事情真不知道该怎么办。”

“你不认为过于依靠一个仆人可能会带来麻烦吗？”

“这我不知道。但我还从来没有因此而出现麻烦。”

贝蒂将他领到为他准备的套房内。他换洗完毕后，他俩就缓步走下山坡，来到海边。一条小舢板正停靠在海边等着他俩。他俩划着小舢板靠上游艇。他俩在游艇边下水游了会儿泳。海水一点儿也不冷。然后他俩爬上游艇，在甲板上晒太阳。游艇内部非常宽敞和舒适，装潢得很豪华。贝蒂领他到游艇的各处参观了一番。艾伯特正在修理发动机。他全身油污，双手黑乎乎的，脸上也沾上了黄油。

“怎么了，艾伯特？”贝蒂问道。

他站起身来，非常尊敬地面向她。

“没有什么，夫人。我只是检查检查。”

“艾伯特在这个世界上只爱两件东西。一个是汽车，另一个就是游艇。我说得对吗，艾伯特？”

她冲他快活地一笑。艾伯特没有表情的脸上一下就放出光来，而且露出了一口洁白的牙齿。

“您说得很对，夫人。”

“你不知道，他就住在船上。我在船尾为他装潢了一间非常漂亮的舱室。”

卡罗瑟斯这几天过得非常轻松愉快。这套别墅原属于一位土耳其帕夏[①]，他被阿卜杜勒·哈米德[②]放逐到罗德岛。贝蒂就是从他手里买下了这套别墅的。这座建筑非常优美，而她在原建筑的基础上又扩建了一个侧厅。她在别墅四周都种上了橄榄树，形成了一大片树林。别墅内外还种了许多迷迭香、薰衣草和水仙花。她还让人从英国带来金雀儿花和玫瑰。她种的玫瑰在岛上还十分有名呢。她告诉他，每当春

① 帕夏（pasha），旧指土耳其古代对大官的尊称。

② 这里应该是指哈米德二世（Abdul Hamid II，1842—1918），其为奥斯曼帝国的苏丹和哈里发，1876年至1909年在位。

天到来，这里漫山遍野都是银莲花。但当她领着他在别墅内外转悠，告诉他自己对住处的计划，下一步还要做哪些变动时，他心里不禁有点儿不安起来。

“听你说话的意思，你好像要在这里住上一辈子。”他说道。

“也许吧。”她笑了。

“简直是胡说八道！你刚多大岁数。”

“我是快奔四十的人了，老男孩。”她低声说道。

他发现贝蒂的厨师厨艺很是不错，而且她的餐厅装潢考究，全是意大利家具；就餐时有颇有派头的希腊管家和两个身穿鲜艳制服的漂亮男仆在一旁伺候。他是个对就餐很讲究的人，这些都让他感到非常满意。这所别墅内布置的家具格调都很高雅。各房间的陈设都很简洁，但所有的物品都非常精美。看来贝蒂过得真是不错。他到达这里的第二天，岛上的总督带着几位手下到别墅来就餐。贝蒂隆重地接待了来宾。总督走进别墅时，身着华丽硬挺裙子和绣花夹克，头戴天鹅绒帽子的仆人分列在大门两侧夹道欢迎。简直就像是一支仪仗队。卡罗瑟斯喜欢这种宏大的场面。宴会也是非常快活。贝蒂的意大利语说得非常流利，而卡罗瑟斯的意大利语更是完美无瑕。总督的随从军官都很年轻，他们身着军官服，显得非常英俊。他们对贝蒂表现得彬彬有礼，大献殷勤；而贝蒂对他们既不失热情，也非常友好。她跟他们不断开着玩笑。宴会结束后，留声机响起了音乐。他们轮流邀请她跳舞。

客人们走后，卡罗瑟斯问她：

“他们都在疯狂地爱着你吗？”

“这我就不知道了。他们偶尔暗示想要娶我，或有其他表示。但我谢绝后，他们的表现都非常自然和友好。”

这些人并不构成对自己的威胁。他们中年轻人乳臭未干，而岁数稍长的不是肥胖不堪就是些秃头。无论他们如何追求贝蒂，她都不会傻到要嫁给一个中产阶级的意大利人。对这一点卡罗瑟斯丝毫没有疑问。但一两天后发生了一件奇怪的事情。当时他正在自己的房间内穿衣，准备去吃饭，忽然听到走廊里有一个男人说话的声音。他听不清说的是什么，也不知道说的是哪种语言。然后就突然传来了贝蒂清脆的笑声。她的笑声就像是一个年轻女孩发出的，欢快而迷人，像涟漪一样慢慢地散向四方。她的笑声放任而欢快，富有感染力。但她在对谁笑呢？对一个仆人不可能发出这样的笑声。这个笑声里有一种奇异的亲密感。卡罗瑟斯能从一阵笑声里察觉到这么多，这似乎有些不可思议，但别忘了他是一个非常敏感的人。他写的故事正是由于有这种绝技才引人瞩目的。

当他俩在露台上见面后，他一面摇着一杯鸡尾酒，一面好奇地问道：

“刚才什么事让你笑成那样？有客人来吗？”

“没有啊。”

她看着他，眼神中是真正感到突然。

“我以为有哪个你的意大利军官朋友来拜访呢。”

“没有。”

时光的流逝当然也会在贝蒂的身上留下影子。她依然很美，但她现在展现的是一种成熟的美。她一直都很自信，但现在是更显出了一种从容。她的娴静就像她的蓝眼睛和坦率的额头一样，属于她的特征，是她给人美感的一部分。她似乎与所有人都能友好相处。与她在一起会有一种平静的感觉，就仿佛躺在一片橄榄树林之中，望着夕阳映照下呈现出葡萄酒色的海面。尽管她还是那么快活和风趣，但现在明显多了一层庄重。没有人会再指责她毛毛糙糙了。谁都能看出她性格的优雅之处。这种性格甚至可以被称为高贵。现代妇女具有这种性格特征的人很少。卡罗瑟斯在心里对自己说，她还真是一个守旧的女人。她让他想起了十八世纪那些声名显赫的贵妇们。她对文学的鉴赏力从来都很高。她出嫁前写的那些诗歌旋律优美，非常雅致。当她告诉他，她正在从事具体的历史研究工作时，他虽然有些吃惊，但更多的是增加了对她的钦佩。她说自己正在收集资料，想要写作一部罗德岛上的圣约翰骑士团的传记。内容都是一些浪漫的故事。她领着卡罗瑟斯在当年骑士们据守的城堡游览，让他看看这些著名的城墙。他俩还一起游览了那些朴素而庄严的建筑。他俩在骑士城寂静的街道上漫步，欣赏着那些可爱的石头砌成的建筑。建筑上巨大的盾形纹章让人不禁想起那些已经逝去的骑士时代。她在这里又让他吃了一惊。她已经在这里买下了一套古老的房子，而且精心地让房子恢复到那种古色古香的样子。当他走进小庭院内，踏上精美的石头砌成的楼道，他感到自己仿佛回到了中世纪。庭院内还有一个小花园，花园四面有墙，里面种了一棵无花果树和玫瑰。整个庭院不大，但很安静和隐秘。那些老骑士们一定是在东方待的时间太长了，他们也学会了东方人尊重私密性的习惯。

“我在别墅里住腻了，就在这里住个两三天，来个郊游野餐。有时自己一个人待着是种解脱。”

“那你一个人在这住着不会感到孤独吗？”

“是有一点儿。”

房内还有一个小客厅，客厅内摆放着朴素的家具。

“这是什么？”卡罗瑟斯指着一本放在茶几上的《体育时代》杂志，

笑着问道。

“哦，这是艾伯特的。我想这是他去接你时顺手放在这里的。他订了《体育时代》和《世界新闻》杂志，每个星期都会给他寄过来。这是他了解外部世界的途径。”

她宽容地笑了。挨着客厅的是一间卧室，卧室内除了一张大床外什么都没有。

“这栋房子原先是一个英国人的。这也是我为什么买下来的部分原因。他是吉尔斯·柯恩爵士家族的一员。我的一位祖先娶了他家族的一个叫玛丽·柯恩的女人。这个女人是他的表姐。他的家族属于康沃尔人[①]。”

贝蒂发现如果自己不懂拉丁语的话，她就无法读懂中世纪的历史典籍，因而也就无法继续进行她的历史研究。因此她就开始学习这种古老的语言。她刚刚掌握了基本的语法，就开始在一位翻译的陪伴下阅读她感兴趣的拉丁语原著。这是学习外语的一种非常高效的方法，我常常纳闷，为什么学校不采用这种学习方法呢？这样就不用不断地翻词典，逐个查找生词了。九个月后，贝蒂就可以顺利地阅读拉丁语了，程度达到了大多数英国人的法语水平。在卡罗瑟斯看来，这个可爱而聪明的尤物如此严肃地对待她的历史研究有点儿滑稽，但他也为此而感动。他真想一把将她搂在怀中，亲吻她。这一刻他不是要把她当作女人，而是当成一个早熟的孩子，她的聪明才智让你突然感到陶醉。后来他仔细琢磨了贝蒂曾告诉过他的话。他当然是一个非常聪明的人了，否则他也得不到外交部的这个工作岗位。如果说他的两本书一无是处而又取得了如此轰动，那简直就是胡说八道。如果说我曾把

---

① 康沃尔人（Cornish），英国康沃尔郡的原住族群和民族。

他形容得有点儿傻帽，那也只是我不大喜欢他这个人的缘故。我嘲笑他写作的故事，那也只是我个人觉得这种故事有点儿冒傻气。其实他这个人办事机敏，眼光敏锐。他确信只有一种方法能够赢得她的芳心。她已经习惯了目前的生活方式，而且感到很快乐，今后的打算也很明确。她在罗德岛上的生活如此有条不紊，如此完美和令她心满意足，但也正是从这个让她不愿离去的理由中，他找到了可以让她回心转意的方法。他如果能将深藏于她心底的那颗英国人不甘安分的心撩拨起来，他就有机会了。因此，他对贝蒂大谈英国和伦敦，谈他们俩都认识的朋友、画家、作家和音乐家。他由于写作上的成功而结识了这些人。他大谈在切尔西举办的波西米亚风格的聚会，谈歌剧，谈赴巴黎参加化装舞会或赴柏林观看新出戏剧的旅行。他就是要让她重新回想起那种轻松、丰富多彩且充满了文化和知识氛围的高雅生活。他竭力要让她感到，她是停滞在一潭死水之中。他要让她明白，世界正在迅速变化，不断从一个新的、有趣的阶段转向另一个阶段。而她却在原地踏步。他们生活在一个让人兴奋的年代，而她却错过了。当然，他没有直接这样对她说，而是让她自己去得出结论。他这个人很风趣，而且精力充沛；他的记忆力也非常好，能记住很多有趣的故事。他非常快活，常有一些异想天开的点子。我知道在前面的描述中汉弗莱·卡罗瑟斯远不如贝蒂女士那么才华横溢，那么风趣。读者朋友们一定相信了我的话，认为他们就是这样的人。一般人都认为卡罗瑟斯是个随和的人。不仅如此，人们还认为他很风趣，认为他的口才非常好。当然，他在社交场合是妙趣横生的人。但他只在特定人群中是这样。他们要能够理解他引用的典故，理解他特有的幽默感。在舰队街[①]有几十个记者，他们说俏皮话的本事要胜过那些社交界最著名的人物；能说会道是他们的基本职业技能，是他们日常工作的一部分。那些照片被登在报纸上的交际花们尽管被记者捧上了天，其实很少有人能在一个歌舞剧团找到一份每周三英镑的工作。业余者必须要有忍耐力。卡罗瑟斯知道贝蒂有他的陪伴很惬意。他俩在一起经常是笑声不断，几天的时间一晃就过去了。

“你要是走了的话我会感到非常无聊的。”她直率地坦白道。这是她一贯的方式。“有你在这里，我真的很开心。汉弗莱，你真的很可爱。”

“你刚刚发现这一点吗？”

他拍了一下自己的后背。他的策略对路。看到自己简单的计划非常成功，这真是太有意思了。这就像是魔法。凡夫俗子们可能要嘲笑英国外交部，但外交部出来的人确实能干，它能让你学会如何与不好对付的人打交道。现在他要做的只是选择恰当的时机了。他感觉他与贝蒂的关系是前所未有的亲近。他要等到自己待在这里的最后一天。贝蒂是个感性之人。他要走了她会伤心的。如果没有自己在这里，罗德岛会非常枯燥无味的。如果自己走了，她能跟谁去聊天呢？每天吃完晚饭后，他俩都要坐在露台上遥望着繁星点点的大海。这时温暖的空气会带着阵阵清香飘来，让人如痴如醉。他要在他离开的前夜，选择这样的时候向她求婚。他从内心深处认定，她会接受的。

在他到达罗德岛一个星期多一点儿的一个早上，他正上楼，看到

① 舰队街（Fleet Street），位于伦敦中心，二十世纪八十年代中期以前许多报馆集中于此，因此常被用来指英国报业。

贝蒂在走廊上走着。

“你还从来没让我看看你的房间呢，贝蒂。”

“没有吗？那现在就过来看看吧。我的房间还不错。”

她转过身，他跟随她走了进去。贝蒂的房间就在客厅上面，跟客厅的面积几乎一样大。房间内摆放着意大利式家具，房间的陈设让人感到像个客厅，而不像是间卧室。卧室的墙上挂着帕尼尼[1]的油画，还有一两个漂亮的衣柜。床是威尼斯样式的，床头绘有漂亮的图案。

“对一个守寡的女士来说，这张床未免有点儿太大了。”他打趣地说道。

“有点儿过大了，是不是？但这张床太可爱了，我忍不住还是买了下来。可是让我破费不少。”

他的眼光落在了床边的床头柜上。床头柜上有两三本书，还有一盒香烟。烟灰缸上还有一支欧石南根制的烟斗。这可太可笑了！贝蒂竟然将一支烟斗放在床边，她想干吗呀？

“看看这只大箱柜。柜子的图案是不是太漂亮了？我头一次见到这个柜子的时候几乎叫了起来。”

“我想这个柜子也让你破费一大笔。”

“我都不敢告诉你我买这个柜子花了多少钱。”

他俩离开卧室的时候，他又扫了一眼床头柜。但烟斗不见了。

贝蒂竟然会将一支烟斗放在卧室，这太奇怪了。她自己肯定不用烟斗吸烟。如果她真是如此的话，她也不会将这当作一个秘密。当然，可以有一大堆理由来解释这件事。这个烟斗可以是她制作的，用

---

① 乔瓦尼·保罗·帕尼尼（Giovanni Paolo Panini，1691—1765），意大利画家、建筑师。

来送人的礼物。对方可以是一个意大利军官，甚至也可以是艾伯特。他没能看清这只烟斗是新的还是旧的。也许这只烟斗是她打算让自己带回意大利，作为礼物回送给一个曾送礼物给她的人。困惑不解了片刻后，他把这件事当作一件可笑的事就忘掉了。那天他俩计划出去野餐。他俩将午餐带好后，贝蒂就亲自开车带他上路了。他们还计划在他离开前坐船出海游上两天，这样他就可以游览一番帕特莫斯岛[1]和科斯岛[2]了。艾伯特正忙着修理游船的发动机。他俩这一天过得非常快活。他俩游览了古城堡遗址，还爬上了一座长满了水仙、风信子和红口水仙的山峰，回到别墅后真是精疲力竭。吃完晚饭后他俩就分手了。卡罗瑟斯回到卧室后就躺倒在床上。他读了一小会儿书后就熄了灯。但他睡不着。蚊帐里很是闷热。他翻来覆去还是睡不着。他忽然想起，可以到山脚下的小海湾里去游泳。走下山坡用不了三分钟。他穿上帆布便鞋，拿了一条毛巾后就走出房间。这夜是满月，他看到月亮高悬在橄榄树林上方。皎洁的月光穿过树林，在海面上波光粼粼。但明媚的月光并不只是吸引了他一个人来到海边游泳。他刚走到海边，就听到前面有动静。他恼火地暗自咒骂了一句，这肯定是贝蒂的几个仆人来戏水了，而他又不好去惊动他们。橄榄树林几乎一直延伸到沙滩边缘。他正犹豫不决地站在树林的阴影里，突然前面响起了说话声，吓了他一跳。

“我的毛巾呢？”

是英语。一个女人正蹚着海水从水中走出，她在岸边站住了。从

① 帕特莫斯岛（Patmos），位于爱琴海中的希腊岛屿，是多德卡尼斯群岛中的一个岛。

② 科斯岛（Cos），希腊爱琴海东南部岛屿，佐泽卡尼索斯群岛的一个岛。

黑暗中走出一个男人。这个男人除了一条毛巾缠在腰上外，什么都没穿。这个女人是贝蒂，她全身赤裸。这个男人将一条浴巾裹在她身上，卖力地为她擦着身子。她靠在他身上穿上了一只鞋，然后又穿上一只。他用一只胳膊搂住她的腰，扶着她。这个男人是艾伯特。

卡罗瑟斯转过身，飞快地爬上山坡。他趺趺撞撞，眼前一片模糊，几乎要摔倒在地。他就像是一头受伤的野兽一样大口地喘着气。当他走进自己的房间后，一下扑倒在床上。他双拳紧握，无泪地呜咽着。痛苦仿佛要撕裂他的胸腔，泪水突然哗哗地流了出来。他显然陷入到一种歇斯底里的状态之中。现在他一切都清楚了，就仿佛在一个狂风肆虐、暴雨倾盆的漆黑夜晚，一道闪电划破了夜空，清楚地照亮了他心目中美妙无比的胜地——原来只是一堆废墟。这个景象太让人感到恐怖了！但它就清晰地展现在你的眼前。那个男人给她擦干身子的方式，还有她靠在他身上的样子说明，他俩之间绝非只是一时的激情冲动，而是一种长期的亲密关系。还有那支烟斗，那支放在床边的烟斗，这足以说明他俩之间存在着一种丑陋的夫妻关系。这说明这个男人入睡之前是一面吸着烟斗，一面在看书。哦，对了！那本《体育时代》！这也解释了她为什么要在骑士城内的街道上购置那套小房子。这样他俩就能在那里放松地过上两三天的家庭生活。他俩就像是一对结婚多年的夫妻。卡罗瑟斯暗自纳闷，他俩这种该死的关系有多长时间了？他恍然大悟。他俩之间的关系实际上已经存在多年了，是十年、十二年或者是十四年，反正是自从那个年轻的仆人第一次来到伦敦时，他俩的这种不正当关系就开始了。他当时还是个孩子，显然不可能是他采取的主动。那些年她红极一时，她是英国公众崇拜的偶像，无数人在追求她，她完全可以嫁给任何一个她看中的人。但她却同她姑姑家的一个下等仆人鬼混在一起。她结婚后又把他带在身边。她当时为什么要突然结婚呢？还有，那个原本要降生的孩子产期要早于婚期。这解释了她为什么要嫁给吉米·惠尔顿·伯恩斯，因为她当时有了身孕，怀得是艾伯特的孩子。哦，这可太丢人了，太丢人了！然后，当吉米的健康状况不佳时，她就促使他让艾伯特做他的贴身男仆。吉米都知道了些什么？还是他怀疑些什么呢？反正他开始酗酒了。而酗酒又导致他患上了肺结核。也许他已经怀疑上了这件事。他无法面对这样丑恶的事实。而正是为了要与艾伯特一起生活，她离开了吉米；也正是为了要与艾伯特一起生活，她在罗德岛上定居了下来。艾伯特，他的双手由于整天修理机器，因而沾满了油污，指甲破裂不齐；他的容貌丑陋，身材又矮又粗。他的长相就像是一个脸颊红润、笨手笨脚的猪肉贩子。艾伯特也不年轻了，而且正在发福；他没有受过像样的教育，举止粗俗，讲话俗不可耐。艾伯特，艾伯特，她怎么能看上了他呢？

卡罗瑟斯站起身来，喝了几口水，然后又瘫坐在一把椅子上。他无法躺下。他一支接一支地吸着烟。清早的时候他憔悴不堪。一晚上他眼睛都没有合上一下。仆人们将早饭送到了他的房间。他喝了杯咖啡，但什么也吃不进去。这时房间的门外响起了清脆的敲门声。

“汉弗莱，下来游泳去呀？”

这个快乐的声音让周身的血液一下涌入大脑。他强撑着身子打开了门。

“今天我不想去了。我感觉不舒服。”

她看了他一眼。

“哦，亲爱的，你看起来疲惫不堪啊。你怎么了？”

“我也不知道。我想可能是有点儿中暑吧。”

他的声音麻木，双眼红肿。她又更仔细地看了看他。这一瞬间她静默了。他感到她的脸一下变得煞白。他*都知道*了。然后她的眼神中微微出现了一丝嘲弄的微笑。她觉得这个场面很滑稽。

“可怜的大孩子，去好好躺着吧。我会让人给你送点儿阿司匹林来。也许午饭时你就会感觉好多了。”

他又躺倒在漆黑的房间里。那一刻他真想不顾一切地逃走，这样他就不会再看到她了。但他没有办法逃走。他预定返回布林迪西的那艘船要到周末才能抵达罗德岛。他现在成了一个囚徒。他们原定明天要到那些岛屿去出游，这样的话就没法从她身边逃走了。在游船上，他俩不得不成天待在一起。这会让他无法忍受的。他感到太羞愧了，而她却丝毫没有惭愧的感觉。当她明白他已经知道了一切后的那一刻，她笑了。她甚至可能会亲口告诉他这件事的全部过程。他将无法忍受。这也太过了。不管怎么说，她不会肯定自己已经知道了所有的事情，她顶多只是怀疑。如果午饭时和剩下的几天里他能显得若无其事，他能表现的如同平时一样高兴和快活，她就会认为自己怀疑错了。他现在知道这些已经足够了。如果要让自己亲耳听她告诉自己那些丢脸的事，他会感到是种莫大的羞辱，他将无法忍受。但吃午饭的时候她说的第一件事就是：

“真烦人。艾伯特说游船的发动机出了故障，咱们没法坐船出游了。而且这个季节出海也不很安全。咱们只能在这里静静地待上一个星期了。”

她说话的语气很轻快，他也用同样随意的语气回答道：

“哦，确实有点儿遗憾。但我并不真的介意。这里非常可爱，我哪儿都不想去。”

他说阿司匹林很有效，现在感觉好多了。在希腊管家和两个穿硬褶白短裙的男仆看来，他俩的谈话还是那么快活，与平时没有什么两样。那天晚上，英国驻罗德岛的领事来别墅吃饭。第二天晚上又有一些意大利军官过来吃饭。卡罗瑟斯数着每一天，每一个小时，简直是度日如年。哦，什么时候他才能登上返回的轮船，摆脱这些天来每时每刻都在折磨着他的恐怖。他现在是心力交瘁。而贝蒂的言谈举止非常平静，以至于他有时问自己：贝蒂是否真的知道自己已经了解了她的秘密。贝蒂当时告诉他游船坏了的时候，他一眼就看出了这只是个借口。但是不是自己当时看错了？接二连三的来访者的出现使他俩无法继续单独待在一起了，这难道也是一种巧合吗？使用这么多计谋最大的弊端就是，你无法知道其他人是否也能表现得自然，表现得圆通。他看到她如此平静和自然，看到她从内心里流露出的快乐，他几乎不敢相信还会有这样令人作呕的真相。然而这是他亲眼所见。那么将来，她的将来会怎样呢？想到她的将来就让人感到太可怕了。早晚这个丑闻会泄露出去。那时贝蒂成了一个社会弃儿，成了公众嘲讽的对象，还要受一个粗鲁的下等男人的摆布。她会渐渐变老，失去美貌。而这个男人比她小五岁，终有一天他会找一个情妇，很可能是她的一个女佣。与这个女佣在一起生活，他会有一种家的感觉，而与一位贵夫人在一起他是绝不会产生这种感觉的。那时她怎么办？那时她将要忍受多么大的羞辱！他很可能会虐待她，甚至可能会殴打她。贝蒂，贝蒂呀。

卡罗瑟斯握紧了双拳。突然，一个主意出现在脑海，让他狂喜之中又感到痛苦。他不去想它，但它又跳出来，就是不让他安生。他必须要救她。他曾爱她太深，爱她的时间太长，不能让她就这样沉沦下去。

一种自我牺牲的激情在他心中涌动。尽管他的爱现在已经死了，尽管对她有一种生理上的排斥，他要不计一切后果地去娶她。他苦笑了一下。他今后的生活将会是一个什么样子呢？他管不了这些了。自己怎样都没有关系。这是唯一的办法了。他觉得自己非常崇高，然而想到人类能够达到的神圣境界，他又感到自己能做出这样小小的牺牲实在不算什么。他要搭乘返程的船预定星期六起航。星期五晚上，当来吃晚饭的客人们都离去的时候，他说道：

“我希望明天不要有客人来了，就咱俩单独在一起。”

“可我明天已经邀请了一些来此度夏的埃及客人。她是一个前赫迪夫[①]的妹妹。她可是个才女呀。我想你肯定会喜欢她。”

“明天是我在这里的最后一个晚上了。咱俩就不能单独在一起度过吗？”

她看了他一眼。她的眼睛中有一种逗趣的神色，而他则是一脸严肃。

“如果你高兴，我可以把她们都推辞掉。”

“那就这样定了。”

第二天他早早就醒了。行李都收拾妥当了。贝蒂曾告诉他不必拘泥礼节，穿着太正式了。但他回答说，这是他俩面对面坐着吃最后一顿饭了，他要穿着得体。餐厅里点亮着遮光灯，显得既空荡荡的又很正式。但夏日的夜晚通过那几扇大窗给室内带来了几分温馨的感觉。这里有几分像一座修道院内的私人食堂，一位皇室贵妇虽然在这里隐居修行，但又不想过太清苦的生活。他俩在露台上喝着咖啡。卡罗瑟

① 赫迪夫（khedive），1867至1914年土耳其统治下的埃及总督的称号。

斯喝了两杯利口酒。他现在的情绪非常激动。

"亲爱的贝蒂，我有些话要对你说。"他开始了。

"是吗？我要是你的话，我绝不会这样做。"

她语气温柔地回答道。她虽然仍冷静如水，用狡黠的眼光看着他，但蓝色的双眸里却闪出了一丝微笑。

"我必须要说。"

她耸了耸肩，没有再说话。他意识到自己说话的音调有些颤抖，这真让他生气。

"多年来我一直狂热地爱着你。我不记得我向你求过多少次婚了。世界在改变，咱俩也在变化，对吧？咱俩都不像过去那样年轻了。你现在能嫁给我吗，贝蒂？"

她冲他微微一笑。她的笑容总是那么富有感染力。她的微笑非常和蔼可亲，非常坦诚和沉静，非常纯真。

"你非常可爱，汉弗莱。你再次向我求婚真是让我感动不已。但你知道，我是个不喜欢变化的人。我已经习惯了拒绝你的求婚，现在我也不可能改变。"

"你为什么要拒绝呢？"

他的语气有点儿咄咄逼人，甚至带点儿威胁的味道。她不由得扫了他一眼。她突然感到有些生气，脸色变得煞白。但她立即控制住自己。

"因为我不想答应。"她又笑了。

"那么你是打算嫁给别人吗？"

"我？不会。当然不会了。"

那一刻她挺直了腰板，仿佛祖辈传下来的骄傲传遍了全身。然后她又笑了起来。但她到底是在笑自己脑子中闪过的想法还是在笑汉弗莱的求婚，认为他的方式有趣，这连她自己也说不清楚。

“贝蒂，我请求你嫁给我。”

“永远也不可能。”

“你不能再这样生活下去了。”

他内心的痛苦通过他的声音全都表达了出来。他的脸色憔悴，表情极其痛苦。她又笑了，笑声中充满了柔情。

“为什么不能呢？别再冒傻气了。你知道我很喜欢你，汉弗莱。但你有点儿婆婆妈妈的。”

“贝蒂，求求你。贝蒂。”

难道她没有看出？他求婚全是为了她。他求婚不是出于爱，而是出于怜悯和羞愧。她站了起来。

“你再这样就招人讨厌了，汉弗莱。明天你要一大早就起床，所以你最好现在就上床睡觉去。明早我不送你了。再见。愿上帝保佑你。跟你在一起的这几天我真的是很快乐。”

她在他的双颊上各吻了一下。

第二天卡罗瑟斯早早就起床了。因为他要赶在八点之前上船。当他走出别墅大门的时候，他发现艾伯特已经在车里等着他了。他上身穿着一件汗衫，下身穿着帆布裤子，头戴一顶巴斯克式贝雷帽。卡罗瑟斯的行李被放在后排座位上。他转身对管家说道：

“把我的行李包放在司机旁边的座位上。我要坐在后排。”

艾伯特什么话也没有说。卡罗瑟斯钻进汽车后，车就开动了。他们抵达港口后搬运工人就围了上来。艾伯特下了车。卡罗瑟斯比他要高得多。他居高临下地看着他说道：

"你不需要送我到船上了。我自己都能处理得很好。这是给你的小费。"

他递给他一张五英镑的钞票。艾伯特的脸一下涨红了。他吃了一惊，他本想拒绝,但又不知该怎么说。经年的仆人生活使他习惯接受小费了。也许他都不知道自己说的是什么。

"谢谢，先生。"

卡罗瑟斯冲他微微一点头，然后转身离去。他已经迫使贝蒂的情人称呼他"先生"了。这就好像他已经朝她堆满微笑的脸部狠抽了一巴掌，朝她当面甩出了一句轻蔑的话。这让他感到满足，但带着些许的苦涩。

他耸了耸肩。我可以看出，即使这个微小的胜利所带来的满足感现在也完全消失了。我俩就这样静静地坐着。我不知道该说什么才好。然后他又开口了。

"我猜您一定认为我将这一切都告诉您，这太奇怪了。但我毫不介意。您不知道，我现在感觉自己对什么都不介意了。我现在感觉这个世界上仿佛再也没有体面二字了。老天爷可做证，我绝无嫉妒之心。一个人只有心里有爱才会嫉妒。而我的爱现在已经死了。我对她的爱燃烧了那么多年,然而在瞬间就死掉了。我现在只要想到她就感到恐怖。每当我想到她难以说出口的堕落行为，我就深深地感到绝望，内心就极度地难受。"

据说奥赛罗杀死苔丝狄蒙娜并非出自嫉妒，而是源自巨大的痛苦。他心目中天使一样的人物结果却被证实一点儿也不纯洁，狗屎一堆。真正让他感到心碎的是，贞洁怎么会一下就变成了堕落。

“我想再也不会有任何人喜欢她了。我曾经非常倾慕她。我倾慕她的勇气和坦诚，我倾慕她的智慧和爱美之心。但这都是她的假象。她现在在我眼中一文不值。”

“我对你这句话表示怀疑。你难道认为所有人都是一个样子吗？你知道我突然想起了什么？她很可能只是把艾伯特当作了一件工具，当作她生存于大地所需付出的代价。这样她的灵魂就得到了解放，就可以自由地在广袤无垠的宇宙中遨游。也许她选择自甘堕落的原因，是因为只有在与艾伯特的这种关系中，她才有一种自由的感觉；而嫁给与她地位相同的男人，她就有一种受到束缚的感觉。她这种人的精神世界非常奇特，她不将自己的身体在暗沟中浸泡上一段时间，她的灵魂就不能展翅翱翔。”

“哦，别胡说八道了。”他愤怒地回答道。

“我不认为这是在胡说。虽然我说得不是很好，但这个意思还是对的。”

“对不对跟我都没有什么关系了。我垮了，完蛋了。我现在是万念俱灰。”

“胡扯！为什么你不将这件事写成一部短篇小说呢？”

“我？”

“一个作家与其他人相比，他最大的优势就是，如果有某件事情使他非常不快，使他饱受折磨，痛不欲生，他就能把这件事和自己的感受写成一部小说。以这种方式进行宣泄，他会获得解脱，会产生一种难以言状的愉悦感。”

“这样的结果可是太可怕了。我珍惜贝蒂胜过世上的一切。我不能干这样卑鄙的事。”

他的话语停顿了一会儿。我看得出他正在沉思。尽管我的建议使他感到非常可怕，但此刻他却是站在一个作家的角度来审视这件事。最后他还是摇摇头。

“不是为了她，而是为了我自己。不管怎么说我还是有点儿自尊的。此外，这是真实的事情，绝不是编出来的故事。”

简

第一次见到简·福勒的情形至今还清晰地印在我脑海中。我当时对她的观察非常仔细,所以才能对自己的记忆如此自信。回想往事,我必须坦白地说,我没有卷入到一场荒诞的恶作剧中真是令人难以置信。我最近刚从中国回来,现在正跟托尔夫人在伦敦喝茶。托尔夫人赶时髦,把家里重新装潢过了。带着女性特有的冷酷,她将舒舒服服地坐了好几年的椅子,将自打结婚以来就伴随她的桌子、柜子和室内的装饰品,将她生下来就看到的油画等,全都扫地出门。然后将一切都交给一个专家,由他去设计。现在客厅内的一切对她而言都是陌生的了,客厅内的一切都与她的过去无关了,无法使她产生温馨的回忆。那天她特意邀请我去她家看看,看看她家新近完工的装潢,看看那些可以夸耀的时髦摆设。她家里的摆设能酸洗的都酸洗了,不能酸洗的则刷了漆。没有哪两样东西能够互相搭配上,但所有的摆设还算和谐。

"你还记得我以前那套可笑的客厅家具吗?"托尔夫人问道。

窗帘非常昂贵,但风格很朴素。沙发的表面材料是意大利锦缎,我坐的椅子表面是斜针绣的布料。整个客厅很漂亮,显得豪华而不炫耀,独创而又不怪异。但在我看来,好像缺了点儿什么。我一面嘴上对客厅的装潢赞不绝口,一面心里纳闷,为什么我会更喜欢以前的客厅呢?我更喜欢那套被淘汰的印花棉布面的旧家具;更喜欢我熟悉的、原来墙上挂着的维多利亚风格的水粉画;更喜欢原先用来装饰壁炉台的那些德累斯顿瓷器。我在想，我还是怀恋这些屋里原来的样子，而现在装潢公司用工业产品把室内彻底换了个样，这样他们才能挣到钱。这个效果真的能让人满意吗？但托尔夫人四下打量着自己的房间，一副心满意足的样子。

“你喜欢这些石头灯吗？”她问道，“这些灯的灯光真柔和。”

“我个人更喜欢亮一些的灯。”我微笑着说道。

“要灯光又明亮又柔和，这可是太难了一点儿。”托尔夫人笑了。

我猜不出她到底有多大岁数。我还是一个小孩子时她就是一个比我大很多的已婚妇女了，但她现在将我当作她的同辈人来对待。她经常说她对自己的岁数并不保密，她现在已满四十了。然后她会微笑着补充说，所有女人透露的岁数，都会比她的实际年龄少五年。她说自己从来都不会刻意去掩饰自己染发的事实（她有一头漂亮的棕色头发，略有一点儿红）。她说自己的头发变得灰白太可怕了，所以要染一染。一旦头发彻底白了，她就不会再染发了。

“那时候人们就会说我是鹤发童颜了。”

她的脸化了淡妆，双眼也仔细地描画过了，显得非常灵动。她是一个漂亮的女人，身着一件优雅的裙子。她说自己刚满四十岁。在石头灯暗淡的光线下，你绝对看不出她会比这个岁数大上哪怕是一天。

“只有在梳妆台前，我才能忍受三十二只烛光灯泡直接照射的耀眼光线，”她露出一种玩世不恭的微笑，补充道，“在梳妆台前我需要明亮的灯光，这样我才能看清自己的真实容貌，才能采取一些必要的补救措施。”

我俩轻松愉快地闲聊着大家都认识的一些熟人。托尔夫人告诉了我一些最近流传很广的丑闻，使我也能够与时俱进。奔波于世界各地之后，能坐在这样一把舒适的椅子上，感受着壁炉中熊熊燃烧的炉火，把玩着优雅的茶几上摆放着的精美茶具，与这样一位言谈风趣、风度迷人的女士闲谈着，真是让人感到惬意。她把我当成了一位浪迹天涯而最近刚刚返回故乡的游子，想要好好款待款待我。她对自己以往举办宴会的成功颇感自豪。她为邀请哪些客人赴宴绞尽了脑汁，其伤神的程度丝毫不逊于她对宴会食谱的操心；而任何有幸参加过一次她举办的宴会的客人，都把这视为一次莫大的享受。现在她确定了下次举办宴会的时间，问我想要在宴会上见到哪些人。

“但有一件事我要先告诉你。如果简·福勒还在这里，我就不得不推迟这次宴会了。”

“简·福勒是谁？”

托尔夫人露出了苦笑。

“她是一个让我感到头痛的人。”

“哦！”

“你还记得我的屋子装修前有一张照片吗？我曾把这张照片挂在钢琴上方。照片中的女人穿着袖口收紧的紧身衣，胸前挂着小金坠盒，头发向后梳着；她的前额宽大，耳朵支棱着，扁平的鼻子上架着一副眼镜。这个女人就是简·福勒。”

“你的房间装修前到处都是照片。”我心不在焉地说道。

“那时的房间真是乱啊，现在真不敢想象当时的情景。我把那些照片都包进一个大牛皮纸包，放在阁楼里了。”

“对了，这个简·福勒到底是谁呢？”我又问了一遍，同时微微一笑。

“她是我的大姑姐，是我丈夫的姐姐，嫁给了一个住在北方的制造商。她已经守寡多年了。她非常有钱。”

"她为什么会让你头痛呢？"

"她太有钱，穿着又太邋遢，举止太土气。她看起来要比我大二十岁，可她几乎遇到所有人都要告诉他们我俩是同学。她把家庭情谊看得太重，而我又是她唯一活着的亲戚，所以她把我看得很重。她只要到伦敦来，就肯定会住到我这里。她认为如果住到别处我会不高兴。而且她到我这里一住就是三四个星期。我俩就在客厅里坐着。她打打毛线，看看书。有时她一定要请我到克拉里奇饭店[①]去吃饭。她看起来就像是一个滑稽的老女佣，我特别不愿意让别人看见我和这样一个人坐在一起吃饭，可旁边的桌上却尽是熟人。在我俩坐车回家的路上，她还说非常高兴能小小地款待我一次。她还亲手为我编织茶壶保暖套。没办法，只要她在这里，我就不得不用她编的这些茶壶保暖套、小餐布等等。"

托尔夫人停下来喘了口气。

"我想像您这样聪明的人肯定有办法来应付这样的事。"

"嗨，你不知道，我真是没有办法了。她是个大善人，对我又真是太好了。我虽然对她烦得要命，但还不能让她看出来。"

"她什么时候来？"

"明天。"

但这句话还未落地，门铃就响了起来，然后门厅里就传出了一阵骚动的声音。一两分钟后，管家领进了一位老太太。

"福勒夫人到。"他高声宣道。

"简，"托尔夫人跳了起来，大声喊道，"我可没想到你今天就到了。"

"你的管家也是这样对我说的。但我在信中确实是说我今天到。"

---

① 克拉里奇饭店，位于伦敦西区的中心，是高级住宅区梅菲尔区域的一家顶级豪华饭店。

托尔夫人又恢复了镇定。

“哦，这没关系。你什么时候来我都很高兴。还好，今晚上我没有别的应酬。”

“你千万不要为我费心。我只要一枚煮鸡蛋做晚餐就够了。”

托尔夫人微微撇了撇嘴，以致漂亮的脸蛋都有些变形了。就一枚煮鸡蛋！

“哦，我想我能拿出的晚餐能比你的这个要求好一些。”

当我想到这两个女士的岁数几乎相当时，就禁不住偷偷乐了。福勒夫人看起来足有五十五岁了。她的块头有点儿大，戴着一顶黑色宽边草帽，帽檐下垂着的黑色孔眼面纱一直搭到肩上。她外穿一件样式古怪且配有过多装饰的披风，内着一件长裙，但显得非常臃肿，好像里面还穿着多层衬裙一样，脚上穿着一双肥大的靴子。她显然还是个近视眼，因为她看你时都要通过那副大大的金边眼镜。

“喝杯茶好吗？”托尔夫人问道。

“如果没有给你添太多麻烦的话，我就先把披风脱下来。”

她开始脱下手上戴的黑色手套，然后脱下披风。她的颈上挂着一条硕大的金项链，链上垂着一个很大的金坠盒。我猜里面装的一定是她已故丈夫的照片。然后她又摘下帽子，将帽子、手套和披风一起，整整齐齐地放在沙发的一角上。托尔夫人见此撅了撅嘴。托尔夫人最近刚装潢过的客厅既朴素又高雅，她的这些服饰与客厅的风格肯定是格格不入。我对福勒夫人到底从哪里搞到了这些不同寻常的服装感到很好奇。这些服装都很新，且质地昂贵。如果仍然有人在制作这些四分之一世纪都没有人穿着的服装，那就太让我感到震惊了。福勒夫人一头灰白的头发，发型很普通，前额和耳朵都露了出来，头发中间简单地分了个缝。她的头发显然从来没有用过马塞尔牌卷发钳。现在她的目光落在了茶几上。茶几上摆放着格鲁吉亚银茶壶和伍斯特瓷杯。

“玛丽恩，我上次来的时候给你编了一个茶壶保暖套，怎么没了？”她问道，“你没有用吗？”

“用了，我每天都用，”托尔夫人虚情假意地说道，“但不幸的是，前几天出了点儿小事故，保暖套被烧坏了。”

“我刚给你的就烧坏了？”

“我们确实是太不当心了。”

“没有关系，”福勒夫人微笑着说道，“我会给你再编织一个。我明天就上自由商店去买一些丝线。”

托尔夫人的脸一下就拉了下来。

“你可千万不要再费心了，放我这里糟蹋了。你所在教区牧师的妻子不是要一个吗？”

“哦，我已经送给她一个了。”福勒夫人欢快地说道。

我注意到她一笑就会露出一口小巧而整齐的雪白牙齿。她的牙齿真的很美。她的笑容也很亲切。

我意识到现在该是我离开的时候了，因此向两位女士告别后就走了。

第二天一早，托尔夫人的电话铃声就把我吵醒了。我立即就从她的声音中听出她现在非常兴奋。

“我告诉你一个最奇妙的新闻，”她说道，“简就要结婚了。”

“你在开玩笑吧。”

“新郎今晚就要到我家来吃饭，她要把他介绍给我。我想要你也过来。”

“哦，我在这个场合恐怕有些碍事吧？”

“不，不碍事。是简提出的，是她要你来的。一定来啊！”

她说话都带着笑声。

“新郎是谁？”

“这我不知道。她告诉我他是一个建筑师。你可以想象的出简能嫁给一个什么样的男人。”

我反正也没有什么事可做，而且托尔夫人的宴席肯定错不了。

我到她家的时候，托尔夫人正一个人待着呢。她身着一件气派的茶会礼服。这件衣服花色不大适合她这样年龄的人穿着了。

“简正在对她的打扮做最后一遍修饰。我非常想让你看看她出来后会是个什么样子。她现在是心慌意乱呢。她说他崇拜她。他的名字叫吉尔伯特。她提到他的名字的时候声音都颤抖了，简直是滑稽透了。我差点儿要笑出声来。”

“不知道他长得什么样。”

“哦，不用猜我就知道。他肯定是个大块头，秃头，大腹便便的肚子上斜挂着一条巨大的金链。他肯定有一张肥大而红润的脸膛，胡须刮得干干净净。他说话的嗓音肯定非常洪亮。”

福勒夫人走了进来。她上身穿着一件非常硬挺的黑色绸服，下穿一条宽大的拖地长裙；她的绸服领部微微带点V字形，衣袖一直垂到了肘部；她的脖子上戴着一条镶有宝石的银项链。她手上拿着一副黑手套和一柄黑色鸵鸟羽毛扇。可以看出，她是竭力要展示出真实的自我，而绝大多数人都难以做到这一点。你看到她，马上就会知道她是一个值得尊敬的寡妇，前夫肯定是一个北方的工厂主，而且家境殷实。

“简，你的脖子真美。”托尔夫人友善地笑了笑，说道。

与她饱经风霜的面孔相比，她的脖子确实很白嫩，这真让人吃惊。她脖子上的皮肤白皙而光滑，一点儿皱纹都没有。然后我注意到她其实也是一个非常聪明的人。

“玛丽恩将消息告诉你了吗？”她对我说道，同时微微一笑，非常亲切和自然，仿佛我俩已经是老朋友了。

“我要向您表示祝贺。”我说道。

“等你看到我年轻的新郎时，再说这句话吧。”

“你一讲到你年轻的新郎，语气总是那么甜蜜。”托尔夫人笑道。

福勒夫人那副可笑的眼镜下面的双眼一定又在闪闪发光了。

“你可不要认为我的新郎就一定是个衰老不堪的人。你肯定也不希望我去嫁给一个一条腿已经伸进棺材里了的糟老头子，对吧？”

她给我们的预先提醒只有这句话。但也确实没有时间来详细议论她的新郎了。这时管家已经打开了大门，高声宣道：

“吉尔伯特·纳皮尔先生到。”

客厅里走进了一位身穿剪裁非常合体无尾礼服的年轻人。他身材纤瘦，个子不太高，一头漂亮的头发微微带点儿自然卷；脸上刮得光光的，长着一双蓝蓝的眼睛。他的长相谈不上特别英俊，但和善可亲，招人喜欢。十年后他可能是一个脸色蜡黄、身材干瘪的男人；但眼下，由于非常年轻，他显得朝气蓬勃、精神饱满和非常整洁。他肯定还不到二十四周岁。我首先想到的就是，这个人是简·福勒夫人未婚夫的儿子（我猜她的新郎应该是个鳏夫）。他来这里是来告知，他父亲由于突然出现痛风症而不能赴宴了。但他一看到简·福勒夫人，脸上马上神采飞扬。他伸出双手向她走去，简·福勒夫人也伸出双手与他相握，脸上露出了羞怯的微笑。她转过身来对她弟媳说道：

“玛丽恩，这位就是我的未婚夫。”

他伸出手来。

“我希望您能喜欢我，托尔夫人，”他说道，“简告诉我说，她在这个世界上就只剩下您这唯一的亲人了。”

能亲眼看到托尔夫人现在脸上的表情可真是太妙了。我不由得暗自赞叹良好的教养加上社会习俗的强大威力，这两者的结合能够最终战胜一个女人的天性。她的脸上先是惊愕，然后是掩饰不住的沮丧，但很快就换成了一副和蔼可亲、表示欢迎的表情。但她显然不知该说什么才好。吉尔伯特自然会有点儿尴尬，而我也在挖空心思地想说点儿什么而不笑出声来。只要福勒夫人自己镇定自若。

“我知道你会喜欢他的，玛丽恩。没有谁比他更能享受美食了。”她转向那个年轻人，“玛丽恩家的美食可是很有名哟。”

“我知道。”他面露喜色地说道。

托尔夫人匆匆说了句什么，我们就走下楼去。这次晚宴可以说是一场精巧的喜剧，让我久久难以忘却。托尔夫人不知到底是这两个人在拿她开玩笑，还是简巧妙地隐藏了她新郎倌的年龄，想要看她的洋相。但简从来就不是一个爱开玩笑的人，她也不可能干出这样恶毒的事来。托尔夫人既感到吃惊，又感到气恼和困惑。但她还是恢复了自我控制能力。无论如何她也不能忘记自己是一个完美的女主人，她的责任就是要把晚宴进行下去。尽管她说话依然很快活，但我不知道吉尔伯特·纳皮尔注意到没有，她虽然表现出一种虚情假意的热情和友好，但她瞅他的眼神却是冷冰冰的，明显带有敌意。她在仔细考察他。她在寻求窥探他内心秘密的方法。我可以看得出来，她现在是真生气了。尽管她脸上涂了胭脂，我还是可以看到她由于气恼而涨红了脸。

“玛丽恩，你今天真是红光满面呀。”简说道。她和蔼的双眼通过大圆眼镜看着她。

“我化妆有点儿匆忙。可能是多抹了些胭脂。”

“是胭脂红吗？我想应该是你的脸红润吧。要不我也不会注意到。”她冲吉尔伯特羞怯地一笑，“你不知道，玛丽恩跟我小时候就是同学。你现在肯定想不到我俩曾经还是同学，对不对？当然我的生活一直都很安静。”

我不知道她说这番话的用意是什么，但她的表情非常自然，让我感到不可思议。但无论如何这番话还是激怒了托尔夫人，以至于她将矜持都扔到了脑后。她脸上露出了欢快的笑容。

“我说，简，咱俩都不要再让人看着足有五十岁的样子了。”她说道。

如果她这句话的用意是要让这个寡妇感到不快，那她就失败了。

“吉尔伯特说了，为了他的缘故，让我千万不要对别人说，我的岁数已经过了四十九岁。”她平淡地说道。

托尔夫人的手都有点儿颤抖了，但她还是找到了可以报复的地方。

“你俩当然是有一定的年龄差距了。”她笑了。

“二十七岁，”简说道，“你认为这个差距过大吗？吉尔伯特说，以我现在的年龄，我看起来很年轻。我告诉过你，我可不想嫁给一个一条腿已经伸进棺材里的老男人。”

我禁不住又笑了起来，吉尔伯特也跟着笑了起来。他的笑声非常坦诚，像个大男孩似的。似乎简说的每句话他都觉得很有趣。但托尔夫人已经是忍无可忍。我知道如果没人救驾的话，她马上就要失态了，就要大发雷霆了。我赶忙岔开这个话题。

“我想您现在一定在忙着置办婚装吧？”我说道。

“没有。本来我想从利物浦的一个裁缝那里购置婚装。自打我第一次出嫁后就一直在他那里置办衣服。但吉尔伯特不同意我的想法。他可真是独裁，当然他的品位也很高。”

她面带微笑，充满柔情地望着他，目光中还有几分忸怩，就好像她还是一个十七岁的少女。

尽管托尔夫人脸上搽着胭脂，我还是可以看出她的脸变得煞白。

“我俩要到意大利去度蜜月。吉尔伯特以前还从来没有机会去考察那些文艺复兴时期的建筑。作为一个建筑师，亲眼看一看那些建筑是非常重要的。去意大利的途中，我俩要先在巴黎停一站，就在巴黎置办我的婚装。”

“你俩这次要出门很长时间吗？”

“吉尔伯特请了六个月的假。这对他来说真是莫大的享受。对不对？你俩不知道，他之前从未请过两个星期以上的假期。”

“为什么？”托尔夫人问道。尽管她想掩饰，但话音依然是冷冰冰的。

“他的经济条件不许可他这样，可怜的人儿。”

“哦！”托尔夫人说道，语调中意味深长。

咖啡端了上来，女士们上楼去了。我跟吉尔伯特东拉西扯地闲唠着。男人间无话可说时就是如此。但两分钟后管家给我带来了一个便条。便条是托尔夫人写的，内容如下：

赶快到楼上来，然后马上离开。将他一起带走。我要马上把这件事跟简当面理论清楚，否则我会气疯的。

我只能编个理由。

“托尔夫人有点儿头痛，她想要上床躺着了。我想如果你不介意的话，咱俩最好现在就走吧。”

“当然。”他回答道。

我俩来到楼上，五分钟后我俩就走出了大门。我叫了一辆出租车，提议送这个年轻人一段。

“不用了，谢谢，”他回答道，“我只要走到那个拐角，就可以搭公共汽车走了。”

托尔夫人听到大门在我俩身后关上了，马上就发起火来。

“你疯了吗，简？”

“我相信我跟那些住在疯人院外的人没有什么差别。”简温和地说道。

“你能告诉我，你为什么要嫁给这个年轻人吗？”托尔夫人的语气还是保持着足够的礼貌。

“部分原因是他不接受我的拒绝。他向我求了五次婚，我没法再拒绝他了。”

“你想过没有，他为什么这样死皮赖脸地向你求婚？”

“我让他感到开心。”

托尔夫人恼怒地喊道：

“他是一个寡廉鲜耻的无赖。我差一点儿就当面这样告诉他。”

“你要是那样做可就不对了，那样就太不礼貌了。”

“他身无分文而你又这么富有。你难道就真的傻到看不出来，他娶你只是看上了你的钱袋。”

简一点儿也不生气。她超然地看着她愤怒的弟媳。

“我不这样看，”她回答道，“我认为他很爱我。”

“你是一个老太太了，简。”

“玛丽恩，咱俩可是同岁呀。”她微笑着说道。

“我从来都不放任自己，我要显得年轻得多。没有任何人说我的年龄超过了四十岁。但即使是我也不会梦想去嫁给一个比我小二十岁的男孩。”

“二十七岁。”简更正道。

“你难道是想对我说，你相信一个年轻人会真心去爱一个岁数足以做他母亲的女人？有这种可能吗？”

“我在乡村生活了很长一段时间，因此我想我对人的本质了解不多。但我听别人讲，有个奥地利人叫弗洛伊德，我相信……”

托尔夫人粗鲁地打断了她的话。

“别再荒唐了，简。这件事太没有尊严，太让人丢脸了。我一直认为你是一个明智的女人。我做梦也想不到你竟然会爱上一个男孩。”

“我并没有爱上他。我这样告诉过他。当然，我非常喜欢他，要不我也不会想到要嫁给他。我认为只有开诚布公地告诉他我内心的感受，这样对他才公平。”

托尔夫人大口地喘着气。身体中的血液直冲她的脑门，她感到呼吸有点儿困难。她手上没有扇子，因此抓过一张晚报当扇子拼命扇起来。

“如果你不爱他，那为什么你还要嫁给他？”

“我守寡的年头太长了，我的生活也太清静了。我想改变一下这种生活。”

“如果你想要嫁人就嫁呗，但为什么不嫁给一个与你岁数相当的男人？”

“没有任何一个与我岁数相当的男人向我求过五次婚。事实上根本就没有与我岁数相当的男人向我求过婚。”

简一面回答，一面咯咯地笑了起来。这简直要把托尔夫人给气疯了。

“别笑了，简。我真受不了。我想你的脑子出毛病了，你真是发疯了。”

她实在是忍受不住了，眼泪夺眶而出。她知道在她这个年纪可哭不起，她的眼睛会红肿一天一夜，她的形象可就全砸了。但她没有办法止住眼泪。她透过玛丽恩的大眼镜看着她，手条件反射似的抚着她穿着黑丝裙的大腿。

“你的生活会变得极其不堪，你会非常难受的。”托尔夫人一面抽噎着说道，一面小心翼翼地轻轻擦着眼睛，以免眼睫毛上的黑色被泪水冲掉。

“我想不会出现你说的这种情况。”简以她一贯温柔而和善的语调说道。似乎还带着点儿微笑。“我俩已经就这些问题深入地交谈过了。我一直都认为自己是一个很随和的人，容易与他人相处。我认为我能够让吉尔伯特感到非常幸福和舒适。也从来没有人好好地照顾过他。我俩是经过深思熟虑后才决定结婚的。我俩已经达成了一致意见，如果我俩中的一方今后想要离婚，另一方绝不难为。”

托尔夫人已经恢复了镇定，这样她就可以继续她刻薄的言辞了。

“他让你给他多少钱？”

“我提出每年给他一千英镑，但他拒绝了。当我提出这个建议时，他感到非常不安。他说他挣的钱足够自己花销了。”

“他比我想象的要狡猾多了。”托尔夫人尖刻地说道。

简没有马上接话。她用和蔼但坚定的眼光瞅了一眼她的弟媳。

“亲爱的，我跟你不同，”她说道，“你从没有像我一样长年守寡，对不对？”

托尔夫人看看他。她的脸有点儿红，她甚至感到有些不自在。但简是一个非常单纯的人，她的话当然不会含沙射影。托尔夫人镇定了一下，又摆出了一副凛然的架势。

“我现在脑子全乱了，我必须上床睡觉了，”她说道，“咱俩明天早上再讨论这件事。”

“明天早上恐怕不大方便，亲爱的。吉尔伯特跟我明天早上要去举行婚礼。”

托尔夫人惊愕地摊开双手，但她已经无话可说了。

婚礼是在结婚登记处进行的。托尔夫人和我做了证婚人。吉尔伯特身着一套时髦的蓝西服，看起来非常年轻。他显然很激动。对任何一个男人来说这都是一个磨难人的时刻。但简依然镇定自若，真让人感到钦佩。她就好像是个已经习惯了频繁结婚的时髦女人。只有她脸上微微出现的红润才暴露了她平静外表下内心的激动。任何女人在这样的时刻内心都会非常激动的。她穿着一件非常正式的银灰色天鹅绒裙。我看出来了，这件裙子的裁剪是出自利物浦的那位裁缝之手。这个裁缝无疑是个性格绝好的寡妇，多年来简的裙服都是让她来做的。简显然也屈服于轻浮的潮流了，她现在戴着一顶阔边花式女帽，上面插满了鸵鸟的羽毛。她戴着金边眼镜使这顶帽子显得极不协调。

仪式结束后，负责主持仪式的官员同他俩握了手，向他俩表达了祝贺。当然，贺词使用的是严格的官样语言。我想他有点儿被这对新人的年龄差距之大吓住了。新郎微微有点儿脸红，他亲吻了新娘。托尔夫人虽然面色依然不悦，但还是亲吻了她。然后新娘用期待的眼光看看我。显然我也应该去亲吻她。我确实也这样做了。但坦白地说，当我们一行走出结婚登记处，经过外面看热闹的人群时，我感到有点儿羞涩。这些人看着这对新人，脸上都露出了一种嘲讽的表情。我一直到钻进了托尔夫人的轿车才感到松了一口气。我们乘车直接驶往维多利亚火车站。由于这对快乐的新人要乘下午两点的火车赶往巴黎，简坚持喜宴就在车站的饭店举办。她说如果不能提前站在车站的站台上她就会心神不宁的。托尔夫人只是出于强烈的家庭责任感才出席了喜宴，因此她在宴会的过程中一直很低调，而且什么都没有吃（这一点我没法责怪她，因为饭菜实在糟糕，而且我也讨厌在午饭时喝香槟）。她说话的声音也很压抑。但尽管如此,她还是尽职尽责地看了一遍菜谱。

“我总是认为一个人离家旅行之前应该有一顿丰盛的饭菜才对。”她说道。

我们将他俩送上了火车，目送火车离去。然后我开车将托尔夫人送回家。

“你认为他俩的婚姻能持续多长时间？”她问道，“能有六个月？”

“咱们还是尽量往最好的方向想吧。”我微笑着回答道。

“别愚顽不化了。他俩不可能有什么好结果。他娶她就是看上了她的钱，你不这样看吗？因此这场婚姻长不了。我只是希望她那时不要太难受。不过她也是自作自受。”

我笑了。她的话虽然很仁慈，但从她说这句话的语气里，我完全能听出来她的话外音。

“呵呵，如果这是场短命的婚姻，你就会非常宽慰地说：我告诫过你。”我说道。

“我可以向你保证，我绝不会这样做。”

“那样的话，你同样会感到满足。你会祝贺自己的自控能力如此之强，以至于没有说出：我告诫过你。”

“她真是又老又丑又蠢。”

“你真的认为她很蠢吗？”我问道，“她虽然说话不多，但她说的话都很到点。”

“我这一辈子就没听她说过一句笑话。”

当吉尔伯特与简度完蜜月回来后，我已经又一次到了远东。而且这一次我一去就几乎是两年。托尔夫人不喜欢写信。虽然我偶尔给她寄张风景明信片，她却从来不给我回信。但我回到伦敦后不到一个星期就见到了她。我应邀出席一个宴会，发现我的座位正好跟她挨着。这是一个大型宴会，我想我们就像二十四只黑画眉，被放在派里面烤。[①]我到达的时间有点儿晚了，急急忙忙入座，根本就没有注意参加宴会的都有哪些人。但当大家都坐定后，我看了一圈围坐在长条桌旁的客人，我发现许多人都是照片经常被刊登在报刊上有名的人物。宴会的女主人特别喜好邀请所谓的名流参加她主办的聚会，因此出席这场宴席的真可谓高朋满座，名流如云呀。

我与托尔夫人足有两年的时间没有见面了，因此自然要先客套几句。然后我就问起了简。

“她很好呀。”托尔夫人干巴巴地说道。

“那场婚姻结局如何？”

① 这句话来自童谣《六便士之歌》，大意如下：唱一支六便士之歌，满口袋的黑麦，二十四只黑鸟放到馅饼里烤！掰开馅饼，黑鸟开始唱歌。这不是国王面前美味的大餐吗？国王在账房里数钱。王后在客厅里吃着蜂蜜面包。而女仆在花园里晾晒衣服，一只黑鸟飞下来，咬断了她的鼻子！

托尔夫人没有马上回答，她从身前的盘子中拿起一枚咸杏。

“似乎很成功。”

“那么，是你估计错了？”

“我说过这场婚姻长不了。我现在仍然还是这样认为。这场婚姻完全违背人类的本性。”

“她现在幸福吗？”

“他们俩都很幸福。”

“我猜你与他俩见面的次数不多。”

“起初经常见面。但现在……”托尔夫人撅了撅嘴，“简高贵得很。”

“你这话是什么意思？”我笑了起来。

“我想我应该告诉你，她今晚就在这里。”

“在这里？”

我吃了一惊。我又看了一遍围坐在桌边的人。女主人是一个风趣的女人，她能令客人们都感到非常愉快。但我无法想象她会邀请这样一个打扮俗气的老女人，而且还是一个毫无名气的建筑师的妻子前来赴宴。托尔夫人看到我困惑不解的样子，精明地猜到了我在想什么。她脸上露出了勉强的微笑。

“注意看男主人的左边。”

我按她说的方向看去。坐在那里的那个女人非常古怪，因此我一走进拥挤的客厅就注意到了她。我注意到她的眼神，她似乎对我感到有点儿眼熟。但我的确从未见过她。她的头发呈铁灰色，因此肯定年纪不小了。她的头型很美，头发剪得短短的，发际烫成了密密的小卷，紧紧地贴着后颈。她没有刻意装扮自己，好让自己显得年轻一些。在参加宴会的女人中只有她既没有涂口红，也没有抹胭脂和扑粉，因而很惹人注目。她的面容并不很漂亮，但饱经风霜的脸上泛着红润。由于没有任何人为的修饰，因而她的面容显得自然和让人感到非常愉快。与她脸部的颜色形成对比的是，她的肩膀非常白嫩，真可以用绝美一词来形容。一个三十岁的女人如果有这样一副肩膀也会感到非常骄傲的。但她的穿着非常奇特。我很少见到这样大胆的穿着。她的上衣领口剪裁得非常低，下穿一条时下流行的短裙，裙子是黑黄相间的花色。她这身装束让人感觉好像是要去参加一场化装舞会。如果换一个人穿这身衣服的话，就会让人觉得令人恶心；而她这样穿着却让人感到简洁而自然，一点儿也不过分。她还戴着一副单镜片的眼镜，眼镜用一条宽宽的绸带固定着。这让她的一身装束显得更加奇特而不做作，奢华而不炫耀。

“难道那个女人就是你的大姑姐吗？”我呼吸急促地问道。

“她就是简·纳皮尔。”托尔夫人冷冷地说道。

她此时正在说话。男主人面冲着她，没等她说完脸上就露出了微笑。男主人坐在她的左侧，微微有些秃头，剩下的头发也都白了。他的目光锐利，面容显得很聪慧。他身体向前倾着，神情专注地听她说话。而坐在对面的两个客人也停止了交谈，仔细地听着。她说完后，他们都突然仰身向后靠到椅背上，哈哈大笑起来。桌子的对面有一个男人向托尔夫人打了句招呼。我认出他是一个著名的政治家。

“您的大姑姐又说了个笑话，托尔夫人。”他说道。

托尔夫人微微一笑。

“她可是个无价之宝，对不对？”

“我自罚喝一大杯香槟，然后你无论如何也要告诉我这到底是怎么回事。”我说道。

就这样，我了解了事情的全部经过。

在他俩蜜月的头一站，吉尔伯特就领着简到巴黎大大小小的服装店去挑选衣服。他并不直接反对她大量购买自己中意的那些“长袍”，而是巧妙地劝说她定做一两件“裙服”。这些“裙服”都是按照他自己设计的样式制作的。他从事这类事情似乎很有窍门。他还雇用了一个伶俐的法国女仆。这可是简从来都没有过的事情。以往她都是自己动手缝缝补补，如果需要打扫房间的卫生，她习惯打电话找一个钟点女工来做。吉尔伯特为她设计的服装与她以往的穿着样式截然不同，她从未穿过这样的服装。但他谨慎地逐渐改变着服装的样式，避免走得太快、太远。她虽然心怀疑虑，但为了让他高兴，还是挑选了几件自认能穿出去的衣服穿上。这样一来，她过去习惯穿着的那些肥大的衬裙当然也就没有用处了。她虽然也为此而犹豫，但还是抛弃了这些臃肿的服装。

“现在你都看到了，”托尔夫人的话音中带着一种嗤之以鼻的味道，“她除了一件薄薄的真丝紧身装之外，什么都不穿。我真感到奇怪，她这么大年纪了，怎么就没有冻感冒呢？”

吉尔伯特和法国女仆教她如何穿这些衣服。让人料想不到的是，她很快就学会了。法国女仆为女主人漂亮的胳膊和肩膀而感到欣喜若狂。不将这样的优美展现出来那真是天理难容。

“先别忙，阿芳欣妮，”吉尔伯特说道，“我为夫人设计的下几套服装会让她显得更美。”

这些服装的效果当然非常惊人。但任何人戴着一副金边眼镜都不会让人有完美的感觉。吉尔伯特让简换一副玳瑁边的眼镜试试。但他还是摇摇头。

“如果是一个女孩的话，这个搭配就很好，”他说道，“但你的岁数太大了，简，你不适合戴着眼镜。”突然，他产生了一个灵感，“对了，我有主意了。你一定要戴一副单镜片眼镜才行。”

“哦，吉尔伯特，这可不行。”

她看着他。他非常激动，那完全是一种艺术家的激动。她笑了。他对自己太好了，只要他高兴，她愿意做任何事情。

“好吧，我试试。”她说道。

当他俩找到一家眼镜店，选完适当的镜架后，简乐呵呵地将一个单镜片眼镜扣到眼睛上。吉尔伯特猛地拍了一下巴掌，当着目瞪口呆的售货员的面，他在简的双颊上各亲了一口。

“你看起来真是太美了。”他喊道。

他俩就这样前往意大利，在那里快乐地度过了几个月的时间。他在那里研究文艺复兴时期和巴洛克风格的建筑。简不仅慢慢适应了她的新装束，而且发现自己喜欢这样。起初，当她走进宾馆的餐厅时，所有人都转过身来盯着她看，她还感到有点儿羞怯。以往从来没有哪个人愿意正眼看她一眼，现在她感到这种感觉还真是不错。女士们纷纷向她打听在哪里买的衣服。

“您喜欢吗？”她娴静地问道，“是我丈夫亲自为我设计的。”

“如果您不介意的话，我也想照您的衣服样式做一套。”

简虽然多年来一直过着一种非常闭塞的生活，但这绝不意味着她就缺乏女人固有的天性。她早就准备好了如何应对这类问题。

“我感到非常抱歉。我丈夫是一个很特别的人，他决不会让任何人复制我的衣服样式。他希望我的衣服样式独一无二。”

她这样说后本以为别人会嘲笑她，但她们没有。她们只是回答道：

“哦，当然。我完全理解。您确实非常出众。”

但她看得出来，这些人在心里默记下了她的衣服样式，这让她感到有些烦恼。她此生中还是头一遭穿得这么独特。她想不明白为什么所有人都想要模仿她的穿着。

“吉尔伯特，”她十分生气地说道，“下次你为我设计服装，要让谁也没法模仿。”

“唯一的办法就是设计出只有你能穿的服装。”

“你能做到这一点吗？”

“可以，但你先要为我做点儿事。”

“什么事？”

“剪短你的头发。”

我想这是简第一次对他的要求踌躇不决。她的头发又长又厚。她还是姑娘的时候就为自己的头发而感到骄傲，将自己的头发剪掉真是一个非常激进的举措。真可称得上是破釜沉舟啊。对她而言这不是代价巨大的第一步，而是再也不能让步了。但她还是迈出了这一步。她当时说：“我知道玛丽恩会认为我是个十足的傻瓜，而且我再也没法回到利物浦了。”当他俩在返回住处的路上经过巴黎街头时，吉尔伯特将她领入一家世界上最高档的美发店。她进去的时候两腿发软，心脏猛烈地跳动着。但当她走出这家美发店的时候，她的头型已经全部显露了出来，蓬松的灰色鬈发显得既大胆又活泼。皮格马利翁①完成了他惊人的杰作，伽拉忒亚诞生了。

① 皮格马利翁，希腊神话人物，塞浦路斯国王。他塑造了一座美女象牙雕像，并深深地爱上了它。阿佛洛狄忒女神应其请求赐予雕像生命，雕像美女曾被称为“伽拉忒亚”。

“我明白了一些，”我说道，“但这些还不足以解释为什么简今晚会出现在这里，出现在这个满是公爵夫人、内阁大臣等上流人士的场合。她现在可是左边坐着宴会的男主人，右边坐着一位海军元帅。”

“简是个幽默大师，”托尔夫人说道，“你没看到她说了句什么，他们就全都笑了吗？”

毫无疑问，托尔夫人现在心中充满了苦楚。

“当简给我写信，告诉我他俩已经度完蜜月，正在返回伦敦时，我想我必须请他俩吃顿饭。其实我心里并不想请他俩，但还必须这样做。我知道这个宴会一定非常枯燥无味，因此不打算请任何重要人士参加，免得他们扫兴。但另一方面，我又不想让简认为我没有什么像样的朋友。你知道我像样的朋友也就不超过八个人。但我想只有请十二个朋友参加，才能使这个宴会够场面。我那段时间一直很忙，直到宴会开始的那天晚上才见到简。她让我们大家都等了她一小会儿（这是吉尔伯特高明的设计）。她最后才飘然而至。我简直要晕过去了。她让餐厅内所有的女士都黯然失色，显得土气和落伍了。她让我觉得自己就像个打扮妖艳的老妓女。”

托尔夫人喝了一小口香槟。

“我希望能向你描述出她当时穿的外套。这套服装换任何一个人恐怕也穿不出去，但穿在她身上却堪称完美。还有她戴的那个单镜片眼镜！我认识她已经三十五年了，我还从来没见过她不戴着一副双镜片眼镜。”

“但你知道她身材很好。”

“我哪里会知道呢？我自打认识她起，她就一直穿着那身你第一次看见她时穿的服装。你当时能看出她的身材好吗？她似乎没有意识到她所引起的轰动，倒认为这样的反应理所当然。我原来一直担心自己的宴会，现在总算欣慰地舒了口气。即使她有点儿不善与人交谈，有了她的这身打扮，其他的也就不重要了。她坐在餐桌的那一头。我听到那里笑声不绝于耳。客人们能在我的宴会上感到开心，这让我很高兴。但宴会结束后我却大吃了一惊。至少有三位先生过来对我说，我的大姑姐是个极为有趣的人，问我如果他们想去登门拜访，她能否答应。我真不知道该如何回答这个问题。二十四小时后，今晚宴会的女主人就给我打来了电话。她说听说我的大姑姐来伦敦了，而且她是一个极为有趣的人。问我能否请她过来吃午饭，也好见见她。这个女人的直觉从来都没有错过。果然不到一个月的时间，所有人都在谈论简。我今天能到这里来，并非由于我是女主人的老相识，请她吃过无数次饭，我能受邀参加这个宴会只是由于我是简的弟媳而已。"

可怜的托尔夫人。这样的地位真是让人感到屈辱。这种局面真可谓是对她的一种报复。虽说我感到很有趣，但我还是觉得应该说点儿什么来安慰她。

"人们一般都喜欢那些使他们开心的人。"我想要安慰她，故而这样说。

"她从来都没有让我笑过。"

从桌子那头又传来了一阵大笑声。我猜简又说了点儿什么逗乐的话。

"你的意思是说，你是唯一认为她并不风趣的人？"我微笑着问道。

"你过去认为她是个懂幽默的人吗？"

"我必须承认，我过去也认为她并不幽默。"

"她现在说的话跟她这三十五年来说的没有什么两样。我看到大家都在笑，所以我也就跟着笑。我不想让别人认为我是一个十足的傻瓜。

但我根本就没感到她的话哪里可笑。”

“就像维多利亚女王一样。”我说道。

这是一句比喻不当的俏皮话。托尔夫人立时拉下脸来，直截了当地这样告诉了我。我赶忙岔开话题。

“吉尔伯特也在这里吗？”我一面问，一面用目光在桌子周围搜寻着。

“当然也要邀请吉尔伯特了。如果没有邀请他的话，简是不会来的。但今晚他要去参加一个建筑师协会或什么组织的宴会，所以就没有来这里。”

“我非常想再认识认识她。”

“吃完饭你直接过去跟她说话就行了。她会邀请你参加她举办的星期二聚会。”

“她的星期二聚会？”

“她每个星期二都在自己家里举行聚会。你能在那里见到你所听过的任何一个人。这个聚会在伦敦享有盛名。她在一年的时间里就取得了这么大的成功，而我用了二十年都没有做到。”

“你对我说的事真如同奇迹一般。她是怎么做到这一点的？”

托尔夫人耸了耸她那美丽但多肉的肩膀。

“你问我，我又问谁去呢？”她回答道。

吃完饭后我就试图向简坐的沙发靠拢，但被人群拦住了。过了一会儿工夫，宴会的女主人走过来对我说：

“我必须向你介绍我举办的这场聚会的明星。你认识简·纳皮尔吗？她是一个非常风趣的人。她比喜剧演员还有趣。”

我被引到简坐的沙发旁，吃饭时一直坐在她身旁的元帅现在依然坐在她旁边，而且他丝毫也没有要走开的意思。简同我握了握手，把我介绍给元帅。

“您认识雷金纳德·弗罗比歇爵士吗？”

我们开始闲聊。简与过去一样，还是极端地朴实，毫不忸怩做作，非常自然大方。但她绝妙的打扮使她无论说什么都有一种特殊的韵味。不知不觉间我已经笑得前仰后合了。她说了句什么，非常敏锐，非常贴切，但一点儿也没有故作诙谐的感觉。她说话的样子，她透过眼镜平和地瞅着我的眼光都让人完全无法抗拒。我有一种彻底放松，身心愉悦的感觉。当我离开她身边的时候，她对我说：

“如果您星期二晚上没有更好的地方可去，就到我那去玩。吉尔伯特会非常高兴见到你的。”

“当他在伦敦住了一个月后，他就会知道，他不会有更好的地方去的。”元帅说道。

就这样，星期二我前往简的住处，但去的有点儿晚。说实话，我对自己周围的客人有点儿吃惊。这里真可谓是作家、画家、政治家、演员、贵妇和知名美女们的大集合。托尔夫人说得对，这确实是一个盛大的派对。自打斯特福德豪斯公馆被卖掉之后，我在伦敦就再也没有看到这么盛大的聚会了。聚会中并没有特意安排吃喝玩乐的项目，茶点虽然谈不上奢侈，但也足够丰富了。简天性沉静，她似乎在自得其乐。我没有看到她为招待客人而忙得不可开交，但客人们却喜欢到她这里来。欢快而令人感到愉快的聚会一直持续到夜里两点才结束。这次聚会之后，我经常与她见面。我不仅经常到她家里去，而且每次应邀外出吃午饭或晚饭，我也总会遇见她。我对幽默不大在行，因此总想发现她怎样才获得了这样特殊的天赋。她说的任何话都让人发笑。就如同某种美酒别人难以仿制一样，她的话同样无法效仿。她不会写诙谐的短诗，她从来也没有惊人的连珠妙语。她的话语中从来没有恶意，也从来不会用冷嘲热讽的语言去伤害他人。有些人认为要风趣就要说些粗鄙的语言，而非言简意赅。但简从来不说任何一句使维多利亚时代的人脸红的话。我确信她的幽默是无意识行为，未经事前考虑。她的幽默就像蝴蝶从一株鲜花飞向另一株一样，只是随性的行为，决然没有任何事先谋划好的方法和意图。她的幽默是通过她说话的方式和她的目光表现出来的。由于吉尔伯特为她设计了这种炫耀而夸张的打扮，她说出的话很自然地就产生了一种微妙的幽默感。但她的打扮只是产生这种幽默感的部分原因。现在只要她开口说话，人们就憋不住要笑。人们也不再为吉尔伯特为何娶一个比他的岁数大那么多的妻子而感到不解了。人们都认识到，与简这样的女人在一起，岁数并不重要。人们开始认为他是一个非常幸运的年轻人。那位海军元帅在跟我评论她时引用了莎士比亚的一句名言："岁月带不走她的容颜，年华不能使她老去。"吉尔伯特很高兴简取得了成功。我越了解这个年轻人就越喜欢他。现在已经很清楚了，他既不是一个坏蛋，也不是为了金钱而追求简。他不仅为简感到非常骄傲，而且真心爱她。他对她的体贴照料让人为之心动。他是一个非常无私和心地善良的年轻人。

"现在您怎么评价简呢？"有一次他以一种成功的口吻，带点儿孩子气的问我。

"我不知道你们俩谁更神奇一些，"我回答道，"是你还是她。"

"哦，我没法跟她比。"

"胡说。你不会认为我是一个大傻瓜吧？我难道还看不出来，正是你改变了简，使她现在这么走红。"

“我唯一的贡献是，在别人没有发现的时候，我看到了她的非凡之处。”他答道。

“你看出了她身上具有绝佳形象的可能，这我可以理解。但你将她变成了一个幽默大师，这我无论如何也想不明白。”

“我一直认为她说的话都非常有趣。她一直就是个幽默大师。”

“你可是唯一持这种观点的人。”

托尔夫人很有雅量，她现在知道自己错怪了吉尔伯特。她与吉尔伯特的关系日渐密切。但表面上她依然坚持自己的观点，认为他们的婚姻不可能长久。我感到她这种观点很好笑。

“不会吧？我从来就没有看到过这样一对感情甚笃的夫妇。”我说道。

“吉尔伯特现在已经二十七岁了，这正是一个吸引漂亮女孩的年龄。那天晚上你注意没有，就是在简的派对中，雷金纳德爵士那个漂亮的小侄女，我想简非常注意观察他们俩。我对此有种不祥的预感。”

“世界上没有哪个姑娘比得过简，我想她有这个自信。”

“那就等着瞧吧。”托尔夫人说道。

“你曾说过他俩的婚姻持续不了六个月。”

“哦，现在我修正为三年。”

当一个人固执于他的看法的时候，他其实是希望自己判断错了。人类的天性就是如此。托尔夫人的这个猜测确实是有些过于自信，但最后却是她猜对了。她始终认为这对不相配的夫妻长不了，事实确也果真如此。而且命运总是跟我们开玩笑，你认为会向东，但它却向西。托尔夫人虽然可以为自己猜对了而沾沾自喜，但我想她很快就会意识到自己还是错了。因为事情根本就没有按照她的预测方向发展。

一天，我接到了她的一个电话，要我可能的话立刻去见她。当我被带进客厅后，托尔夫人马上从椅子上站了起来，用一种花豹悄悄靠近猎物一样既悄然无声又快速的脚步向我走来。我看出来她的内心很不平静。

“简与吉尔伯特已经分手了。”她说道。

“真的吗？这么说你猜对了。”

托尔夫人用一种我无法理解的眼神看着我。

“可怜的简。”我喃喃自语道。

“可怜的简！”她重复了一遍我的话，但话音中充满了讽刺，我不禁惊呆了。

她简直不知该怎样告诉我到底发生了什么事。

吉尔伯特前脚离开她家，她后脚就急忙给我打电话，让我过来。他走进她家的时候脸色苍白，一副忧心如焚的样子。她立即就看出来出现了什么不祥之事。他没有开口她就知道他要说什么。

“玛丽恩，简把我甩了。”

她冲他微微一笑，握住了他的手。

“我知道你表现得很绅士。如果别人知道是你甩了她，那她就没有脸面了。”

“我到您这里来是指望得到您的同情的。”

“哦，我并没有指责你呀，吉尔伯特，”托尔夫人非常和蔼地说道，“这是必然要发生的事情。”

他叹了一口气。

“我也是这样想的。我无法指望永远拴住她。她太优秀了，而我只是一个再普通不过的人了。”

托尔夫人拍拍他的手。他的表现确实很绅士。

“现在到什么程度了？”

“她要跟我离婚。”

“简一直说，如果你想要娶哪个姑娘，她不会挡你的道。”

“自从我做了简的丈夫，我就从来没有过再娶任何别的女人的念头。”他回答道。

托尔夫人感到迷惑不解了。

“你难道不是说你已经把简给甩了吗？”

“我？我怎么可能有这样的想法呢。打死我也不会这样做的。”

“那么她为什么要跟你离婚呢？”

“与我办完离婚手续后，她要马上嫁给雷金纳德·弗罗比歇爵士。”

托尔夫人尖声叫了起来。她感到自己的头脑中一片空白，不得不掏出嗅盐来闻闻。

“难道是你做了什么对不起她的事吗？”

“我什么都没做。”

“难道说你就这样答应了她，让她把你利用完后就甩了？”

“我俩婚前就有过约定，如果我俩中有一人想要离婚，另一人不得设置障碍。”

“但那是为你设置的。因为你比她年轻二十七岁。”

“结果这个约定被她用上了。”他语调酸楚地答道。

托尔夫人又是规劝，又是争吵，但吉尔伯特坚持认为既然已经有约在先，那他就不能给简设置障碍。他离开后托尔夫人感到六神无主。将事情经过完整地告诉我之后她才大大地松了一口气。她看到我与她一样对这件事感到吃惊，因而十分开心。如果我没有与她一样对简的这个行为表示愤慨，她就会认为我对男性缺乏尊敬，是一种道德上的犯罪。当她仍然非常激动的时候，客厅的门被推开了，管家将简请了进来。她穿着的服装都是黑色或白色，这无疑与她目前有点儿模糊的身份相配。但她身上服装的样式却非常新颖和奇特，头上戴着的帽子也完全与众不同。她的这身打扮让我一见之下屏住了呼吸。但她依然是那样平和与镇静。她走上前来想要亲吻托尔夫人，但托尔夫人高傲地躲开了。她冷冰冰地说道：

“吉尔伯特刚离开这里。”

“是的，这我知道，”简微笑着说道，“是我让他过来见你的。我今晚要到巴黎去，我想求你在这段时间里关照关照他。我担心他在开始的这段时间里会有点儿孤独。如果你能关照关照他，我心里会感到好受一些。”

托尔夫人双手一拍，说道：

“吉尔伯特刚才对我说了件让我感到难以置信的事。他告诉我说，你要与他离婚，然后嫁给雷金纳德·弗罗比歇。”

“你不记得了吗？在我与吉尔伯特结婚前，你曾建议我要嫁给一个与我岁数相当的男人。元帅今年五十三岁。”

“但是，简，你现在的一切全要归功于吉尔伯特，”托尔夫人愤愤不平地说道，“如果没有他，你能有今天吗？如果没有他给你设计服装，你什么都不是。”

“哦，他答应继续为我设计服装。”简平和地说道。

“没有哪个女人还能找到比他更合格的丈夫了。他对你是始终如一的关爱。”

“哦，我知道他很可爱。”

“那你怎么还能这样没有良心呢？”

“可我从来就没有爱过吉尔伯特呀，”简说道，“我一直是这样告诉他的。我现在开始感到需要一个与我同龄男人的陪伴了。我想我嫁给吉尔伯特的时间够长了。这个年轻人与我没有什么共同语言。”她略微停顿了一下，向我俩露出了迷人的微笑。“我当然不会忘了吉尔伯特。我已经与雷金纳德安排好了。元帅有一个侄女与他很般配。我俩结婚后会马上邀请他俩到马耳他去度假。你俩可能知道，元帅即将就任皇家海军地中海地区的司令官，所以我也要到那里去居住。如果他俩相爱了，我一点儿也不会感到突然。”

托尔夫人从鼻孔中哼出点儿笑声。

“你是否也与元帅达成了协议，如果你俩中某一方想要离婚，另一方不得设置任何障碍？”

“我提出了这样的建议，”简泰然自若地回答道，“但元帅说，他看中的人错不了；而他自己也没有再娶其他女人的念头了。如果有人想要娶我，他说他的旗舰上有口径八十二英寸的大炮，他会在近距离内与这个人讨论这个问题。”她通过眼镜看了我俩一眼。即使担心托尔夫人生气，我也止不住笑了起来。“呵呵，元帅真是个多情的男人。”

托尔夫人确实冲我生气地皱下了眉头。

“我从来都不认为自己很风趣，玛丽恩，”简微笑着说道，露出了她光亮而排列整齐的牙齿，“我很高兴能在太多的人对我改变看法之前离开伦敦。”

“您要是能告诉我您取得了如此巨大成功的秘密在哪里就好了。”我说道。

她朝我转过脸来，依然是那副我所熟悉的、平和而单纯的神情。

“你不知道，当我嫁给吉尔伯特，我俩定居在伦敦后，不管我说什么别人都要笑。对此，我比任何人都更感吃惊。我这样说话已经有三十年了，没有任何人觉得会惹人发笑。我曾认为这一定是由于我的服装样式或我的短发，要么就是我的眼镜的缘故。但后来我发现，我的话惹人发笑是由于我说了实话。人们认为讲实话很幽默这太不寻常了。终有一天会有某人发现这个秘密。当人们对讲实话习以为常后，人们当然也就不会认为这有什么可幽默的了。”

“为什么我是唯一认为这没有什么可笑的人呢？”托尔夫人问道。

简踌躇了片刻，仿佛她真的在寻找一个满意的解释。

“也许是你看待一件事情时只看到了表面现象，亲爱的玛丽恩。”她以自己一贯的方式，语气温和地说道。

这句话无疑是对她的盖棺定论。我感觉简说的话总是能一语破的。她确实是个无价之宝。

异国他乡

我认识布兰德夫妇很长时间后才发现，他俩与费迪·阿贝斯坦没有任何联系。我第一次见到费迪的时候他肯定已经年近五十五岁了。在我写这个故事的时候他已经七十有余了，但外表看起来变化不大。他浓密而卷曲的头发非常凌乱，而且已经全白了，但他的体型依然是那样健美。人们说他年轻的时候是个美男子，这一点当无异议。他依然长着一副闪米特人[①]的英俊脸型，黑亮的眼睛炯炯有神。这双眼睛曾扰动了多少女人平静的心。他身材高挑，皮肤光洁，脸盘呈椭圆形。他的衣着非常讲究。现在他穿着一身晚礼服，在我看来，依然是一个最英俊的男人。他在衬衣前别了一颗黑色的大珍珠，手指上戴着几个镶着蓝宝石的白金戒指。也许他的这身装束有些招摇，但你会感到只有这样才能显出他的性格，否则就不成其为他这个人了。

“我毕竟是一个东方人，”他说道，“在我身上会存在一些喜好奢华的野蛮人习性。”

我常常想，费迪·阿贝斯坦的传奇生平非常适合写一部传记。他不是一个伟人，但在一定限度内，他将自己的人生打造成了一件艺术品。他的人生就是一件微缩版的艺术杰作，就像是一幅波斯细密画，由于精美而珍贵。不幸的是这幅画的画布太小，画布上的文字也残破不全了。

① 闪米特人，又称闪族人。是起源于阿拉伯半岛的游牧人民，相传诺亚的儿子闪即为其祖先。阿拉伯人、犹太人都是闪米特人。

这些文字记载的人物现在也都老了，而且不久就将离开人世。他的人生经历非同寻常，但他不愿将自己的经历用文字记述下来。他将自己的过去视为完全归他个人品味的佳肴，不容他人觊觎。他还是一个非常谨慎的人。除了马克斯·比尔博姆[①]之外，我不知道还有哪个人能够公平地评判这个问题。在今天这个冷酷的世界上，其他人都无法以温情的态度来看待这些琐碎的小事，从这些没有什么意义的事情中感悟到愁伤。我想，马克斯如果处在我的位置，他一定能比我更快、更深刻地看清费迪的内心世界。但就是不知他是否会将其敏锐的目光投向这样的地方。他这个人天生就适合马克斯来动笔记述。那么要由谁来为这部优雅的传记配插图呢？我想可能只有奥伯利·比亚兹莱[②]才有资格。这样，一座三点支撑的铜碑就有可能被竖立起来。这个纪念物就这样被包裹在精美的半透明琥珀中，与日月同辉，与江河同在。

费迪征服的是社交场所，他打交道的对象都是上流社会的人物。他出生在南非，一直到他二十岁时才来到伦敦。起先他在股票交易所干了一段时间。但他父亲死后给他留下了一大笔遗产。因此他就退出了这个行当，成了一个花花公子。那时的英国社会仍然是封闭型的，一个犹太人想要打破重重障碍，挤进这个圈子很不容易。但对费迪而言，这些障碍就像耶利哥的城墙[③]一样轻易就被跨越了。他人长得很英俊，且非常有钱；他爱好体育运动，善于交际。他在可胜街有一套豪宅。室

---

① 马克斯·比尔博姆（Max Beerbohm，1872—1956），英国散文家、剧评家、漫画家，曾侨居意大利二十年左右。

② 奥伯利·比亚兹莱（Aubrey Beardsley，1872—1898），英国天才插画家。

③ 耶利哥的城墙，耶利哥城扼守着迦南的门户，城高墙厚，守军强大。据《圣经》记载，犹太人围城行走七日，然后一起吹号，城墙轰然倒塌，犹太人轻易攻入该城，而后占领迦南。

内布置的都是最漂亮的法国家具，还雇了一个法国厨师，买了一辆布鲁厄姆牌敞篷轿车。他人生的第一步非常精彩，把这段故事写下来肯定非常吸引人。但这些过去的事情都消逝在幽暗的时光深渊里。当我第一次见到他的时候，他早已享有伦敦最英俊男子之一的美名。我是在诺福克的一栋富丽堂皇的私宅内第一次见到他的。当时我已经是一位小有名气的青年作家，而女主人喜爱文学，因而邀请我到她家去做客。但出乎我意料的是，到场的客人们都是些显赫的名流，这样的场面真是把我镇住了。客人共有十六位，身处这些内阁部长、贵妇和上院议员们中间，我既感到腼腆又感到孤独。他们谈论的人和事我都一无所知。他们虽然对我彬彬有礼，但很冷淡。我意识到我成了女主人的一个负担。这时费迪救了我。他陪我坐着，陪我聊天，陪我散步。他知道我是个作家后就跟我谈戏剧和小说。他了解到我曾在欧洲大陆待了很长时间后，就与我谈法国、德国和西班牙，让我感到开心。他似乎真的喜欢与我在一起。他使我产生了一种我俩与其他客人截然不同的感觉，让我感到有点儿飘飘然。我俩主要是谈论一些精神领域的话题，使其他客人谈论的话题，如政治事件、某人离婚的丑闻和越来越不愿猎杀野鸡等，显得有点儿可笑。如果费迪在他的灵魂深处对我们身边的这些英国绅士们有些许的蔑视，我相信他只对我才流露出这种态度。现在想想，很难说这不是他老于世故的表现，他很可能是以这种非常微妙的方式来取悦于我。我想，他当然愿意展示自己的魅力。他通过与我亲切地交谈，让我对他感激涕零。但他如果不是真的对文学艺术感兴趣，他完全没有必要为一个毫无名气的小作家费这样的脑筋。我是个作家，而他是个犹太人，身处这些客人之中，我感觉我与他就本质而言都是异类。但他坦然的心态令我羡慕。他在这些人中表现得轻松自若，所有的客人都称呼他费迪。他似乎总是精神饱满、情绪高昂。他说话总是妙语连珠，笑话与俏皮话一个接一个。大家都很喜欢他，因为他让大家笑声不断，而且从不谈些别人不懂的东西而让听者难堪。他将些许东方的浪漫带到聚会中来，但巧妙地让客人们感到这是一种英国式风格。只要有他在场，氛围一定就会欢快起来，就绝不会出现冷场的尴尬局面。而这种冷场的局面时不时地会出现在英国人的聚会中，使主人和客人都非常扫兴。当眼看就要出现冷场的局面时，费迪·阿贝斯坦会马上谈起一个人人都感兴趣的话题。他就是这样一位任何聚会都缺之不可的宝贝。他总是有讲不完的犹太人故事。他还非常善于模仿。他经常拿出一副犹太教拉比的腔调，把犹太人模仿得惟妙惟肖。他缩着脖子，露出一副狡诈的表情，语调也油滑起来。他不是成了一个拉比，就是一个年老的布商，或者是一个精明的旅行推销员，或者是法兰克福一个肥胖的老鸨。他的表演就像戏剧一样精彩。由于他本人就是一个犹太人，因此我尽管也被他的表演逗得哈哈大笑，但内心里总是有种不舒服的感觉。他残忍地拿自己的同胞作为取笑的对象，对这样的幽默我难以欣赏。后来我发现，讽刺犹太人是他的专长。无论我在哪里见到他，早晚都会听到他讲最近听说的犹太人笑话。

但我第一次见到他的时候，他讲给我听的故事却与犹太人无关。这个故事给我留下了很深的印象，让我至今也难以忘记，但出于各种原因我至今还从来没有机会将这个故事讲给其他人听。我在这里叙述了这个故事，是因为尽管这是些偶然出现的稀奇古怪的小事，但其中的人物可不一般。我认为这些人物的名字至少应该出现在维多利亚时代的社会史中，否则那真是一种悲哀。他告诉我说，他很年轻的时候，有一次应邀到乡村的一户人家做客。而兰特里夫人[1]是客人之一。她当时是如花似玉，美若天仙，红极一时。巧合的是，萨默塞特公爵夫人也住在附近不远的地方。她曾在艾灵顿选美大赛中当选为选美皇后。他与萨默塞特公爵夫人也有点儿熟。他忽发奇想，如果能将这两个女人带到一处,那一定非常有趣。他将自己的这个想法告诉了兰特里夫人。夫人欣然同意。他立即动笔给公爵夫人写信，询问公爵夫人是否同意他带着这个有名的美人前来拜见她。他说，让这位当代（当时是十九世纪八十年代）最可爱的美人前来瞻仰她这位永远是最可爱的美人非常合适。“用一切手段把她带来，”公爵夫人回信道，“但我事先警告你，她见了我后会感到大受打击的。”他俩坐了一辆双马拉着的四轮马车出发了。兰特里夫人戴着一顶紧紧扣住头部的蓝色帽子，从帽子上垂下一条长长的缎带。这顶帽子让她绝美的头型显露了出来，使她的蓝眼睛显得更蓝了。女主人是一个又老又丑的小个子女人，她长着一双小而圆的眼睛。她用嘲讽的眼神打量了一番光彩照人的女客人。她们一面喝茶一面聊天。然后他俩就又坐马车回去了。在马车里兰特里夫人一言不发。当费迪看看她时,发现她正在默默地哭泣。他俩回到住处后，兰特里夫人一头扎进自己的房间，晚上都没有下楼来吃晚饭。她平生第一次意识到，自己的美貌已经逝去。

费迪让我留下了通讯地址。我回到伦敦后还没过几天，他就请我赴宴。宴会上主宾加一起只有六个人。其中一位是嫁给了一个英国贵

① 兰特里夫人（Lillie Langtry，1853—1929），英国女演员，原名埃米莉·夏洛特·布雷顿，1881 年首次登台，后成为威尔士亲王（即后来的爱德华七世）的情人。

族的美国女人，一位是个瑞典画家，还有一个女演员和一个著名的评论家。主人用美酒佳肴款待我们，席间的谈话既轻松又充满了智慧。吃完饭后，应客人们的请求，费迪弹起了钢琴。但他只弹维也纳的华尔兹舞曲。后来我才发现，弹奏维也纳舞曲是他的专长。这些曲调轻快、旋律优美，给人带来感官享受的音乐与他喜欢炫耀而又谨慎的性格相吻合。他击键的手势非常优美，一点儿也不做作，弹奏出的曲调轻柔悦耳。这是我第一次与他在一起吃饭时的情形。往后我俩还在一起吃过很多次饭。他一年会宴请我两三次。随着时光的流逝，我与他在其他人举办的宴会上碰面的次数愈来愈多。这是由于我的社会地位上升了，而他的社会地位却可能有点儿下降。近几年来，我有时发现他也出现在其他犹太人举办的派对上了。他水汪汪的大眼睛有时会长时间地打量着自己的犹太同胞。我想我从他的眼神中已经看出来了，他一定是在善意地想，世界已经发生了多大的变化，并为此而感到开心。有些人说他有些傲慢，但我不这样看。他让人产生这种感觉的原因是，他以往只跟上层名流们打交道。他是一个真心热爱艺术的人，他最开心的事就是与艺术家们交往。与艺术家们在一起的时候，他从来都是恭敬有加。而与那些显赫的大人物们在一起的时候，他却插科打诨，大大咧咧，似乎毫不在意他们显赫的身份。他的艺术品位非常高雅，他的许多朋友都乐意向他讨教这方面的知识。他是能够鉴赏古旧家具的第一批大师。他曾将许多珍贵的家具从古老宅邸的阁楼中拯救了出来，使这些家具重新被摆放在客厅内显眼的地方。他喜欢到各个拍卖行去转转，然后给那些想要立即拍下某个漂亮物件的贵妇们出点儿主意，让她们的投资物有所值。他既富裕，又有一副好脾气。他喜欢光顾艺术场所。如果他欣赏某位年轻画家的天赋，就会千方百计地为他揽活；如果他听说某位富豪家中来了一位著名的小提琴手，而他无法在其他场合听其演奏，就会约定要到这位富豪家里去听一场。但他从来都不会让那些富豪朋友们感到失望。他的欣赏水平非常之高，没有哪位南郭先生能蒙过他的耳朵。他对那些音乐天赋平庸者们虽然彬彬有礼，但绝不随意恭维。他也经常在自己家里举办音乐会。尽管这些音乐会邀请的客人都是精心挑选出来的，人数也不多，但客人们都感到他的音乐会非常令人愉悦。

他一生都没有结过婚。

"我是一个饱经世故的男人，"他说道，"我自认对人没有偏见，能适应各种口味的女人[①]。但我还是不能娶一位非犹太籍女人为妻。这就如同有些男人能穿着无尾礼服去看歌剧，当然这也没有什么关系，但我就是做不到。"

"那您为什么不娶一位犹太女子呢？"

（我并没有听过他的这段对话，但他是一个无拘无束的人，我猜他肯定是这样轻松地谈论这个话题的。）

"犹太女人的生育能力太强，如果娶了犹太女人就会有一大堆孩子。想想满世界都是些小艾奇、小雅科布、小丽贝卡、小利亚、小雷切尔，这我可真受不了。"

但他的风流韵事不少，当年风流倜傥的他如今性感依然。他年轻的时候就是个情种。我曾听一些上了年纪的贵妇人谈到，当年的他可是风度翩翩，魅力四射呀。她们回忆道，当年有一个女人让他给迷得神魂颠倒。我猜这个女人一定是被他的内在美所迷倒，而其他人觉察不到，因而责怪他过于英俊。我还听说曾有一些我现在只在传记中读

① 原文为法语。

到过大名的显赫贵妇们也曾与他有过一腿，这让我很感兴趣。我在伊顿公学的校园中和桥牌桌旁也见过这些继承了亡夫遗产与爵位的贵妇们。她们或对孙辈们唠唠叨叨，或牌技糟糕透顶。见到她们，我就不禁要想起当年她们为那个英俊的犹太小伙神魂颠倒的罪孽往事。在费迪众多的风流韵事中，最臭名昭著的就是他与赫里福德公爵夫人的关系了。她是维多利亚女王在位末期最可爱、最大胆、最时髦的美人之一了。他俩的暧昧关系持续了二十年之久。在这期间他肯定也与其他女人勾勾搭搭了，但他俩的关系却始终很稳定，而且得到了旁人的认可。他俩最后结束了这种不正常的关系。而他在失去了一位人老珠黄的情妇的同时，却多了一个忠实的朋友，这件事也足以证明他的老练圆滑。我还记得在不是很久以前的一次午餐会上与他俩见过一次面。她是一个个子高高的老妇人，一副居高临下的派头，衰老不堪的脸上却是浓妆重抹。这个午餐会是在卡尔顿咖啡厅举行的，费迪做东，但他迟到了几分钟。他要给客人们上一道饭前的鸡尾酒。公爵夫人告诉他说，大家都已经喝过了。

“哦，您的眼睛真亮，真让我羡慕。”

这位把脸涂成了红赭石颜色的老妇人高兴得满脸放光。

我的年轻时代很快就过去了，我也成了一个中年人。可能用不了多长时间我就可以称自己老了。我写书和剧本，我四处旅行，我的人生经历也日渐丰厚。我曾恋爱过，后来又摆脱了这场感情。在这些日子里我与费迪还是经常在各种聚会中见面。第一次世界大战爆发了，数以百万计的人死于战火之中。人们的生活也发生了巨大的变化。费迪讨厌这场战争，他的岁数也太大了，不用上战场去当炮灰了。他的德国名字令他非常尴尬。但他行事谨慎，尽量避开人们的注意，免得自取其辱。他的老朋友们依然与他保持来往。他的生活虽然有些孤独，但足够体面，而且也并非完全与世隔绝。战争结束了，和平又回到了生活之中。他鼓足勇气使自己努力适应新的生活方式。现在社会各阶层已经没有那么严格的界限了，各种聚会中都是人头攒动。但费迪已经适应了这种生活。他依然在讲取笑犹太人的故事，他依然弹奏施特劳斯迷人的圆舞曲，他照旧喜欢上拍卖行去转转，告诉那些暴发户们应该拍下哪些物品。战后我到海外去生活了很长一段时间。但只要我回到伦敦，我就能见到费迪。他现在显得有些神秘。他没有屈服于命运的安排。他也从来没有得过大病，似乎总是有使不完的精力。他仍然衣着笔挺，对什么事情都感兴趣，思维也依然敏捷。人们现在依然愿意请他赴宴，但邀请他的原因与旧时代完全不同了。现在人们愿意请他，只是因为他能活跃宴会的气氛。他也依旧在他位于可胜街的宅邸内举办高雅的小型音乐会。

正是在我应邀参加了一场宴会后，我才有了这些发现，因此才开始收集整理关于他的故事，也才有大家在这里看到的这篇小说。当时我们在位于希尔大街的一栋宅邸中赴宴。这是一个客人众多的聚会。吃完饭后女人们都上楼去休息了。费迪与我则正好挨坐在一起了。他告诉我说，李·马卡特下周五晚要上他家进行演奏，他邀请我去参加这场音乐会。

“非常抱歉，”我说道，“但下周五我要外出到布兰德家去。”

“哪个布兰德？”

“他们住在苏塞克斯郡，在一个叫作提尔比的地方。”

“我不知道你还会认识他们。”

他有点儿感到奇怪地看着我，然后露出了微笑。我不知道他为什么而笑。

“哦，我认识他们已经很多年了。住在他们家让人感到很惬意。”

“阿道夫是我的外甥。”

“是阿道弗斯爵士吗？”

“他是一个摄政时期[①]的花花公子，对不对？”

“我认识的人都管他叫弗雷迪。”

“这个我知道。我还知道他妻子米里亚姆只答应别人称呼她为穆里尔。”

“他怎么就会成了您的外甥了？”

“因为我姐姐，汉娜·拉本施泰因嫁给了阿方斯·贝里寇格。在他撒手离开这个世界的时候已经成了阿道弗斯·布兰德爵士，爵位是准男爵。阿道夫是他唯一的儿子，因此很快就成了阿道弗斯·布兰德爵士，爵位是准男爵二世。”

“这样说来，弗雷迪·布兰德的母亲，布兰德夫人，就应该是您的姐姐了？”

“是的，是我姐姐汉娜。她在我们家排行老大。她已经八十岁了，但头脑依然非常清晰，真是一个了不起的女人。”

“我从来就没看见过她。”

“我想这是因为你的朋友，也就是布兰德夫妇，不愿你见到她。她说话还是一口德国口音。”

“你从来就没有见过他们吗？”我问道。

---

① 摄政时期是指1811年至1820年间，乔治三世被认为不适于统治，而他的儿子，之后的乔治四世被任命为他的代理人作为摄政王的时期。广义的摄政时期指1795年至1837年，这一时期的政治和文化都表现出与众不同的特质。

“我已经有二十年没有跟他们通过信了。我依然保持着犹太人的生活习惯，而他们已经成了地道的英国人。”他又露出了微笑，“我会忘了他俩名叫弗雷迪和穆里尔，经常会在不恰当的时刻脱口而出地称呼他俩阿道夫和米里亚姆。他们也不喜欢我讲的那些犹太人笑话。我们还是不见面为好。大战爆发后我还没有改名，因此我们就彻底割断了联系。我的岁数太大了，已经习惯朋友们称呼我费迪·拉本施泰因了。我已经没有什么雄心大志了，不需要别人管我叫什么史密斯、布朗或罗宾逊了。”

尽管他的话有些玩世不恭，但我却感觉到他说话的语气中似乎有种嘲讽的味道。当然这种感觉如同以往一样并不清晰。但我似乎模模糊糊地感觉到，在他难以窥视的内心深处，他对他曾经征服过的非犹太人非常轻蔑。

“这么说你从未见过那两个男孩？”我问道。

“是的。”

“大孩子名叫乔治，小的叫哈利。乔治虽然没有他弟弟聪明，但他是个很有吸引力的男孩。我想你会喜欢他的。”

“他现在在哪里？”

“哦，他刚被牛津大学开除。我猜他回家去了。哈利还在伊顿公学读书。”

“你能把乔治带来与我共进一次午餐吗？”

“我会去征求一下他的意见。我想他会愿意的。”

“我听说他可是一个能惹麻烦的人。”

“哦，这我可不知道。家人曾想让他参军。他们看中了皇家近卫军。但他反对。因此他就到牛津来上大学了。但他学习不用功。他挥霍无度，到处寻欢作乐。但这些也都再正常不过了。”

“他为什么被牛津开除了？”

“这我不清楚。大概是因为一些小事吧。”

我俩唠到这里的时候，宴会的主人站了起来，我们也都上楼去了。当费迪与我分手告别的时候，他叮嘱我别忘了他孙外甥的事。

“给我打电话，”他嘱咐道，“我在星期三或星期五都有空。”

第二天我就离开伦敦前往提尔比去了。这是一个伊丽莎白时代的建筑，坐落在一片宽阔的公园之中。公园中可以看到有黇鹿漫步其中。从这所宅邸的窗户中望去，视野非常宽阔。山丘就像波涛起伏的海浪一样延伸到远方。对我来说，似乎目光所及之处的土地都属于布兰德一家。他家的佃户们一定认为阿道弗斯爵士是个非常能干的地主。他家的种植园非常平整，谷仓与牛圈都收拾得井井有条。就连猪圈也让人产生了一种美感。酒吧就像是一幅古旧的英国水彩画。他在庄园内修建的农舍别具一格，让人感到既外观漂亮又居住方便。将这块土地管理得如此规范肯定让他破费不小。公园内种植着参天的大树，还有九孔的高尔夫球场。公园管理得非常到位，就像是个大花园。而他家宽敞的花园就更是邻里羡慕的对象了。他家豪华的住宅是由英国最著名的建筑师设计的，带着斜屋顶和有直棂的大窗，室内的家具都是由布兰德夫人亲自选定的。她的品位很高雅，学识也高，选择的家具样式与房间非常匹配。

“这没有什么复杂的，”她说道，“只不过是乡下的一套英国式住宅而已。”

餐厅的墙上挂着古老的英国运动题材油画，餐厅内摆放的椅子是齐本德尔[1]风格的，非常昂贵。客厅的墙上挂着雷诺兹[2]、庚斯博罗[3]绘制的人物肖像画与老克罗姆[4]和理查德·威尔逊[5]绘制的风景画。即使在我只有一张四柱床的卧室内也挂着多幅伯基特·福斯特[6]绘制的水彩画。这个地方真是漂亮，住在这里真是一种享受。但奇怪的是，穆里尔·布兰德想要的效果，这里却一点儿也没有。这一点千万不要告诉她，否则她会难过死的。在这里你一点儿也没有住在一个英国人家里的感觉。你会感到这里的一切都是按照一个总体设计而精心采购来的。在家世渊源的英国人家里，他们餐厅的墙上大都将卡洛·多尔奇[7]的画与沉闷的学院派肖像画并排挂着。这些肖像画是这家人的一个祖先在大学毕业前的大陆之旅中采购的。这些人家客厅的墙上也大都挂有某个老祖奶绘制的水彩画。尽管这些画使客厅显得凌乱，但却非常有亲和力。而穆里尔·布兰德布置的客厅就没有这样的效果。她的客厅内既没有丑陋的维多利亚时代的沙发，也没有套着编织椅罩的椅子。这些椅罩是这些人家的未嫁女儿在伦敦国际工业品博览会期间精心编织出来的。

---

① 托马斯·齐本德尔（Thomas Chippendale，1718—1779），18 世纪著名英国家具设计师，奇齐本德尔式家具的基本风格有法国洛可可式、中国式、哥特式、新古典式等。

② 乔舒亚·雷诺兹（Joshua Reynolds，1723—1792），英国 18 世纪后期最富盛名的历史肖像画家和艺术评论家，英国皇家艺术学院的创办人之一。

③ 托马斯·庚斯博罗（Thomas Gainsborough，1727 – 1788），英国肖像画家和风景画家。

④ 约翰·克罗姆（John Crome，1768—1821），英国浪漫主义时期风景画家。

⑤ 理查德·威尔逊（Richard Wilson，1714—1782），威尔士风景画家，英国皇家艺术学院的创办人之一。

⑥ 伯基特·福斯特（Birket Foster，1825—1899），维多利亚时期颇受欢迎的英国插画家、水彩画家和雕刻师。

⑦ 卡洛·多尔奇（Carlo Dolci，1616—1686），巴洛克时期意大利画家，以宗教题材的画作闻名。

她的客厅很漂亮，但显得太过生硬了一些。

然而我在这里得到了悉心照料，过得非常惬意。布兰德夫妇给予了我热情友好的接待。他们一家人似乎非常好客，而且非常慷慨与友善。款待邻里可以说是他们夫妇最快乐的事了。虽说他们拥有这片庄园还不到二十年，但他们已经与邻里建立起了稳固而友好的关系。可能除了他们的住宅比较华丽，庄园管理得井井有条外，他们一家似乎已经在这里定居了几个世纪之久。

弗雷迪曾在伊顿公学和牛津大学读书，并在这两所学校毕业。他现在已经五十出头。在我的印象中，他是一个不多言多语，非常讲礼貌，而且很聪明的人，但有一点儿保守。他风度翩翩，但这种风雅不是英国式的。他头发斑白，下巴上留着一小撮黑白相间的短须。他黑黑的双眼很漂亮，还长着一个鹰钩鼻。他的个头中等偏高一点。你看到他后绝不会想到他是个犹太人，而会认为他是一个有身份的外交官。他是一个很有个性的男人。尽管他在生活上取得了很大的成功，但奇怪的是，他给人一种有点儿忧郁的感觉。他在政治和经济上都取得了很大的成功，但在体育爱好方面，尽管他进行了坚持不懈的努力，却没有任何闪光点。很多年来他都带着猎犬去打猎，但他的骑术一直都很糟糕。他现在人已到中年，工作压力又太大，因此不再打猎了。我想他完全可以用这些理由来安慰自己。他拥有良好的狩猎场，也经常举行规模宏大的狩猎聚会。但他自己的射击水平却不高。尽管他拥有自己的高尔夫球场，他打高尔夫球的水平也很一般。他十分清楚英国人非常看重一个人在这些运动项目上的能力。他因而感到很痛苦，对自己十分失望。然而乔治在这些方面却让他感到骄傲。

乔治的高尔夫球打得很不错，而且尽管他不是职业网球运动员，但他的网球水平也在一般人之上。在乔治刚能拿动枪的时候，布兰德夫妇就请人教他射击。他射击水平提高很快，成了一名神枪手。在他才两岁的时候，这对夫妇就将他抱到一匹矮种马背上。看到儿子骑着自己的坐骑奔向一道栅栏，弗雷迪的内心可是乐开了花。而自己出门打猎时，尽管他骑着马撵着狐狸到处跑，但常常是一无所获。这让他一上马背就感到胃痛，使打猎这项运动成了对自己的折磨。乔治身材高挑，一头淡棕色的鬈发非常漂亮，双眼碧蓝。他完全就是一个俊美的英国小伙子。他看上去非常坦诚。他的鼻子虽然有点儿肉感，但非常挺直。他的嘴唇也许有点儿丰满和性感，他柔滑的皮肤就像象牙一样洁白而透明。乔治是他父亲的掌上明珠。弗雷迪对小儿子哈利的喜爱程度就要差一些了。他长得有点儿矮墩墩的，宽肩厚背。他黑黑的双眸虽然总是闪动着聪慧的光芒，但与他粗硬的黑发和大鼻子一道，暴露出他是一个犹太人。弗雷迪对哈利十分严厉，经常是很不耐烦。但他对乔治却是娇宠有加。哈利今后会去经商，他很聪明，又有进取心。但乔治才是这个家庭的继承人。乔治会成为一位英国绅士的。

乔治有一辆跑车，是他父亲作为生日礼物送给他的。他提议开车送我去他家。他车开得很快，我俩到了的时候，其他客人还都未见面。一棵高大的雪松下面是一大片草坪，草坪上放着桌子，桌上已经摆好了茶点。布兰德夫妇正坐在桌旁。

“顺便说一句，”过了一会儿我说道，“那天我见到费迪·拉本施泰因了，他想让我带着乔治去跟他一起吃顿午饭。”

在来的路上，我没有对乔治提起这件事。我想，如果他们有什么家庭矛盾的话，我最好还是先把这件事告诉他父母。

“哪里冒出来个费迪·拉本施泰因，他是谁？”乔治问道。

一个人荣耀于世的时间真短。如果在一代人之前提出这个问题就会让人感到简直是荒唐。

“不巧的是，这个人是你的舅公。”我答道。

在我提到这件事的时候，布兰德夫妇交换了个眼色。

“他是一个招人讨厌的老家伙。”穆里尔说道。

“我认为完全没有必要让乔治去重建他与我们的关系。在乔治出生前，他与我们的关系就破裂了。”弗雷迪决然地说道。

“不管怎么说，我是把话带到了。”我讪讪地说道，感到有点儿自讨没趣。

“我可不愿意去见这个讨厌的老家伙。”乔治说道。

其他客人陆续来到，打断了这场谈话。过了一会，乔治就陪他在牛津大学结识的一个朋友去打高尔夫球了。

这个话题第二天又被重新提了起来。我与弗雷迪·布兰德在上午打了一场不记分的网球，下午我俩又按照一种被称作乡村别墅制的规则，打了一场计分制比赛。现在，我又与穆里尔一道坐在阳台上聊天。英国的坏天气太多了，老天爷只有让我们这里在好天的时候气候比别的地方更好，这样才算公平。在这样一个六月的傍晚，周围的一切真的是美极了。微蓝的天空不见一丝云彩，空气温暖宜人。绿色的山丘如滚滚波浪，一直延伸到天际。周围都是树林，越过树林的顶端，可以看到远方一个小村的红屋顶和村内教堂灰色的钟楼。只有在这样的时刻，一个人才能充分领悟生命的幸福和快乐。在我的脑海中美妙的诗句不断跳了出来。我与穆里尔东一句西一句地闲唠着。

“我希望你不要因为我们拒绝让乔治与费迪一起吃午饭这件事而产

生误解，认为我们有点儿冷酷无情，”她突然说道，“他这个人有点儿过于自命不凡了，是不是？”

“您这样看他吗？他对我可一直都很好。”

“我们已经有二十年没有往来了。对于他在大战期间的表现，弗雷迪觉得永远都无法原谅。我认为他太没有爱国心了。一个人的行为必须有个底线。您不知道，他根本就不肯放弃他那个可怕的德国名字。而弗雷迪是个国会议员，他要负责军需供应等工作。家里有这样一个舅舅，这真让他难堪。我就不明白了，他为什么要见乔治？乔治跟他没有任何关系。”

“他是个老人了。乔治与哈利是他的孙外甥。而且他死后也要有个财产继承人啊。”

“我们宁可不要他的钱。”穆里尔冷冷地说道。

乔治是否与费迪·拉本施泰因共进午餐跟我一点儿关系也没有。我更愿意让这件事到此打住。但后来布兰德夫妇又把这件事提了起来。穆里尔显然是觉得应该对我做一些解释。

“您当然知道，费迪身上有犹太人血统。”她说道。

她用锐利的目光看着我。穆里尔是一个身材高大的金发女郎。显然她已经有了肥胖的趋势。为了减肥，她不惜花费大量的时间。她年轻的时候长得非常漂亮。就是现在，她的长相也算得上标致。但她圆圆的蓝眼睛有点凸起，鼻子多肉；她的脸型和后脖根的形状，还有她兴高采烈的举止，这些都暴露了她犹太人的血统。无论她的头发有多么金黄，任何一个英国女人都没有这些特征。但她这番话显然是要我产生一种印象，让我认为她不是一个犹太人。我小心翼翼地回答道：

“现在很多人身上都有犹太人血统。”

“这我知道。但没有必要老是想着这件事，对不对？不管怎么说，我们家人都是地地道道的英国人。没有谁比乔治更像个英国人了。无论是长相、言谈举止和各方面，他都是如此。我的意思是说，他爱好体育，各项运动水平都很高。我不想让他接触犹太人，也不想让他的某个远亲打破这个规矩。”

“如今在英国，一个人想要不接触犹太人太难以做到了。”

“这我知道。在伦敦就能遇到很多犹太人。而且我认为有些犹太人也很不错。他们具有艺术家的气质。我并不极端，我与弗雷迪并不刻意回避他们，我当然更不会这样做。但巧合的是，我们俩与任何犹太人都结识不深。而在这里，根本就没有犹太人。”

她说这句话时斩钉截铁的口吻不能不让我感到佩服。如果有人对我说，她真的相信自己所说的每一个字，我对此绝不会感到突然。

“您说过，费迪也许会将遗产送给乔治。但我想，他的遗产也不会有太多。战前他还是很富有的，但现在他的财产已经大幅缩水了。此外，我们希望乔治年龄大点儿的话能走向政坛。我想，如果乔治从一个叫拉本施泰因的人那里继承了财产的事让选区里的人知道了，对他会很不利的。”

“乔治对政治有兴趣吗？”我问道。目的是要转变一下话题。

“哦，我希望他能有兴趣。不管怎么说，我们这个家族在选区内的位置还是根深蒂固的，他只要参选，肯定手到擒来。我们这个选区的议员席位由保守党人牢牢地把持着。但不能指望弗雷迪在下院操劳一辈子呀。”

穆里尔真够伟大。她说话的口气就好像布兰德家族已经有二十代人出任选区的代表了。但她的话让我第一次了解到，弗雷迪还有更大的政治抱负。

“我想，当乔治到了成年人的时候，弗雷迪应该能进入上议院了。”

“我们一家为保守党做出了很大的贡献，应该得到点儿回报。”穆里尔回答道。

穆里尔是个天主教徒。她经常对我说，她曾在修女院中受过教育。

“那里的女人们都非常亲切。我指的是那些修女。我总是说，如果我有一个女儿，我肯定也会把她送到修道院去。”

但她喜欢自己的仆人们信仰英国国教。在周日晚上，我们吃的所谓晚饭就是已经放凉了的鱼和冰淇淋。只有吃了这样的晚餐，他们才能上教堂去做礼拜。而且我们吃饭时也只有两个仆人伺候，而平时有四个仆人。我们吃完晚饭后，天还没有黑。弗雷迪与我一面吸着雪茄，一面在落日的余晖中散着步。我猜穆里尔已经将她与我的对话内容告诉了他。也许他拒绝让乔治去见舅姥爷一事仍让他感到不安。但与穆里尔有所不同的是，他没有直接提到这个问题。他告诉我说，他一直为乔治操心。乔治拒绝当兵一事让他感到非常不满。

“我原想他应该能喜爱军旅生活。”他说道。

“他如果穿上了近卫军的制服，看起来一定帅极了。”

“应该会这样，对吧？”弗雷迪真诚地回答道，“真不知道他为什么会拒绝。”

乔治在牛津大学的时候完全是无所事事。虽说他父亲给他的零花钱实在不少，但他还是债台高筑。现在他又被学校开除了。虽然他提到这些事时的语气是酸酸的，但我可以看出来，他对这个不争气的儿子还是蛮骄傲的。他对这个儿子的爱一点儿也不像个英国人。在内心里，他一定在为乔治的时髦装束而感到得意。

“那你还有什么可操心的？”我问道，“你根本就不大在意乔治是否能拿到学位。”

弗雷迪咯咯地笑了。

“是的，我想我是对他拿不拿学位的事不大在意。我从来都认为进牛津大学的重要性就在于让人们都知道你曾在那里待过。我敢说那里的其他年轻人比他也好不了多少。我正在想着他的将来。他太懒惰了。他只图一时的快活，什么都不想做。”

“他还年轻。”

“他对政治不感兴趣，虽然他的各项运动水平都不错，但他也不大喜爱体育。他似乎将他的大部分时间都浪费在胡乱弹奏钢琴上。”

“这个爱好也没有什么不好嘛。”

“是的，我并不反对他弹钢琴。但他不能总是这样虚度光阴呀。你看，这里的一切早晚都是他的。”弗雷迪用手画了个大圈，似乎要把整个郡都包进去。但我知道，这个郡现在还不归他个人所有。“让我忧心的是，到时候他是否能够承担起自己的责任。他母亲对他寄托着更大的期望，但我只希望他能成为一个合格的英国乡绅就行。”

弗雷迪瞟了我一眼，似乎想对我说点儿什么，但担心我会认为他的话很可笑，因而有些踌躇。但当作家的好处之一就是，人们会认为你是一个无关紧要的人。有些事情他们通常不会说给与他们地位相同的人，但他们会说给你听。他认为对我说了也无妨大碍。

“你不知道，我有一个想法。在目前的世界上，古希腊人理想生活方式的最佳实践者是居住在自己庄园内的英国乡绅。我认为这种生活方式令人赏心悦目，美极了。”

如今的英国乡绅如果不将其主要资产投资于保险的美国债券上，他就无法享受这种悠闲的田园生活。当我想到这里的时候，脸上不禁浮起了笑容。但我这是一种带有同情的笑。这个犹太金融家竟然如此珍视这种浪漫的田园之梦，这太让人感动了。

“我想让他成为一个好地主。我想让他参加到乡村事物中来。我想让他每天都进行各种体育活动。”

“可怜的蠢货。”我心里这样想。但嘴上却说道：“那么，你现在为乔治做的安排是什么？”

“我想，他对外交工作很感兴趣。他提出要到德国去学习德语。”

“这个主意不错，我也应该想到才是。”

“不知他是怎么考虑的，他说想要到慕尼黑去。”

“那个地方不错。”

第二天我就回到了伦敦。我到家后不久就给费迪打了电话。

“很抱歉，乔治星期三不能去你那吃饭了。”

“星期五如何？”

“星期五也不行。”我想拐弯抹角地说是没有用了，干脆直截了当吧，“情况是这样，他家里的人不想让他与您共进午餐。”

电话那头静了一阵，然后他回答道：

“我明白了。哦，那么，星期三你能过来吗？”

“没问题，我会欣然从命。”我回答道。

这样，星期三下午一点半的时候，我溜达着朝可胜街走去。费迪非常亲热地迎接我到来。他的热情似乎有点儿反常。他没有提到布兰德一家。我俩在客厅坐下。环顾四周，我不禁想，房主确实喜爱漂亮的小物件。客厅内摆得满满的，与时下流行的风格完全不相匹配。玻璃柜内摆放着金质的鼻烟壶，还有法国瓷器，这些都不符合我的审美情趣。但这些东西无疑都很珍贵。而客厅里路易十五时代的家具，连同家具上的斜针绣品，则更是价值巨大。墙上挂着的画都是出自朗克雷[①]、佩特[②]和华托[③]等大画家的手笔，不过我对这些画没有什么兴趣。但我能看出来，这些画作的意境都非常高。他这样一个饱经世故的老人有这样的摆设非常恰当。与他那个时代非常相称。突然，客厅的门被推开了，原来是乔治。费迪见我吃惊的样子，冲我露出了得意的微笑。

“你能来我这里，我非常高兴。”他与乔治握了握手。

他今天是第一次见到他的孙外甥。只见他一把将乔治拉进屋来。乔治今天的穿着非常优雅。他上穿一件黑色短大衣，下穿条纹西裤，里穿一件双排扣夹克。这在当时是最时髦的装束。这身装束非常适合个子瘦高、肚子没有凸起来的人。我相信费迪完全知道乔治是上哪家服装店定做的这身衣服，甚至知道是哪个裁缝的手艺。他很欣赏乔治的眼光。乔治穿着这身衣服，显得既整洁又时髦，让人感到人也非常英俊。我们下楼去吃饭。费迪在这样的场合与陌生人打交道是轻车熟路，他的言谈举止使这个小伙子感到放松。但我看到他先是小心地说了一些恭维的话，然后不知出于什么原因，他又开始讲他的那些犹太人故事。我看到乔治的脸涨得通红。虽然他也附和着笑笑，但我能看出来

① 尼古拉斯·朗克雷（Nicolas Lancret，1690—1743），法国画家，善画游手好闲的贵族生活场面，也画肖像，画风类似华托外，更接近装饰性，用色较饱和，善于刻画细节，有的画面人物情节、景色环境远离现实。

② 让-巴普蒂斯特·佩特（Jean-Baptiste Pater，1695—1736），法国洛可可式画家，曾师从华托，受其影响颇深。

③ 安托万·华托（Antoine Watteau，1684—1721），法国画家，佛兰芒人后裔，在巴洛克风格式微时振兴了这一风格。

他很尴尬。我不知道费迪究竟是怎么了，怎么会变得一点儿也不圆通了。但他眼睛盯着乔治，故事讲完了一个又一个，似乎没有停下来的意思。我想，是否出自某个我不知道的原因，费迪产生了一个恶毒的想法，他故意想要乔治难堪，他好从中找点儿乐子。

吃完饭后，我们又回到楼上的客厅。为了摆脱尴尬的局面，我请费迪弹钢琴给我们听。他弹了三四首华尔兹短曲。但他今天的演奏大失水准，既感觉不到轻盈与优雅，也没有欢快的旋律。他弹完后转身对乔治说道：

“你也会弹钢琴吧？”

“会一点儿。”

“那你不弹点儿什么吗？”

“我只会弹古典音乐。可能您对这样的曲子不感兴趣。”

费迪微微一笑，但没有再坚持让乔治弹琴。我说我该走了。乔治也同我一起起身告辞。

“真是一个肮脏的犹太佬，”我俩一出门，乔治就恨恨地骂道，“我非常讨厌他讲的那些犹太故事。”

“这是他的噱头。他一直是这样，总是讲这些故事。”

“您要是个犹太人，您会这样吗？”

我耸了耸肩膀。

“你怎么改主意了，来这里吃午饭呢？”我问乔治。

他咯咯地笑了。他是一个天性快活的人，很有幽默感。他已经忘了刚才对舅姥爷的不快。

“他去见我奶奶了。您没有见过我奶奶，对吗？”

“是的，没见过。”

“她对爸爸就像对待伊顿公学的小学生。奶奶说我必须与费迪舅姥爷吃这顿饭。奶奶说的话就是我家的圣旨。”

“我明白了。”

一两个星期后，乔治就上慕尼黑学德语去了。碰巧我那段时间也要外出去旅行，直到次年春天我才回到伦敦。我回到伦敦后不久，有一次赴宴时我正好就坐在穆里尔·布兰德的旁边。我问她乔治的情况如何。

“他还在德国。”她答道。

“我看报纸上说，你们要为他举办一个盛大的成年仪式，要在提尔比举办一场盛大的宴会。”

“我们准备好好款待一下佃户们。他们还要给乔治送礼物。”

她说话没有了平时那种欢快劲儿，但我并没有太过注意。她在生活中处处要强，可能是过于疲惫了。我知道她喜欢谈论自己的儿子，因此继续说道：

“我猜乔治在德国生活的很不错。”

她没有马上吭声。我瞅了她一眼。我看到她的双眼盈满了泪水，这让我大吃一惊。

“我想乔治是疯了。”她说道。

“您这话是什么意思？”

“我们一家现在完全处在焦虑不安之中。弗雷迪非常生气，他现在都不愿意听到别人谈起这件事。我现在真是不知道该怎么办才好。”

当然，我马上想到的就是乔治出事了。就像大多数出国学习外语的英国年轻人一样，乔治寄宿在一户德国人家里。我猜乔治很可能是爱上了这户人家的女儿，想要娶她。我早就料到了，布兰德夫妇肯定是想要乔治娶一个大家闺秀，结一个门当户对的亲。

“这到底是怎么回事呀？”我问道。

“他想要当一个钢琴演奏家。”

“什么？”

“一个职业钢琴师。”

“他怎么会起了这个念头？”

“鬼才知道。我们也是一点儿不知道怎么回事。我俩还以为他正在复习功课，准备考试呢。我到德国去看他。我想去看看他是否一切都好。唉，老天爷呀，他看起来糟糕透了。他以往多精神多时髦呀。看到他那个样子，我差点儿要哭出来。他告诉我说，他不准备参加毕业考试了，他根本就没打算这样做。他说，如果不说自己想当个外交官，我们就不会让他到德国来，他也就没有办法来这里学习音乐了。”

“但他有音乐天赋吗？”

“哦，这倒无关紧要。即使他有帕岱莱夫斯基[①]这样的音乐天赋，我们也不能让乔治四处游荡，在各个音乐会上进行演出。我爱好艺术，弗雷迪也同样，谁也无法否认这一点。我们有许多音乐家朋友。但乔治的前程远大，还有很重要的位置等着他呢，这一点毫无疑问。我们真心想让他今后成为一位国会议员。今后他会非常富有的。他真是前途无量啊。”

“您把这些都跟他说了吗？”

“我当然说了。但他对我的话嗤之以鼻。我对他说，如果他固执己见，

① 帕岱莱夫斯基（Paderewski，1860—1941），波兰钢琴家、作曲家和政治家。他是波兰第二共和国的第一任总理，十个月后辞职，继续从事他的音乐事业。

他父亲会伤心透了。他说他父亲早就应该把希望寄托在哈利身上。我当然也非常爱哈利了。他像猴一样聪明。但我们从来都认为他只适合去经商。即使我是他的母亲，我也能看出来，他身上没有乔治所具有的优点。您知道他对我说的是什么吗？他说，如果老爸能有办法让他每个星期得到五个英镑，他就可以放弃一切继承权，让哈利去继承。哈利可以继承家里的全部财产，可以继承准男爵头衔，可以继承其他一切。这太可笑了。他说，既然罗马尼亚的王储可以放弃王位继承权[①]，他不明白，他怎么就不能放弃一个准男爵的继承权呢？但这是不可能的。他无法不成为准男爵三世。弗雷迪既然继承了一个可以继承的准男爵头衔，在他死后也只能传给乔治。您不知道，他甚至想要放弃布兰德这个姓，而转用某个可怕的德国姓氏。”

我忍不住问，他想要用哪个性？

“可能是贝里寇格或什么，我也叫不准。”她答道。

这个姓氏我怎么这么耳熟呢？我想起来了，费迪曾告诉我，汉娜·拉本施泰因嫁给了一个叫作阿方斯·贝里寇格的男人。这个男人后来成了阿道弗斯·布兰德爵士，头衔是准男爵一世。这太让人不可思议了。我几个月前见到他时，他还是一个典型的英国男孩。真不知道这个迷人的男孩现在到底怎么了。

“当我返回英国，将这一切告诉弗雷迪的时候，他果然是暴跳如雷。我从来就没见到他发过这么大的火。他简直气坏了。他给乔治打电话，让他马上回来。乔治回话说，由于用功学习，他时间很紧，不能回去。”

“他用功吗？”

① 指后来的罗马尼亚国王卡罗尔二世。他先后两次为两个女人而放弃王位继承权。

“他从早到晚地拼命学琴。这同样令人不可思议。他这辈子干什么都没有用过功。弗雷迪经常说，他天生就是个懒惰之人。”

“然后呢？”

“然后弗雷迪就又打电话说，如果他不回家，就不再给他寄生活费。乔治回话说：那就不给吧。如此一来，什么办法都没有了。您不知道，弗雷迪被激怒后会是什么样子。”

我知道弗雷迪继承了一大笔遗产，而且我还知道他使这笔财产又大大地增值了。我完全知道，虽然弗雷迪表面上是一个彬彬有礼、和蔼可亲的提尔比乡绅，其实他是一个冷血的资本家。他一意孤行惯了，我相信一旦有人胆敢违背他的意旨，他一定会暴露出其冷酷的面目，绝不让步。

“我们一直都给乔治很大一笔零花钱。但他花钱跟流水似的，从不知什么叫节俭。我们认为他不可能坚持很长时间。事实也的确如此。不到一个月工夫，他就写信向费迪求助。他想要向他借一百英镑。费迪然后就去看我婆婆了，也就是他姐姐，这您知道。他询问这是怎么回事。虽然弗雷迪与他有二十年没有说话，但还是去见他了。弗雷迪恳求他不要借给乔治一分钱。他答应了。我不知道乔治是怎么节省着熬过来的。我相信弗雷迪的做法是正确的，但心里还是非常担忧。既然我没有向弗雷迪起过誓，说我不会给乔治提供任何帮助，我想我也就可以偶尔在写给乔治的信中夹上几张钞票。想到他甚至会食不果腹，我的心里就难受极了。”

“让他手头稍微紧一点儿没有什么害处。”

“您不知道，我们对此真是束手无策了。我们为他回家过成年仪式做好了一切准备，我已经发出去了好几百封请柬。可乔治突然宣布不回来了。我真是要疯了。我给他写信，我给他打电话。如果不是弗雷迪的阻止，我肯定要亲自到德国去找他。我给乔治下跪了，我求他不要陷我们于这样的羞辱之中。我的意思是说，这没法向别人解释呀。这时候我婆婆插足这件事了。您不认识她，对吧？她可不是一个寻常的老太太。如果您见到她，您绝对看不出她就是弗雷迪的妈妈。她原来是德国人，但出自名门。”

“哦？”

“跟您说实话吧，我有点儿怕她。她与弗雷迪谈完后，就亲自给乔治写信。她说如果他回家过二十一岁生日，她就将他在慕尼黑借的债全部还清。一家人会耐心地听他陈述自己的任何想法。他同意了。下周他就能回家。但告诉您说吧，我并不盼着这一天。”

她深深地叹了一口气。当我们吃完饭走上楼的时候，弗雷迪向我打了招呼。

“我看见穆里尔一直在跟您谈乔治的事。这个该死的傻瓜！提起他我就生气。他竟然想当一个钢琴师。这个职业太下等了。”

“他还太年轻，这你知道。”我息事宁人地说道。

“他一贯把什么都不放在心上，我又太宠着他。过去他想要什么我就答应他。这次我要让他接受点儿教训。”

布兰德夫妇没有大张旗鼓地做广告。我从报纸上看到了将在提尔比举行庆祝乔治二十一岁生日庆典的广告，与其他英国乡绅举行类似庆典的广告内容没有什么不同。将举行一场宴会，一场室内舞会，用于款待本郡的乡绅；还要举行一场茶点会和一场室外舞会，用于招待佃户们。而且特意花高价从伦敦请来了乐队。报上登载的照片中，乔治被家人团团围在中间，佃户们正向他赠送一套结实的银质茶具。原先已经预订了画家来为他画肖像画，但由于他没有早点儿回家，因此也不可能一坐好几天地画肖像了，只好用送茶具的方式来代替。我读了聊天版作家的专题文章，里面提到，他父亲送给他一把猎枪；他母亲送给一台能自动翻转唱片的留声机；他祖母，前准男爵遗孀布兰德夫人，送给他的礼物是一套大英百科全书；他的舅姥爷，费迪·拉本施泰因，送给他的则是一幅佩列格里尼·德·摩德纳[①]创作的《圣母子》油画。我当然能看出来，这些礼物都很笨重，而且不便于换成现金。我还从费迪应邀出席庆典这件事中得出结论，乔治莫名其妙的变化已经改变了费迪与布兰德这对舅舅与外甥之间不和睦的关系。我猜得很对。费迪对他孙外甥想要当个钢琴师的想法完全反对。面对可能危及家族声望的这种迹象，他们重归于好。一个家族统一战线建立了起来，他们要共同对付乔治的计划。由于我当时没在英国，庆典过后的事我只是道听途说来的。其中费迪告诉了我一些事，穆里尔也告诉了我一些。后来乔治也以他的观点向我又描述了一遍。布兰德夫妇决定，当乔治回到家后，要让他居于庆典活动舞台的中心。当他居于一片荣光之中，他会再一次切身感受到，作为一个如此宏大庄园的继承人会有多大的好处。他恐怕就不会太固执了。他们成天都围着他转，给予他无限的温情。他们处处奉承他，仔细倾听他说的每一句话。他们认为他心地善良，只要他们给予他最大的爱心，他就没有勇气让他们伤心和痛苦。他们理所当然地认为他不会再打算回德国去了。他们所有的计划都有与他谈话这个程序。但乔治话说得很少。他似乎在自娱自乐。他根本

① 佩列格里尼·德·摩德纳（Pellegrini de Modena，约 1460—1523），意大利画家，出生在意大利的摩德纳。

就不碰钢琴。看起来事情正按预定方向发展，一切顺利。这个麻烦之家也恢复了往日的宁静。然而有一天午饭的时候，大家开始讨论将要在下周的某一天举行的野餐聚会，要求大家届时一定按时参加。乔治乐呵呵地说道：

“就别算我了。下周我就不在这里了。”

“哦，乔治，你要上哪儿去？”他妈妈问道。

“我要回去做功课了。我星期一离开，回慕尼黑去。”

餐厅内一下静了下来。每个人都想说点儿什么，但都怕说错了话。最终还是没人吭声。午饭就这样静悄悄地结束了。然后乔治走进花园。而其他人，包括布兰德老夫人和费迪、穆里尔和阿道弗斯爵士，都走进家庭内用的起居室。忽然，他们听到有人在客厅里弹奏肖邦的小夜曲。是乔治。仿佛他宣布完了自己的决定，现在要通过弹奏他热爱的钢琴来寻求慰藉，并通过弹钢琴来放松自己，增强信心。弗雷迪一下跳了起来。

“别让他再发出噪音了，”他喊道，“我不许他碰我家里的这架钢琴。”

穆里尔按铃叫一个仆人进来，对他说道：

“你去告诉布兰德先生，他母亲现在头痛得厉害，让他别弹钢琴了。”

费迪见多识广，因此被大家推举为代表，让他与乔治好好谈一谈。他被授权可以做出一些让步，条件是乔治要放弃当一个钢琴师的想法。如果乔治不想去外交部门工作，他父亲可以接受；如果他想要竞选议员，家里可以给他出竞选经费，给他在伦敦准备一套公寓，而且一年给他五千英镑的零花钱。应该说这样的条件够可以的了。我不知道费迪都对他说了些什么。我猜费迪向他描绘了这样一大笔钱可以描绘出的生活美景，对于一个身在伦敦的年轻人来说，这可是不可多得的机会。

我相信他一定是说得天花乱坠，一般人都会动心的。但乔治不为之所动，他要的只是一星期五英镑而已。这样他就可以继续自己的学业了，就可以继续自己一个人待在德国。他对今后某一天自己可能有高官厚禄的前景无动于衷。他不想去打猎，他不想去射击，他不想成为一个国会议员，他不想成为一个百万富翁，他不想成为一个准男爵，他也不想当一个贵族。费迪非常恼怒，他灰溜溜地离开了客厅。

晚饭后，那天晚上出现了激烈的争吵。弗雷迪是个性情急躁的人。他听惯了顺从的话，现在有人竟然敢违背他的意旨，这让他暴跳如雷。他恶狠狠地责骂乔治。我猜他用的语言一定非常激烈。屋内的女人们试图让他冷静冷静，但遭到他的严厉呵斥，因而不再吭声了。也许这是他平生第一次不听他母亲的话了。乔治满脸愠怒，非常固执。他已经打定了主意，如果他父亲反对他去学琴，他可以自己想法子对付下来。弗雷迪蛮横地禁止乔治再返回德国。乔治回答道，他已经二十一岁了，可以自己做决定了。他想去哪里就可以去哪里。弗雷迪发誓说不会给他一分钱。

“这没关系，我会自己去挣钱。”

“你！你这辈子就从没干过任何工作。你能干什么活儿去挣钱？”

“卖旧衣服。”乔治咧嘴笑笑。

屋里所有的人都倒吸了一口冷气。穆里尔吃惊之余嘴里冒出了一句最不该说的话。

“就像一个犹太人一样？”

“哦，难道我不是一个犹太人吗？难道你不是一个犹太女人吗？难道爸爸不是一个犹太人吗？我们都是犹太人，我们全家都是。谁都知道这个事实。就这样装出一副我们不是犹太人的样子，鬼才知道有什么用？”

然后非常可怕的事情发生了。弗雷迪突然号啕大哭起来。我想他完全失态了，其表现完全不像是阿道弗斯·布兰德爵士，那个准男爵位的国会议员了；完全不像那个那个完美的英国绅士，那个他拼命想要做的英国绅士。他此时才像是那个阿道夫·贝里寇格。他毫不掩饰自己的感情，他爱自己的儿子；他不知羞愧地哭泣着，原因是他对儿子的全部期望都破灭了。他勃勃的雄心失败了。他一把鼻涕一把眼泪地号啕着，捶胸顿足，撕扯着自己的头发。他甚至躺在地上打起了滚儿。屋里的人全都跟着哭了。布兰德老夫人、穆里尔，还有费迪也跟着哭了。他擤着鼻子，擦着滚滚而下的眼泪。甚至乔治也跟着哭了。这个场面当然令人感到伤心和痛苦。但依我们粗野的盎格鲁－撒克逊人的性格，人们会认为他们有点儿滑稽。屋里的人谁也不安慰其他人。他们就这样哭着，哭着。这晚大家不欢而散。

但现实的情况并没有改变。乔治坚持初衷不改，他父亲也不理他了。这期间还有很多情节和故事。穆里尔拿出一副可怜相，想要博得他的同情，但乔治对她可怜巴巴的哀求无动于衷。他母亲伤心欲绝他不在乎，为了实现自己的目标，他甚至可以弑父；费迪以一个爱好运动而又久经人世的老人的身份恳求他，但乔治不仅拒不接受，而且还无礼地辱骂了他；布兰德老夫人说话带有浓重的德国口音，也用一种命令式的语气与他争吵。但谁的劝告都没有用，乔治已经失去了理智。然而只有老太太，她最后找到了一种解决办法。她使乔治认识到，除非他有音乐天才，否则的话，将这个世界给予他的这么多好东西都抛弃掉将一无所获。他当然认为自己有音乐天赋，但他也可能判断失误。这样的话，做一个二流的钢琴师就不值得了。他唯一的辩护理由就是自己有音乐天赋。如果他真的有这个天赋，他的家人就没有权力拦阻他。

“您不能让我现在就展示自己的音乐天赋，”乔治说道，“我还需要努力好几年才行。”

“你确信自己做好了一切思想准备？”

“这是我在这个世界上唯一想要做的事情。我会拼命努力的。我唯一的要求就是给我这个机会。”

下面就是她最后拿出的解决办法。他父亲已经决定不给他一分钱了，但老太太也不能让这个孩子饿肚子呀。他既然提到了一星期只要五英镑，那好，她愿意自己掏这笔钱。他可以回到德国再学两年。两年的时间一到，他就必须回家。家里人会请某个有权威而且有兴趣的人来听他的演奏。如果届时这个权威人士得出的结论是，他有潜力成为一个一流的钢琴家，则家人就不再阻拦他走自己的路。家里还会给他提供一切便利条件，帮助他，鼓励他。但如果这个人士说，他的音乐天赋不足以确保他成为顶级的钢琴演奏大师，则他必须立誓，保证放弃以音乐作为职业的想法，完全按他父亲的希望去做。乔治几乎无法相信自己的耳朵。

“您说话算数吗，奶奶？”

“我当然说话算数。”

“但我爸爸会同意吗？”

“我会让你爸爸同意的。”她回答道。

乔治一把抱住了她，冲动地在她的双颊上各亲了一口。

“您太可爱了，奶奶。”他喊道。

“哦，但你起誓吗？”

他以个人名誉向她严肃地起誓，自己将忠实地遵守这份协议。两天以后他就回德国去了。他父亲勉强同意了他回德国继续学钢琴，除此之外也没有其他办法了。但他们父子并没有和好。乔治离家的时候，他拒绝去为他送行。我想不出他为何要把自己弄得如此痛苦。要说句老话。我想，人真是个奇怪的动物，他们生活在这个冷漠而充满敌意的世界上的时间非常短暂，怎么会费尽心思去给自己造成如此之大的痛苦呢?

乔治要求在他的两年学习期间，家里人不要去看他。因此，当穆里尔在乔治预定回国前几个月，听说我要到维也纳去出一趟公差，而且路过慕尼黑时，她自然会求我顺便去看看他。她急于获取关于她儿子的第一手信息。她将乔治的住址给了我。我先给乔治写了一封信，告诉他我要在慕尼黑顺路待一天，请他陪我吃一顿午饭。他回信说会在旅馆等我的。他说自己白天一整天都要忙于练琴，没有时间陪我吃午饭。但如果我能在六点钟的时候到他的工作室来，他可以让我参观一番他的工作室。如果我没有事的话，他很愿意在那里陪陪我。因此，六点钟一过，我就按他告我的地址找去。他住的小区面积很大，他的住宅位于一栋公寓楼的三层。当我走进他的房间门口时，就听到门里传来了钢琴声。我敲了敲门，琴声停了。乔治为我开了门。我几乎认不出来他了。他变得很胖，头发很长。卷曲的头发从头上垂下来，虽然显得很杂乱，但也别具一格。他肯定有三天没有刮胡子了。他下身穿着一条宽大松垂的牛津裤，上面满是污垢。上身穿着一件网球衫，脚上趿拉着拖鞋。他看起来挺脏，指甲端黑黑的。他原先是个衣着整洁的苗条小伙子。我上次看到他时，他一身服装相当讲究，穿在身上显得非常帅气，与眼前的他宛若两人。我不禁想到，如果弗雷迪看到他现在这个样子，一定大受打击。这间工作室面积很大，但什么摆设也没有，显得空空荡荡的。墙上挂着三四幅没有画框的油画，这些油画的风格都是立体派的；房间内还有几把扶手椅，但都破烂得难以入座，房间内还有一台高档钢琴。书籍、旧报纸和艺术杂志扔得到处都是。房间内既肮脏又杂乱，还混合着一股难闻的过期啤酒和陈旧香烟的味道。

“你就自己住在这里吗？”我问道。

“是的，我雇了一个女工，她一周来这里两次，来为我打扫卫生。此外，我早餐和中餐都是在这里自己做。”

“你会做饭吗？”

“哦，我中餐就只吃面包和奶酪，再加上一瓶啤酒。我晚餐就找一家啤酒馆。”

发现他见到我很高兴，这让我也感到快活起来。他似乎心情很好，幸福之态溢于言表。他向我挨个打听了家里人的情况，我俩一个话题接一个话题地唠个没完。他一星期上两节课，其余的时间就自己练习。他告诉我说，他每天要练十个小时的钢琴。

“你的变化可真大。”我说道。

他笑了。

“爸爸说我天生就是个懒鬼。但我可不是这样的人。实际情况是，让我去做那些我不感兴趣的事，我觉得毫无用处，因此就不愿去做。”

我问他在钢琴演奏方面情况如何。他似乎对自己的进步很满意，于是我求他为我弹一首。

“哦，现在不行。我现在是精疲力竭了。我今天弹了一整天了。咱们出去吃点儿饭，等回来后我再为您演奏。我一般都到同一家饭馆吃饭，我在那里认识了几位同学，他们都很有趣。”

于是我俩就准备出门。他穿上袜子和鞋，套上一件很旧的高尔夫球衫。我俩并肩走过宽敞安静的街道。这是一个空气凉爽的晚上，他的脚步显得非常轻松。

“我喜欢慕尼黑这个地方，”他说道，“在这座城市里，你呼吸的空气都带着艺术气息，世界上只有这里才会让你有这样的感觉。而艺术才是唯一值得珍重的事物，对吗？一想到回家就让我感到厌恶。”

“尽管如此，我想你也必须回去。”

“这我知道。我肯定会回去的。但是我平时不想这件事，到时候再说吧。”

“与其胡思乱想，不如去将你的头发理一理。如果你不介意的话，我可以说你的艺术家风度有点儿过了。”

“你们这些英国人呀，也有点儿太过庸俗了。”他回答道。

他将我带到一个小巷里，进了一家规模较大的饭店。这家饭店摆放的都是笨重的中世纪德国样式的家具。天刚黑，这里就已经是人头攒动了。在一个僻静的角落里，有一张铺着红色桌布的餐桌。这是专门留给乔治和他的朋友们的。当我俩走进这张餐桌的时候，已经有三四个年轻人坐在那里了。其中有一个学习东方语言的波兰人，一个哲学专业的学生，还有一个美术专业的瑞典学生（我猜乔治工作室墙上的立体派油画就是他画的）。还有一个年轻人站起来对我咔地来了个立正。他自我介绍说，他叫汉斯·瑞艾廷，是个诗人。他们几个都不超过二十二岁，我感到与他们有代沟了。他们都用德语“你”来称呼乔治。我注意到，乔治的德语非常流利。而我已经很长时间没有说德语了，对德语已经生疏了。因此，在这场活跃的谈话中，我也就很少能插上嘴。然而我还是感到很惬意。他们吃得很少，但喝了很多啤酒。他们谈论艺术和文学，谈论人生和伦理，还谈论汽车和女人。他们虽然是些非常真诚、非常快活的年轻人，但他们的思想却非常激进。只要是你听到过的人，他们就没有一个看得上眼的。只有一点他们全都同意，那就是在这个乱七八糟的世界里，只有庸俗之人才有取得成功的希望。他们就一些技术细节激烈地争论着，相互驳斥。他们大声喊叫着，骂着脏话。他们确实很快活。

大约在十一点的时候，乔治跟我回到了他的工作室。慕尼黑是一座既欢快又庄重的城市。此时除了大街外，其他街道都空无一人，静悄悄的。我俩进屋后，乔治脱掉外套，对我说：

“现在我弹琴给您听。”

我在一把破旧的扶手椅上坐下来。一根断裂的弹簧直扎我的背。我挪了挪身子，尽量让自己坐的舒服些。乔治弹的是肖邦的曲子。我对音乐所知甚少，这也是我感到这部小说难写的一个原因。我有时会到女王音乐厅去听一场音乐。在休息的间隙里我会拿起节目单看看，但我感到就跟读天书一样，根本看不懂。我对和弦及复调等一窍不通。有一次，我特意到慕尼黑来参加一个瓦格纳音乐节的庆祝活动，目的是听一场一流的演出。但我连一个音符都没有听懂。这种羞辱的感觉让我至今难忘。头几小节过门曲响起后，我的脑子就走了神。我开始想我当时正在写的一本书。书中的人物出现在我的眼前，我仿佛听到了他们正在进行的长谈；我感受到了他们的痛苦，分享着他们的快乐；我切身感受到了时光的流逝，所有的事情仿佛就发生在我的眼前。我感受到书中人物在春天到来时的快乐，感受到他们在冬天时的寒冷和饥饿，我感受到书中人物的爱与恨，感受到他们即将死亡时的感觉。我还能感到自己有时在公园里一圈一圈地散步，有时可能还要吃着火腿，喝点儿啤酒。细节我记不太清楚了。我只知道这时舞台上的大幕徐徐落了下来，我猛然惊醒过来。虽然我这段时间过得很充实，很美妙，但我还是认为自己很蠢。花了这么多钱，跑了这么远的路，却不知道自己都听了些什么，看了什么表演。

乔治弹的曲目我大都能听懂。他弹的都是音乐会中经常表演的曲目。然后他弹起了贝多芬的《热情奏鸣曲》。我还很年轻的时候，当我练习弹钢琴时（当然水平很差），我也经常弹这个曲子。我还能清楚地记得这个曲子的每一个音符。这个曲子当然是一个伟大的经典曲目，没有这种认识的人就是个傻瓜。但我得承认，今天听了这段音乐，它让我感到浑身发冷。它像神话史诗《失乐园》一样，辉煌灿烂，但并不感情外露。乔治弹这首音乐时投入了过多的激情。他浑身大汗淋漓。起初我搞不懂他弹琴时怎么会这样，只是觉得他有些异样。然后我猛然发现，他弹琴时双手是不完全同步的。低音部与高音部之间的差异就变得很小。我还要重复一次，我对这些音乐知识并不了解。我感到不安的也许仅仅是怕他今晚啤酒喝得太多了，因而才会这样，或许这只是我的幻觉而已。我搜肠刮肚地找出好听话来恭维他。

“我知道，我还远远不够，还需要大量的练习。我只是刚刚起步，但我相信我会成功的。对此我坚信不疑。我还需要十年的时间，那时我就能成为一个真正的钢琴演奏大师了。”

他感到疲惫了，就起身离开了钢琴。已经是午夜了，我想要向他告辞。但他不让我走。他启开两瓶啤酒，点着了烟斗。他想跟我唠唠。

“你在这里感到快乐吗？”我问他道。

“非常快乐，”他严肃地回答，“我真想永远待在这里。我这一辈子都没有这么快活过。例如今天晚上就是这样。今晚是不是太妙了？”

“今晚确实很快活。但一个人不能一辈子都过这种学生生活。你的朋友们岁数也越来越大了，他们也会离开这里的。”

“其他人又会来到这里。这里总是会有学生的，人们喜欢来这里学习。”

“是的，但你的岁数也越来越大了。一个中年人想要继续过这种学生生活，难道这不很可悲吗？一个老家伙想要一辈子都当男孩，想要与男孩们混在一起；想要说服自己，认为他们能把自己视为同龄人而接纳，那他可就太可笑了。不能这样。”

“我在这里有一种强烈的归属感，有一种家的感觉。我可怜的父亲想要我成为一个英国绅士，这让我浑身直起鸡皮疙瘩。我不是一个狩猎爱好者。我对狩猎啦，射击啦，还有什么打板球之类的，一点儿兴趣都没有。我只不过是在逢场作戏。”

“那你的表演技巧可够高的，非常自然。”

“我原先并不知道自己不喜欢这些事情。只是到了这里后，我才了解了自己。我喜欢在伊顿公学读书，在牛津大学时也很有趣。但我知道我并不属于那里。我演戏挺在行，因为我有演戏的基因。但我内心中总有几分不安。我家位于格罗夫纳广场的房子是我父亲花了十八万英镑在提尔比买下的，是一处可以终生保有的不动产。不知道您是否明白我的意思。我感觉那里就是一处摆放着家具的房屋，我们是把它租下来度假的。不定哪一天真正的房主就会回来，那时我们就要收拾铺盖走人。”

我认真地听着他的话，但不知道他的话中有多少是他自我感觉的真实表述，有多少是由于他处在这个变化了的环境下而产生的幻觉。总之，他的感觉很令人费解。

“过去我非常讨厌听费迪舅姥爷讲他的犹太人故事，我认为他是存心不良。但现在我明白了。这只是一种发泄紧张情绪的安全阀。上帝呀，一个人生活在城里竟然会紧张成这样。爸爸就要轻松一些了。他可以在提尔比扮演他的英国老乡绅角色。但一回到伦敦城里，他就本色毕露了。但他自我感觉良好。我已经把自己的面具，还有那身演戏穿的戏装全都扯了下来。最终，我还原了自己的本来面目。我感到太轻松了，感到被解放了。您不知道，我不喜欢英国人。我在英国与他们在一起的时候还不清楚这一点。你们英国人因循守旧，保守而没有个性。你们从来不肯释放自己。你们的内心中没有自由，没有灵魂的自由。你们不敢勇敢地面对现实，你们最害怕的莫过于自己可能会做错了事。”

“别忘了你也是个英国人，乔治。”我嘀咕道。

他笑了。

“我？我可不是英国人。我身上流着的血没有一滴是英国人的。我是一个犹太人，这您知道。除此之外，我还是一个德国犹太人。我不想成为英国人，我就想做一个犹太人。我的朋友们也都是犹太人。我与他们在一起的时候，感觉非常轻松。与他们在一起我找回了自我。在家的时候，我们千方百计避免别人看出我们是犹太人。妈妈因为头发是金色的，就认为自己能侥幸不被别人看出来，摆出一副自己是非犹太人的样子。做白日梦去吧！您不知道，我在慕尼黑犹太人社区溜达，看着那些犹太人的时候，我心里感到非常快活。我曾经到过法兰克福，那里也有很多犹太人。我四处转悠，看着那些肮脏的老人，他们都长着鹰钩鼻。还有那些肥胖的女人，她们都带着假发。我非常同情他们，我感到我就是他们中的一员。我真想能去亲亲他们。他们看我的时候，我心想，他们是否知道我就是一个犹太人。我真希望自己能说意第绪语。我想与他们交朋友，到他们家里去，吃犹太人的特有的食物。我想进到一间犹太教堂去，但又怕自己做错了事，被赶出来。我喜欢闻犹太社区的空气，喜欢那里的生活方式，喜欢那里的神秘氛围。喜欢那里的灰尘、肮脏和浪漫。我现在脑子里还有这种渴求。只有这才是真实的，而其他所有的东西都是虚假的。”

“你父亲听了你这番话会伤心死的。”我说道。

“不是他心碎就是我心碎。他为什么就不能放过我呢？不是还有哈利吗？哈利会很高兴成为提尔比的一个乡绅的。他会满足于做一个英国绅士。您不知道，妈妈打定主意要让我娶一个基督教徒。哈利会很高兴这样。他会对有一个老式的英国家庭而感到心满意足。然而我对此却一点儿兴趣都没有。我的要求就是一星期能给我五英镑的生活费。把那些贵族头衔、公园，还有那些庚斯博罗的油画以及其他所有东西都留给他好了。”

“好吧，但现实的问题是，你已经庄严地起过誓，两年后你就回家。”

“我会回去的，”他郁郁寡欢的说道，“李·玛卡特答应来听我演奏。”

“如果她的结论对你不利，那你该怎么办？”

“那我就自杀。”他笑呵呵地说道。

“胡说八道。”我的口气也快活起来。

“您在英国有家的感觉吗？”

“没有。但在其他地方我也没有家的感觉。”

他没有再刨根问底的追问下去。他的性格就是如此。

“想到回家我就感到厌恶。现在我已经知道了，我最讨厌的就是做一个英国乡绅。干什么都比这强。上帝，这种生活得让人烦死。”

“金钱是个好东西。在我看来，做一个英国贵族生活会很惬意的。”

“金钱对我没有任何吸引力。金钱可以买来的东西我都不稀罕。我可不是那种见钱眼开的势利小人。”

现在已经很晚了，我第二天还得早起。对乔治说了些什么，我似乎没有必要太在意。一个年轻人，突然与一帮画家和诗人混在一起，他自然会沉迷于这些胡乱的想法之中。艺术是一壶烈酒，酒性不好的人是喝不了的。那些对普通常识嗤之以鼻的人心中，圣火燃烧得最为炽烈。但不管怎么说，乔治还不满二十三岁。时间会是最好的老师。该说的说了，该做的也做了，乔治今后的路怎么走就与我无关了。我向他道了晚安，就走回自己住的旅馆。天上的星星冷漠地眨着眼睛。一大早我就离开了慕尼黑。

回到伦敦后，我没有将乔治说的话都告诉穆里尔，也没有将他的样子描述给她。我只是告诉她，乔治一切都好，感到很快活，练琴很用功；他生活态度严肃，没有放荡的行为。六个月后他回到了家里。穆里尔请我到提尔比去度周末：弗雷迪正带着李·玛卡特赶往提尔比，来听乔治的演出。乔治特别希望我届时能在那里。我接受了她的邀请。穆里尔来车站接我。

“看到乔治有什么变化没有？”我问道。

“他变成了个大胖子，但精神很好。我想他很高兴回家。他对他父亲的态度也很好。”

“听到这些我真高兴。”

“哦，上帝，我真希望李·玛卡特能说他弹琴没有希望。这样一来，我们全家就都解脱了。”

“但我担心这样的结论对乔治可是一个沉重的打击，让他非常失望。”

“生活中总是充满着不如意的事，”穆里尔爽朗地说道，“但一个人要学会忍受。”

我感到她的话很有趣，冲她笑了笑。我们钻进了她的劳斯莱斯轿车。驾驶员座位上坐着一个司机，此外车内还有一个仆人。穆里尔戴着一串珍珠项链，这串项链大概要花掉四千英镑。我想起来了，在庆祝阿道弗斯·布兰德爵士生日的庆典上，国王心情大悦，在赐予三位绅士贵族头衔的同时，还各送给他们一条这样的项链。

李·玛卡特只能在这里短暂停留。那天晚上她在布莱顿有一场演出。然后她在星期天早上坐车到提尔比来吃午饭。星期一她在曼彻斯特还有一场音乐会，所以她要在当天返回伦敦。这样就定在星期天下午听乔治的钢琴演奏。

“他一直在埋头苦练弹琴，”他妈妈告诉我说，“所以他没有跟我一道来接您。”

车到庄园的门口，大门敞开了。我们的轿车拐了进去，开上了宽敞的大道。大道一直通向主人的住宅，两旁种植着高大的榆树。到住宅后我才发现，并没有邀请其他客人来。

我第一次见到了孀居的布兰德夫人。我过去一直对她感到很好奇，想要见见她。在我的想象中，她是一个很老很老的犹太女人，她居住在波特兰的一座豪宅内。她凡事都要插手，在家里说一不二，牢牢地掌控着这个家庭。她本人与我的想象大致无二，让我有几分满足。她身材很高，虽然有点儿发福了但并不显臃肿，她的一举一动都有一种威严感。她长着一副典型的希伯来人面孔，她戴着一副棕色的、有着金属光泽的、很特别的假发。她的衣着非常华丽，衣料都是黑色锦缎，在胸前和脖颈部位各镶嵌着一排大粒的钻石；她皱巴巴的双手上也各戴着一个闪着光泽的钻石手镯。她说话的声音沙哑，带着一股浓重的德国口音。我被介绍给她后，她闪亮的双眼紧紧地盯着我，招手让我过去。我感到她不喜欢我，而且并不想隐瞒这种印象。

“你认识我弟弟费迪南德已经很多年了，对不对？”她问道，用卷舌发出了“R”音，“费迪南德可是社交圈子里的大忙人。阿道弗斯爵士在哪里，穆里尔？他知道你的客人到家了吗？你派人去请乔治了吗？如果他现在还觉得没有把握，还要抓紧这点儿时间练琴，他明天也就不可能有出色的表现。”

穆里尔解释说，弗雷迪正跟他的秘书在打高尔夫球，她已经告诉乔治我到家了。布兰德夫人似乎对穆里尔的回答非常不满，她转身对我说道：

“我的儿媳妇告诉我说，你在意大利待过，是吗？”

“是的，我刚刚从那里回来。”

“那真是一个美丽的国度。国王陛下还好吗？”

我回答说这我可不知道。

“他还是一个小男孩时我就跟他很熟了。他那时身体不太好。他母亲玛格丽塔太后是我最要好的朋友。他们认为他永远也不会结婚。当他与蒙特内哥罗[①]的公主相爱后，奥斯塔公爵夫人非常生气。”

她似乎仍然生活在一个很久以前的历史时期。但她的头脑非常敏捷。我想什么也逃不过她明亮锐利的双眼。这时弗雷迪走了进来。他

① 即黑山共和国。

穿着一条高尔夫球裤，显得非常潇洒。看到这个平素颐指气使、胡子已经灰白的大男人在这个老夫人面前服服帖帖的样子，既让人感到好笑，也让人有点儿感动。他称呼她妈妈。然后乔治走进了餐厅。他还是那么胖，但听取了我的意见，剪了发。他看起来已经不像个男孩了，而是一个身体强壮、结实健康的青年男子。看到他坐在那里喝茶的样子真让人高兴。他吃了好几个三明治和几大块蛋糕。他还是像个男孩一样能吃。他父亲面带微笑地看着他，笑容非常亲切。看到一家人都这样爱他，我不由得有点儿惊讶。他是个天真无邪的人，而且富有个人魅力，对生活充满热情，当然招人喜欢。他的言谈举止非常大方和坦率，待人自然而热情，这些当然给他人好感了。我不知道他的这些性格特征到底是部分来自他祖母的影响，还是天生如此，但他正在走一条与他父亲截然不同的道路，这一点毫无疑问。而他父亲以慈善的双目注视着他走自己的路，相信他能遵守自己的诺言。在他父亲愉悦、骄傲和幸福的目光中，我能感受到最近这两年父子失和给他带来了多么大的痛苦。他非常爱乔治。

上午我们打了一会儿高尔夫球。我们打的是三球制比赛。穆里尔要去教堂作礼拜，就没有跟我们一起玩。下午一点钟的时候，费迪搭乘李·玛卡特的车到了。我们坐下来吃午饭。我当然久闻李·玛卡特的大名了。她被公认为是当代欧洲最杰出的女子钢琴大师。她是费迪的一个老朋友了。出于兴趣爱好和恩赐，在她职业生涯的起步阶段，费迪给予了她很大的帮助。所以由费迪负责请她在百忙中抽空过来，对乔治在弹钢琴方面今后到底能有多大的前途给予评判。过去有一段时间我经常去听她的演出。她的弹奏毫无矫揉造作之态，就像一只百灵鸟在歌唱，显得非常轻松，非常自然。悦耳的音符从她轻轻敲击琴键的指尖十分自然地流淌出来。让你有一种她是在即席创作这些复杂旋律的感觉。别人曾经告诉过我，说她钢琴的演奏技巧出神入化。而我虽然喜爱她的演奏，但我永远也弄不明白，这其中有多少是出于喜爱她这个人的缘故。在那些日子里，她是出现于我头脑中最虚无缥缈的人物。她这样一位精灵般的女人竟然具有如此巨大的感染力，这让我非常吃惊。她身材纤弱，脸色苍白，但长着一对大大的眼睛，蓄着一头浓密的黑发。她一坐在钢琴旁，脸上马上就会浮现出一种孩童般的渴望，这种表情对观众产生了一种巨大的吸引。她弹起琴来会让你感到她很美，但不是外貌美丽的女人让你感到的那种美。她的嘴唇带着一丝微笑，似乎在回味她在另一个世界听到的声音。然而我眼前的这个女人不再像个精灵了。她四十出头，身材矮胖，脸部也堆上了肉。她不再是那个遥不可及的可爱女人了，而是一个音乐界的权威，一个有着经年成功经历的权威。她说话活泼，表情凝重，一举一动都有一种权威感。她周身充满了活力，自然成了众人瞩目的中心。就如同一个头上有个光环的圣徒显得非常神圣一样，她也显得非同常人。她除了音乐之外对其他事情都不大感兴趣。但她人很幽默，又久经世面，所以能使周围的人感到很快活。她既主导着谈话，也不独自表演。大家都说得很乐呵，只有乔治很少开口。她不时瞟一眼乔治，但并没有仔细打量他。我是这桌人中唯一的非犹太人，但一桌人中除了布兰德夫人之外，其他人说的都是一口地道的英语。但尽管这样，我还是感觉他们说话不像英国人。我想，他们吐出的元音比英国人更圆。他们吐词也有重音，但吐出的单词没有回坠感，而像是从嘴唇中迸发出来的。我想，如果我要是在隔壁房间里，我肯定能听到他们说话的发音，但听不清说的是哪个词。他们的谈话肯定像是在说外语。这种现象真让人有点儿困惑。

李·玛卡特计划六点钟离开这里，赶往伦敦。因此，就安排乔治在四点钟的时候弹钢琴。无论这场试听的结果如何，我感到我都是一个局外人。在李·玛卡特离开后，剩下的事情应该只是家庭内部的私事了，外人最好不要瞎掺和。因此我借口第二天一早在伦敦还有一个约会，请她顺便将我带回去。

四点钟不到，我们就都慢慢溜达着走进了客厅。布兰德老夫人与费迪一起坐在一张沙发内，弗雷迪、穆里尔和我各找了一把扶手椅舒舒服服地坐了下来。李·玛卡特自己单独坐在一个地方。她无意识地选择了一把黑橡木高背椅，让人感到有点儿像是个王座。她穿着一条黄色裙子，在她黄褐色皮肤的衬托下，人显得非常清秀。她的双眼很漂亮，脸部画了重妆，嘴唇猩红。

乔治显得很镇静。我同他父母走进客厅时他已经坐在了钢琴旁。他看着我们坐下后，冲我露出了一丝不易觉察的微笑。大家都坐好后，乔治开始弹琴。他弹奏的是肖邦的曲子。他先是弹奏了两首我熟悉的华尔兹,然后是一首波兰舞曲和一首练习曲。他弹奏时浑身充满了激情。我真希望自己能多懂一点儿音乐，这样就能更准确地描述他的演奏了。他的演奏充满了力感，朝气蓬勃。但我感到他的演奏中缺乏一种肖邦乐曲中特有的魅力，缺乏那种柔情、那种忧思和惆怅、那种对欢乐的留恋和那种渐渐消逝的浪漫。肖邦的作品总是让我想起了维多利亚时代早期的生活。我再一次有了一种模糊的感觉。这种感觉非常微妙，几乎让我没有注意到。乔治的双手并没有完全同步。我看看费迪，看到他正带着些许突然的感觉看着他姐姐。穆里尔的双眼一直紧盯着弹琴的儿子，但现在她的目光收了回来，然后就一直瞅着地面。他父亲也在看着他，而且目光纹丝不动。如果我没有看错的话，弗雷迪的脸色逐渐变得苍白起来，且显出了惊愕的神色。他们每个人身上都流淌着音乐细胞，他们一生都不断在听世界上最杰出钢琴大师的演奏。他们凭直觉就能做出精确的判断。李·玛卡特是唯一面部没有任何表情的听众了。她始终在认真听着。她就像是壁龛中的一尊神像一样纹丝不动。

最后他弹完了。乔治在座位上转身面对着她，没有说话。

“你想要我告诉你什么呢？”她问道。

客厅里的人面面相觑。

“我想要您告诉我，假以时日的话，我是否能成为一个一流的钢琴演奏家。”

“一千年时间你也做不到。”

客厅内鸦雀无声。弗雷迪的头低着，盯着自己脚下的地毯。她妻子抓住他的手。但乔治依然目不转睛地看着李·玛卡特。

“费迪已经将情况都告诉给我了。”她开口说道，“不要认为我会受他们的影响。所有这些事情都无关紧要。”她用手在空中画了一个大圈，将这间摆放着漂亮家具的华丽客厅和我们这些人全都包容在内了。“如果我认为你具备一个音乐家的素质，我会毫不犹豫地恳求你放弃其他一切去从事音乐艺术。艺术是至高无上的。与艺术相比，财富、地位和权力根本不值一提。”她看了我们这些人一眼。她的目光中只有诚挚，绝无傲慢之态。“我们这些从事艺术的人工作最有价值。我们使生活有了意义。而其他人只是我们吸取灵感的来源而已。”

我听到我也被包括在这些“其他人”的范畴内了，心中颇有几分不快。但这都无关紧要了。

“当然，我可以看出来你在练习钢琴上花费了很大心血。不要认为这些心血白白浪费了。你可以因此将弹钢琴作为一个自娱自乐的爱好，你可以因此而能够欣赏到伟大的音乐作品。普通人是没有这个福气的，他们欣赏不了。看看你的手吧。那不是一双钢琴家的手。”

我本能地向乔治的双手看去。之前我从未留心过他的手。我吃惊地发现，他的双手很胖，手指又短又粗。

“你的耳朵也不十分完美。我想，你顶多只能成为一个演奏水平很高的业余爱好者。而在艺术界，业余与职业之间的差距犹如鸿沟。”

乔治没有回话。他表面上看起来非常镇静，但渐渐苍白的脸色透露出，他清楚自己的希望正在破灭。客厅里静得吓人。李·玛卡特的双眼突然涌出了泪水。

“不要只听我一个人的意见，”她说道，“而且，我也可能出现错误。再去征求一下别人的意见吧。帕岱莱夫斯基是一个心地非常善良、为人非常慷慨的人。我会将你的情况写信告诉他，你可以去找他，让他听一听你的演奏。我相信他肯定会同意的。”

乔治露出了一丝微笑。他有良好的教养。不管他自己现在内心感觉如何，他都不能让其他人过于难堪。

“我想这就不必要了。我非常诚服地接受您的裁决。告诉您实话吧，我在慕尼黑的音乐导师对我的评语与您的差别不大。”

他站了起来，掏出一支香烟点着了。客厅内的紧张气氛因此有所缓和。其他人在椅子上动了动身子。

李·玛卡特冲乔治笑了笑。

“我能为你弹首曲子吗？”她问道。

“当然，请。”

她站起身来，走到钢琴边，然后摘下手指上的戒指。她弹奏的是巴赫的作品。我不知道这首曲子的名字，但我能听出来乐曲中有法国代的德国小宫廷内举办的严谨仪式，有严肃而富足的市民们的欢乐，有村庄绿绿草地上举行的舞会。绿树看起来就像圣诞树一样，阳光穿过树荫，照在芳草地上，德国的乡村恬静而温馨。

我的鼻孔中可以嗅到泥土的芬芳，我感到了一股强大的力量。这种力量审慎地植根于故国的土地中，因而非常强大。这是一种永恒、无边的力量。她弹奏的曲调非常优雅，既轻柔又壮美，让人联想起夏日傍晚明亮的满月。我微微侧目打量了一下客厅内的其他人，看见他们听得都非常投入，神情痴迷。我真希望自己也能像他们一样，对音乐有如此深入的理解，也能够进入到这种如痴如醉的状态之中。她弹完了，停了下来，嘴唇上依然带着一丝微笑。她重新戴上戒指。乔治轻声地笑了笑。

“太棒了，我想我这辈子是达不到这个水平了。”他说道。

仆人们端上了茶点。喝完茶，李·玛卡特和我就与他们一家人告辞后钻进了轿车。我们直接开回伦敦。她一路上都津津有味地谈个不停。她告诉我她在曼彻斯特的童年生活，告诉我她事业起始阶段的拼搏历程。她是一个非常有趣的人。她没有提起乔治。这段插曲对她来说并不重要。这件事已经过去了，她不会再想它了。

我们一点儿也不知道在提尔比正在发生的事。当我们离开乔治，走出客厅，来到院子里后，他父亲马上就走到他身旁。弗雷迪这晚上赢了，但他并没有感到快乐。凭他比女人还敏感的直觉，他能感受到乔治此时的心情。看到乔治如此痛苦，他的心都要碎了。他从来没有像现在这样爱他的儿子。当他走近乔治身边时，乔治冲他微微一笑。弗雷迪的嗓音有些沙哑了。他感到自己身上突然涌出一股冲动，要将他的胜利果实拱手让出。

“孩子，”他说道，“看到你这样失望，我真的无法忍受。你还想再回慕尼黑学一年吗？一年后再看结果，好吗？”

乔治摇了摇头。

“不了，不会有什么用了。我已经试过自己的运气了。今天就到这吧。”

“别太难过了。”

“您不知道，我在这个世界上的唯一期盼就是当一个钢琴家。结果是一无所获。一想起这件事就真让人受不了。”

乔治努力想要表现得刚强一些，他疲惫地笑了笑。

“你想到海外去转转吗？你可以邀请你在牛津大学的一个朋友一道去。费用全部由我来付。你这么长时间里一直都在努力，也该放松放松了。”

“非常感谢您，爸爸，这件事我们以后再谈吧。我现在就想去散散步。”

“用我陪你吗？”

“我想一个人走走。”

突然，乔治做出了一个奇异的举动。他搂住了父亲的脖子，在他父亲的嘴唇上亲了一口。他古怪而小声地笑了，笑声让人心颤。然后他就走开了。弗雷迪回到客厅。他母亲、费迪和穆里尔都还坐在那里。

“弗雷迪，为什么不让这个孩子结婚呢？”老夫人说道，“他已经二十三岁了，结婚可以让他把心思放到别的地方去。一旦他结婚并有了一个孩子，他很快就会像其他人一样安生下来。”

“让他娶哪个姑娘呢，妈妈？”阿道弗斯爵士面带微笑地问道。

“这不难办。福依琳豪森夫人那天带着她女儿维奥莱特来看我。这姑娘人很不错，嫁妆肯定也少不了。福依琳豪森夫人的意思我听得很明白。她说如果维奥莱特能嫁到一个好人家，她丈夫雅各布爵士会出一笔很重的陪嫁。”

穆里尔的脸红了。

“我讨厌福依琳豪森夫人。乔治还年轻，不急着结婚。他如果喜欢哪个姑娘，我们家出得起钱。”

布兰德老夫人用一种奇怪的眼神看了她儿媳一眼。

“你真蠢呀，米里亚姆，”她用了穆里尔早就不用的名字称呼她，“只要我还活着，我就不能让你干这种蠢事。”

穆里尔暗地里说过多次了，她想要乔治娶一个非犹太姑娘。老夫人非常清楚这一点。但她也明白，只要她还活着，不管是弗雷迪还是穆里尔都不敢向她提出这个建议。

乔治没有去散步。也许是他想起了狩猎季节即将开始，于是走进了枪械库。他开始清洗他母亲在他二十岁生日时送给他的那把枪。自打他到德国去后，这支枪就再也没有人用过。突然，一声枪响把仆人们都吓了一跳。他们急忙奔向枪械库，发现乔治躺在地上，子弹从他的心脏部位穿过。显然，这支枪上的子弹是上了膛的，乔治摆弄这支枪时，不小心枪走了火，正好射中了他自己。人们经常可以在报纸上看到这类消息。

灵机一动

我猜很少有人知道阿伯特·福雷斯特夫人创作《阿喀琉斯雕像》一书的动机是什么。由于这本书已经被称为我们这个时代最伟大的小说之一了，因此我想，如果我把这部小说创作时出现的方方面面的事情做一个简要的陈述，对于所有以严肃的态度来研究文学的大学生们而言，肯定极为有趣。确实，诚如文学评论家们所言，这是一部永生的杰作。而我下面的记述则可以在无所事事时供消磨时间之用。也许将来的历史学家们在编纂我们这个时间的文学编年史时，可以将之作为一个可供参考的野史资料。

当然，所有参加了《阿喀琉斯雕像》一书出版的人都还记得这本书畅销的盛况。印刷工们夜以继日地拼命印刷，装订工们手不停闲地忙着装订，但还是供不应求。这本小说出了一版又一版，但无论是在英国还是在美国，都无法满足书商们雪片般落下的订单要求。这本书被迅速翻译成了欧洲所有语言的版本。最近又有人宣布说，可能很快就要有日语和乌尔都语[①]的版本要出版了。但这部小说先是以章回连载小说的形式出现在大西洋两岸的杂志中。这是阿伯特·福雷斯特夫人代理商的编辑们的所为。他们急于捞金，但似乎有些过于性急。由这部小说改编的戏剧已经上演，该剧在纽约轰动一时。毫无疑问，当这

① 乌尔都语，与印地语有密切关系的一种印度－伊朗语。是巴基斯坦的官方语言并通行于印度等地，全世界约有五千万人操此语言。

部戏剧在伦敦上演的时候，也同样会取得巨大的成功。此外，这部小说的电影版权也拍出了高价。虽然在文学圈内普遍认为阿伯特·福雷斯特夫人的这本书获利的数额可能被夸大了，但毫无疑问的是，她靠这一本书就足以安度晚年，不必再为金钱的事发愁了。

一本书能同时博得出版界与文学批评界的青睐，这本身就很不寻常。而她，也只有她(我大胆下了这个评语)才能平息这个圈子内的不和。这就更证明了她的价值。过去，虽然阿伯特·福雷斯特夫人得到了批评家们心悦诚服的赞扬（她也确实应该得到这种赞扬），而公众对她的丰功伟绩却一如既往地淡然置之。她出版的每一部小说都不算厚，且印刷精美，有白色的硬书皮；她的书都被高度赞誉为杰作，在报纸的文学评论版中得到连篇累版的报道，在文学周刊中占有整版的评论（这些周刊现在只能在年代久远的俱乐部内见到。它们堆放在俱乐部内落满尘埃的图书室内）。所有博览群书的人都读过这些书，对这些书评价甚高。但博览群书的人似乎都不买书。因此，她的书也就卖不出去多少了。

这样一位杰出的作家，且公认其作品文笔优美，情节曲折，却不为普通民众所知，这真是丑闻一宗。在美国，她几乎完全不为人所知。虽然卡尔·范·韦克滕先生[①]曾经发表过一篇文章，对公众的迟钝予以怒斥。但公众依然是麻木不仁。她的代理人是她的一个热烈崇拜者。此人逼迫一位美国出版商出版她的两部小说。说如果不出版她的书，就拒绝为他提供其他他急迫需要的书稿（这些书无疑都是些垃圾）。因此，这两本书才得到了及时出版。报界对这两本书的评价颇高，这说

① 卡尔·范·韦克滕（Carl Van Vechten，1880—1964），美国作家。在开始创作小说之前，他是文学、音乐及戏剧评论家。

明美国的文化精英们充分认识到她的文学天才。但在她的第三部小说出版之前，美国的出版商们还是以出版商一贯粗鲁的口吻告诉她的经纪人说，把钱用于出版她的书，还不如拿这些钱去买几瓶杜松子酒喝呢。

自打《阿喀琉斯雕像》一书走红后，阿伯特·福雷斯特夫人的其他书籍也都纷纷再次印刷出版了（卡尔·范·韦克滕先生又写了一篇评论文章，坚定但伤心地指出，十五年前，他就曾撰文来唤起公众对这个杰出作家的关注）。关于这些书的评论文章充斥各大报刊，当然会引起读者的广泛关注了。因此，我无需在这里对这些书再进行介绍了。而且在卡尔·范·韦克滕先生已经写了两篇精湛的评论文章后，再对这两部小说发表评论文章肯定也是拾人牙慧。阿伯特·福雷斯特夫人很早就开始从事写作了。当她还是一个十八岁的少女时，她就出版了她创作的第一本书（一系列挽歌的合集）。自那以后，每隔两三年她就推出一部新著，不是诗集就是散文集。她将自己的文学作品当作艺术来看待，因此绝不为了凑数而瞎编乱造。当《阿喀琉斯雕像》完稿时，她已经五十七岁了，据此可以推断出，她出版的作品数量相当可观。她一共出版了六本诗集。而且都是以拉丁文作为这些诗集的书名，如《法利埃》（*Felicitas*）《和平之海》（*Pax Maris*）和《铜管乐三重奏》（*Aes Triplex*）等。所有这些诗集的内容都非常严肃。她追求的是作品的艺术性，摒弃了那条轻佻、荒诞之路。她的写作始终保持着挽歌的特色，十四行诗代表着她的写作风格。而她作品的最大特点是大量采用了颂歌体裁，一种现今有点儿被人们所遗忘了的诗体。可以断言，她的颂歌《致法利埃校长》有资格入选任何英文诗集。这首诗不仅节奏鲜明，而且栩栩如生地描绘出法兰西那片可爱的大地，因而饱受人们的赞誉。

阿伯特·福雷斯特夫人用回忆三部曲《杜倍雷》描绘了杜·贝莱[①]记忆中的法国卢瓦尔河谷地区，描绘了法国的沙特尔城及城中窗户都镶嵌着宝石的大教堂，描绘了法国普罗旺斯地区生机勃勃的各城镇。她在这部散文集中使用的语言充满深情，因为布洛涅地区是她在法国所到过的最偏远的地区。她婚后从英国的马盖特乘坐轮船到这个地区进行过短暂的旅游。但她晕船很厉害，而且发现那些海边胜地的居民居然听不懂她流利而地道的法语，因而大受打击。因此她决定不再到这个地方来了，免得自己不仅身体遭罪，而且还要丢面子。尽管她在诗集《和平之海》中多次赞誉这个地方，称赞这里的人们勇敢与和睦，但自那以后，她再也没有乘船到这个险恶之地来。

在《伍德·威尔逊颂》这首诗中，也有许多华美的篇章。但令我感到遗憾的是，由于她对这个优秀男人的情感发生了变化，作者决定不再出版这本诗集了。但我认为阿伯特·福雷斯特夫人最优秀的作品是她的散文。她写了好几部散文集，而且相互有关联。这些散文集的书名分别是：《苏塞克斯的秋天》《维多利亚女王》《死亡》《诺福克的春天》《乔治时期的建筑》《德佳吉列夫先生》《但丁》。她也写作一些杂文。这些杂文的字里行间充斥着渊博的学识和丰富的想象，写的都是十七世纪耶稣会教士的生活和关于百年战争期间的文学的文章。正是她的这些散文使她赢得了人们的盛赞，使她成为本世纪英语文学最伟大的大师之一。她认为自己的写作风格既铿锵有力，又活泼风趣；既精雕细琢，又浅显易懂。她认为这是自己写作上的长处。只有在她的散文中才能窥见到她怡人但克制的妙笔，其幽默的语言让读者对她的作品爱

① 约阿希姆·杜·贝莱（Joachim du Bellay，约1522—1560），法国诗人、批评家，常在作品中表达对卢瓦尔河谷地区的怀念。

不释手。她的作品中不仅是想法幽默，用词幽默，更微妙的是，她用的标点符号都很幽默。在突发的灵感下，她发现连接符也能产生喜剧效果。她在自己的作品中大量使用了这种修辞方式，效果绝佳。如果您是一个有文化的人，而且幽默感又很强，那您见到她作品中 horse-collar（马轭）这样的用法一定不会一笑而过，而会咯咯地笑个不停；您的文化层次越高，您就会笑得越厉害。她的朋友们都说，她这种幽默使其他形式的幽默都显得粗俗和夸张了。有好几位作家都曾试图模仿她的这种写作手法，但都无功而返。无论人们如何评论阿伯特·福雷斯特夫人，但一定要承认，她确实能将连接符应用到极致，从中挖掘出所有的幽默元素，而且她在这方面的才能别人只能望尘莫及。

阿伯特·福雷斯特夫人居住的公寓离大理石拱门[①]不远。这里位置很好，房租便宜。她的公寓套房中临街有一间堂皇的客厅，一间阿伯特·福雷斯特夫人用的卧室，十分宽敞；一间背街的餐厅，略显阴暗，挨着厨房还有一间狭小的卧室。这间卧室归阿伯特·福雷斯特先生使用。他还负责付整个公寓的租金。就在这间堂皇的客厅里，阿伯特·福雷斯特夫人每个星期二下午都要与她的朋友们聚一聚。她家的布置既朴素又简洁。墙上壁纸的图案是由威廉·莫里斯[②]亲自设计的，墙上挂着用普通的黑色木框装裱的装饰画。这些画都是采用金属版印刷法印制的。当时的金属印刷法还比较便宜。室内除了那张卷盖式的书桌外，其余的都是齐本德尔时期的家具。这张桌子出于路易十六时期，与其他家具也很相配。阿伯特·福雷斯特夫人就在这张书桌上进行她的写作。

① 大理石拱门，位于伦敦海德公园东北角，有三个门洞。该门由约翰·纳什设计，于 1828 年竖立于白金汉宫门前。

② 威廉·莫里斯（William Morris，1834—1896），英国织物图案设计师、画家、作家与空想社会主义者。

这一点会向所有第一次来拜访她的客人们进行介绍，而且很少有人看到这张书桌而不感到心情激动。客厅内的地毯很厚实,但光线稍显阴暗。阿伯特·福雷斯特夫人平时就坐在一把直背老式靠椅上。这靠椅上套着红色锦缎的椅套，除此之外并没有什么惹人注目之处。但这把椅子是客厅内唯一舒适的座位，她独自坐在这里，在一帮客人中颇有几分鹤立鸡群之感。一个无法让人猜出其年龄的女人将茶端了上来。她面无表情，一言不发。没有人来介绍她是什么人。但她无需阿伯特·福雷斯特夫人吩咐，主动承担了为每个客人倒茶的烦人工作，因此也就有了与每个客人交谈的机会。应当承认，她的谈吐不俗。虽然她说话的语气欠生动，发出的重音难以听清，因而让人有一种缺乏幽默感的印象，但她谈话的内容非常广泛，且有根有据，让人感到颇受启发，十分有趣。阿伯特·福雷斯特夫人通晓社会科学、法律和宗教。她博览群书，记忆惊人。她非常善于引经据典，随口就是一句箴言，显得非常睿智。在三十年的时光里，她结识了很多名流，因而知道许多逸闻趣事。但她并不炫耀这些故事，只是偶尔说说，免得遭人反感。阿伯特·福雷斯特夫人有一种能吸引各式各样人的本事。当然我也是其中之一了。在她的客厅里，你能同时见到一位前首相、一位报社老板和派往某个世界一流大国的大使。我总是认为，这些大人物们到她这里来是为了能结识一些放荡不羁的文化人；这些波西米亚人现在衣着整洁，大人物们完全不必担心他们会弄脏了自己笔挺的西装。阿伯特·福雷斯特夫人对政治非常感兴趣，我就亲耳听一位内阁大臣坦率地对她说，她的理解能力堪比男人。她一直反对妇女拥有参政权。但当妇女们最终还是获得了这种权利后，她竟然也偶尔有了参选议员的想法。她感到为难的是，不知道该选择哪个党派。

“总而言之，”她耸了耸有点多肉的双肩，开玩笑地说道，“我不会自己去组建一个党。”

就如同许多严肃的爱国者一样，她在没有把握的情况下，决定先观望形势的变化，不明确表达自己的政治立场。后来，当工党占了上风的时候，她断然转向工党。如果她如人们所预料的那样，能够应邀成为工党在议会中的一员，她将毫不踌躇地接受这个议员的职务，进入政坛，成为受压迫的工人阶级的捍卫者。

她的客厅内总是有外国客人出没。如果客人是捷克斯洛伐克人、意大利人和法国人，则这些客人必定都是些著名人士；如果是美国人，哪怕无名小卒也可成为她的座上嘉宾。但她并非一个只结交权贵的势利小人。在她的客厅里你就很少能看到任何一个公爵的身影。当然，如果这个公爵的地位出现了重大改变除外，她的客厅里也很少会有一个贵族的遗孀。除非这个女人犯了大错。如离婚了，或者写了一部小说，要么就是伪造了支票，等等。这样她就能博得阿伯特·福雷斯特夫人的同情。她很少与画家们往来，搞美术的人都少言寡语，见人腼腆；她对搞音乐的人也没有兴趣，这些搞音乐的人如果稍有名气，你要是请他们演奏一段，他们一般都不太痛快。而且音乐也会成为交谈的障碍。人们如果想听音乐，他们完全可以到音乐厅去听。就她个人而言，她更喜欢能展现出微妙的心灵之声的文学。她愿意接待作家，特别是经常亲切地接待那些毫无名气、但很有潜力的作家。她对那些拥有天赋的文学新人青睐有加。那些不时到她这里喝杯茶的著名作家们，在初入文学之路时几乎都得到过她的鼓励，她的指点。她的文学地位已经足够牢固了，丝毫不用担心他人的妒忌。她也听到风言风语。说崇拜她的那些颇有天赋的年轻作家们非常羡慕那些对她不感冒的同行，那些具有同样天赋的作家都取得了巨大的成功。

阿伯特·福雷斯特夫人相信自己追随者们的判断，对那些风言风语不予理睬。也正因为如此，她才能成功地创办类似于十八世纪法国沙龙一样的聚会。在我们这个尚未开化的国度，这可是一个从未有人成功过的先例。被邀请“在星期二吃个点心，喝杯茶”是件很有面子的事情，这已经成了文学圈子内的共识。当你来到这间朴素而幽暗的客厅内，坐在齐本德尔式椅子上，你会不由自主地感觉自己仿佛正处在文学历史的殿堂中。美国大使就曾经对阿伯特·福雷斯特夫人这样说过：

“福雷斯特夫人，与您在一起喝杯茶真是一种头脑的享受。让我回味无穷，流连忘返啊。”

这种场合有时候确实叫人有点儿诚惶诚恐。阿伯特·福雷斯特夫人的品位是如此之高，她能嗅出芬芳，能看出璞玉，她的这种本领让我佩服得五体投地，有时看得目瞪口呆。

就我而言，她是一个高高在上的人物。想要进入她那似乎位于云端之上的交往圈子，我必须先喝上一两杯鸡尾酒给自己壮壮胆。说实在话，我认为自己永远也不可能成为这个圈子中的一员。因此，一天下午，我来到她家门口，我本该对开门的女佣说：“福雷斯特夫人在家吗？”但我却鬼使神差地问道：“今天有礼拜活动吗？”

当然我是在完全无意中冒出了这句话，因而惹得女佣窃笑。但不走运的是，这时艾伦·汉娜薇到走廊来换雨靴，听到了这句话。她是阿伯特·福雷斯特夫人最热情的崇拜者之一。在我走进客厅之前，她将我的问话告诉了女主人。因此，当我进屋后，阿伯特·福雷斯特夫人用犀利的目光盯着我。

“为什么您要问今天是否有礼拜活动？”她问道。

我解释说，我有点儿昏了头。但阿伯特·福雷斯特夫人继续盯着我不放。她的目光让人无法抵挡。

“您的意思是说，我的聚会是一种……”她在寻找一个恰当的单词，“圣礼仪式？”

我不知道她说这句话是什么意思，但我不想在这么多聪明的客人面前显得自己很无知。我想此时唯一的办法就是用恭维的话搪塞过去。

“夫人，您的聚会就如同您本人一样，既美丽又圣洁。”

阿伯特·福雷斯特夫人巨大的身躯微微有些战栗。她就像一个突然走进一间长满了洋水仙花的房间的男人，花朵的芬芳让他如痴如醉，几乎要站不稳了。但她发慈悲放过了我。

“如果您喜欢开玩笑，”她说道，“我希望您能跟我的客人们开，但不要跟我的女佣开这样的玩笑。沃伦小姐会给您倒茶的。”

阿伯特·福雷斯特夫人同我握了握手就放过了我，但她并没有放过这个话题。这之后的两三年内，只要她将我介绍给某个人，她从来不忘了这样说：

“您可别放过他，他是到这里来悔罪的。他到我家门口总是问：今天有礼拜吗？他太滑稽了，是不是？”

但阿伯特·福雷斯特夫人并不只是每周举办一次茶话会。每个周六，她都会举办一个只有八人参加的午餐宴会。她认为这个人数最适合随便聊天，而且她的餐厅面积不大，无法容纳更多人了。阿伯特·福雷斯特夫人最感自豪的并非是她对英语韵律的掌握炉火纯青，谁也无法同她相比，而是她的午餐宴会。她精心挑选自己的客人。如果谁能有幸受邀参加这个宴会，他不仅会受宠若惊，而且简直有受到供奉般的感觉。这个午餐桌上的谈话非常高雅，一般的茶会难以与之相比。客人们离开后大都对阿伯特·福雷斯特夫人的能力有了更进一步的了解,对人性善良的一面更加具有信心。由于她是一个坚定的女权主义者，想要在其他场合会见女同胞，因而在这个午餐宴会她只邀请男宾。她完全理解客人们希望只与邻座交谈的心情，因而避免在宴会的过程中讨论公共话题。这样一来，客人们不仅能够专心地大饱口福，而且心情非常轻松愉快。这里要指出的是，阿伯特·福雷斯特夫人为客人们提供的都是高档的美酒佳肴和一流的雪茄。从事文学创作的人大都思想意识很高，但生活水准低下。他们总是凝神于自己的思考之中，而不大注意烤羊肉熟没熟,土豆凉没凉。他们能喝杯啤酒就感到心满意足,有时喝杯葡萄酒提提神。但不喝咖啡对他们而言是明智的做法。现在面对着满桌的美酒佳肴，他们会感到食物过于丰盛了，怎能不心满意足呢？阿伯特·福雷斯特夫人对客人们恭维她的宴席总是显得非常开心。

“如果人们能够同我共进午餐,我就会感到莫大荣幸，”她说道,“我只能尽可能给他们上好吃的，这样才公平。我要让他们有一种宾至如归的感觉。”

但如果奉承过度的话，她就会表示反对。

“您这样夸我可让我不好意思了。这些不是我的功劳。您应该表扬布尔芬奇夫人。”

“布尔芬奇夫人是谁？”

“她是我的厨师。”

“那她可真了不起。但您不会要让我相信，这些葡萄酒也是她酿造的吧？”

“酒很好吗？我根本就没有注意。酒商说什么酒好我就买什么酒了，完全听他的。”

但如果提到桌上的雪茄，阿伯特·福雷斯特夫人就会喜形于色。

“哦，如果你们喜欢这些雪茄的话，那你们一定要感谢阿伯特。雪茄都是他亲自挑选的。我只知道他对雪茄是绝对的行家。”

她看看坐在餐桌另一端的丈夫。她的眼光变得炯炯有神，就像一只纯种母鸡（一只挑选出来的浅黄色奥尔平顿鸡）瞧着它唯一的一只小鸡那样充满自豪。于是客人们最终找到了向男主人表示感谢的机会，都急于向他的这一特长表示敬意。客厅里一下变得嘈杂起来。

“你们太客气了，”他说道，“我很高兴你们能喜欢这些雪茄。”

然后他会就雪茄发表一小段演讲。他会讲解他选择的雪茄好在什么地方，他会对这些雪茄的质量下降表示遗憾。他一直在密切关注这个行业的贸易。阿伯特·福雷斯特夫人会面带微笑注视着他。显然，她对他的这个小小的成功非常满意。当然，宴会不能无止境地谈论雪茄。当她意识到客人们对这个话题有些不耐烦以后，她马上就能引出一个更一般的话题。当然，这个话题会更有趣，也更有意义。阿伯特又陷入沉寂。但他已经出了一下风头。

由于阿伯特有些令人厌烦，因而在某些人看来，福雷斯特夫人的午宴与她的茶会相比，略显逊色。虽然福雷斯特夫人完全明白这一点，但她认为，阿伯特应该出现在客人们面前，这样就能说明这个家还有一个男主人。所以他就出现在了每个周六的午宴上（至于其他时间，他都很忙）。阿伯特·福雷斯特夫人认为她丈夫如果出现在这些欢快的场合，对她的自尊是个打击。她绝不会出于疏忽而让外界知道，她有这样一个与她在智力上差距如此之大的丈夫。也许在无数个夜深人静不眠时，她会自问，自己怎么会嫁给这样一个男人呢？阿伯特·福雷斯特夫人的朋友们也对她从不谈论家里的事感到困惑。他们说这样一个优秀的女人竟然嫁给了这样一个男人，真是一朵鲜花插在了牛粪上。他们相互打听，她怎么会想起要嫁给他。然而令他们感到绝望的是，回答者们（大多数是独身人士）说，没有任何人能够知道一个人为何要嫁给另一个人这类问题的答案。

阿伯特从不啰里啰唆地让人感到厌烦。他从不拉着你讲一些没完没了的故事或让人不得要领的笑话，他不会纠缠你讲一些陈腐的事。他只是非常乏味，就像一个无足轻重的人而已。克利福德·博莱斯顿是一名颇受法国浪漫主义文人们推崇的著名作家。他曾说过：阿伯特刚刚走进一间屋子，可你探头向房内张望，却一个人影也没有看到。阿伯特·福雷斯特夫人的朋友们都认为这句评语说得太妙了。罗斯·沃特福德也持这种看法。她是一个著名小说家，一个最无所畏惧的女人。她壮着胆子将这句话告诉了阿伯特·福雷斯特夫人。她虽然假作生气的样子，但嘴角还是不由自主地浮出了微笑。她对阿伯特的态度使朋友们对她更加敬佩。她对朋友们说，无论他们内心里如何评价阿伯特，他都是她的丈夫，他们都应该对他表现出应有的礼貌。她本人对待她丈夫的态度也让人感到钦佩。只要他偶尔开口说点儿什么，她总是面带喜悦地认真倾听；当他递给她一本她想要的书，或递给她一支铅笔，以将她突然而至的灵感记下来时，她总要说声谢谢。她也不允许她的朋友们直接无视他的存在。她是一个为人处世十分老练的女人，知道自己如果总是将他带在身边，会给他人带来诸多不便。因此，她大多数时候都是自己一个人外出。但她的朋友们清楚，她希望他们一年内至少要有一次邀请他去赴宴。当她要参加一个大型宴会并发表讲话的时候，他总是陪在她的身边；如果她要进行一场演讲，总是留意在主席台上要有他的一张坐席。

阿伯特身高中等，但人们只在提起他妻子的时候才会想起他，而他妻子又是个身高体胖的女人，也许是这个缘故，所以人们才会认为他是个小个子。他身材消瘦，看起来比他的实际年龄要大不少。这一点倒是与他妻子相同。他留着一头短发，头发稀疏，而且全都白了。他的八字胡又短又粗，也已经全都白了。他的脸盘窄窄的，布满了皱纹，没有任何引人注目的特征。他的一双蓝眼睛可能曾经很漂亮，但现在却只有苍白和疲惫。他的衣着总是非常整洁。他总是下穿样式不变的黑白条纹裤子，上穿一件黑色外套，扎着一条灰色领带，上别一枚小小的珍珠领针。他完全不惹人注目。当他站在阿伯特 · 福雷斯特夫人的客厅里，欢迎那些应邀来参加午宴的客人们时，他就像是一件有绅士派头的家具，静静地待在那里，一点儿也不惹人注意。他待人非常有礼。他同客人们握手时，脸上总是显出礼貌的微笑，让人心情愉快。

“您好，很高兴见到您，”他就像对一个老朋友一样亲切地问候道，“近来都好吧？”

但是，如果客人是第一次登门，完全是陌生人的话，当他们走进客厅时，他就会迎到客厅门口，说道：

“我是阿伯特 · 福雷斯特夫人的丈夫。我会将您介绍给我妻子的。”

然后，他会将客人领到阿伯特 · 福雷斯特夫人站着的地方。她会背对着窗户，一脸笑容地走上前来，对客人表示热烈欢迎。

他对妻子在文学上获得的声望非常骄傲，但又竭力想要掩饰。这让人感到很有意思。他一切只为妻子着想，自己绝不出风头。当需要他出面的时候，他总是会出现在那里；当需要他回避的时候，他总是自己找个借口而躲开。他这种聪明的举动即使不是有意而为，也是出自他的直觉。阿伯特·福雷斯特夫人是第一个认识到他的价值的人。

“如果没有他，我真不知道自己会是个什么样子，”她说道，“他对我太重要了。他对我写的作品有什么想法我都能看出来，他的批评意见一般来说都非常有用。”

“真像莫里哀和他的厨师。”沃特福德小姐说道。

“这很有趣吗，亲爱的罗斯？”阿伯特·福雷斯特夫人有点儿尖刻地问道。

她要是对别人哪句话不赞同的话，就有一种叫不少人感到狼狈的办法。那就是反问您说的是不是一个她蠢得听不懂的笑话。但这个办法可无法使沃特福德小姐感到尴尬。她是一个一生中经历了无数风流韵事的女人，但只有一次是真动了感情。而这一次还弄得满城风雨。阿伯特·福雷斯特夫人反感她的轻浮，但尚能容忍她。

“得了，得了，亲爱的，”她回答道，“你心里非常清楚，如果没有你，他就什么都不是，他就无法认识我们。对他而言，能够结识这么多我们这个时代最有智慧、最著名的人，那可真是做梦都想不到的事。”

“蜜蜂没有蜂巢栖身也许会死掉；但是没有了蜜蜂，蜂巢也存在不下去。”

虽然阿伯特·福雷斯特夫人的朋友们精通文学和艺术，但他们对自然历史几乎都是一无所知。因此对她的这番高论也就无言以对。她继续说道：

“他不干涉我的事情。他凭直觉就能知道我什么时候不愿受到打扰。真的，经过仔细斟酌后，我发现他在这个家里给我帮了很大忙，而绝不是累赘。”

“他对你而言就像是一只波斯猫。”沃特福德小姐又说道。

“是一只训练非常有素、非常有教养、非常懂礼貌的波斯猫。”阿伯特·福雷斯特夫人厉声说道，使沃特福德小姐不敢再放肆。

但阿伯特·福雷斯特夫人对丈夫的评价还没有完。

“我们这些知识分子，”她说道，“有过于排斥异己的倾向。我们对抽象的事情很感兴趣，而无心关注具体事务。有时我想，我们过于脱离熙熙攘攘的世间人事了，过于高高在上了。你们没有感到我们对于人间世事的冷漠态度有些危险吗？我将永远对阿伯特感激不尽，因为他让我与普通人保持了联系。”

她的朋友们全都认为，她的这番言论确实是真知灼见，最能代表她长期以来所持有的观点。也正因为这个缘故，一段时间内，阿伯特在她的密友圈子内成了一个非常有名的“普通人”。但不长时间后，他这个绰号就被人们忘到脑后去了。他后来被称作“集邮家”。这是一肚子歪点子的克利福德·波赖斯顿给他起的绰号。一天，他为该与阿伯特谈点儿什么而绞尽脑汁，但实在想不出话题来。万般无奈之下，他随口问道：

“您集邮吗？”

“不，”阿伯特客气地回答道，“我不集邮。”

但克利福德·波赖斯顿也就是随口问了这个问题。他曾经写过一本关于波德莱尔的姑姑在婚姻方面的书。这本书吸引了所有对法国文学感兴趣的人的关注。而众所周知的是，他自己在透彻地研究了法兰西精神后，也大量吸取了高卢人的敏捷和高卢人的智慧。他对阿伯特的否认根本不予理睬，而是很快就告诉阿伯特·福雷斯特夫人的朋友们，说他最终发现了阿伯特的秘密。他说阿伯特爱好集邮。自那之后，他只要见到阿伯特就会这样问道：

“哦，福雷斯特先生，最近集邮怎么样？”或者问：“自打我上次见到您之后，您又收集了哪些邮票啊？”

尽管阿伯特继续否认他集邮，但一点儿用处都没有，这个创意太过机敏，别人当然也要借用了。阿伯特·福雷斯特夫人的朋友们坚称他肯定集邮，每次见到他，他们都会问他最近集邮的情况。甚至阿伯特·福雷斯特夫人在心情特别好的时候，也会幽默地称她的丈夫为“集邮家”。这个绰号就像是一只手套戴在了他的手上，而他却摘不掉了。他们有时甚至当着他的面就称呼他的这个绰号，而他也就默默地接受了。这样众人不得不佩服他的好脾气。他只是笑笑，一点儿也不生气。现在他甚至都不对他们的胡乱称呼表示抗议了。

当然，阿伯特·福雷斯特夫人在社交方面经验老到，她绝不会让她最重要的客人坐在阿伯特的左右，使她的午宴有不欢而散的危险。她特别留意只将这两个位置留给她特别亲近的老朋友。当特意挑选出来的人进入客厅的时候，她会对他们这样说：

“我知道您不会介意坐在阿伯特身边，对吗？”

他们只能回答说很高兴这样的安排。如果有人脸上明显露出了不悦的神色，她就会开玩笑似的在他的手上拍一下，说道：

“下次你就可以坐到我身边了。阿伯特不习惯与陌生人坐在一起；而你又很了解他，知道该怎么跟他打交道。”

他们确实知道：他们直接当他不存在。就好像他坐的那个座位上没有人一样。而别人忽视他的存在，他却一点儿也没有不高兴的意思。而这些人却正在吃着他的，喝着他的。靠福雷斯特夫人的收入她的客人们可吃不上春天的鲑鱼和人工催长的芦笋。他就这样静静地坐在那里，一言不发。如果他开口说话，也只是吩咐一个女佣去做某件事。如果一个客人他感到陌生，他就会盯着他瞅。如果不是他的目光充满了童稚之气，这个客人一定会感到非常尴尬。他似乎在问自己，这个陌生人到底是个什么样的人呢？但他目光平和地仔细观察后到底得出了什么结论，他从来也不对他人吐露一个字。如果餐桌上的谈话非常热烈，他就会坐在那里，一会儿看看这个人的脸，一会儿瞧瞧那个人的面部表情。但他那张瘦长的脸上没有任何表情，你无法知道他对餐桌上那些斗嘴的离奇理论有何看法。

克利福德·波赖斯顿说，那些隽言妙语从阿伯特的耳朵中穿过，就像水从鸭子背上滑掉了一样，没有留下任何痕迹。他现在已经不指望自己能听懂他们在说些什么了。他只是摆出一副在听的样子罢了。哈利·奥克兰是一个全能评论家。他就持不同的看法。他说，这些隽言妙语全都进入阿伯特的脑子里了。他认为这些话语太妙了，不能放走。但他可怜的脑袋里本来就满是浆糊了，现在又灌进了这么些东西，他无论怎样拼命琢磨这些话的意思，也还是摸不着头脑。当然，在伦敦城里，他一定吹嘘他认识很多名人。也许在这个城市里，人们还把他视为非常有知识和学问的人，一个思想理论的权威。人们听他谈论这些的时候，一定有一种非常神圣而庄严的感觉。哈利·奥克兰是阿伯特·福雷斯特夫人最忠诚的崇拜者之一。他曾模仿她的风格写作了一篇既文采飞扬又语义朦胧的散文。他五官端正，长相可以称得上英俊；但头发老长，而且乱蓬蓬的，就像是一个圣塞瓦斯蒂安[①]人一头撞翻了一桶生发剂后的结果。他非常年轻，还不到三十岁，但却正在对艺术感到有点儿厌烦了。他时不时地声称要转行去搞体育评论，到那个领

① 西班牙东北部一城市。

域去施展拳脚。

我应该说明的是，阿伯特·福雷斯特夫人的朋友们都认为，阿伯特即使在伦敦城里都算不上富人，所以她真是不幸。但她居然都能容忍下来，这真让他们感到钦佩。如果他是一个掌握着国家经济命脉的豪商巨贾，或者拥有一个大型船队，他满载珍稀香料的船只来往于地中海上，直抵地中海东部的累范特地区各港口。这些港口的名字虽然读起来都很绕口，但经常出现在古典诗歌之中。如果是这样的话，他俩的生活中还可能有某种浪漫的事情。但阿伯特仅仅是一个做葡萄干生意的小商人，他挣的钱恐怕只够阿伯特·福雷斯特夫人维持她引人注目，甚至有点儿慷慨的生活。由于他要在办公室内忙着自己的生意，所以在星期二下午六点之前，他从不在福雷斯特夫人的聚会上露面。他回家的时候，最重要的客人们已经离开了。客厅里只剩下了三四个福雷斯特夫人最亲密的朋友在随便而诙谐地谈论着那些已经离开的客人。当他们听到大门响起了阿伯特开门的钥匙声时，他们才同时意识到时间已经太晚了。当他迟迟疑疑地推开大门，一脸和善地向客厅内张望时，阿伯特·福雷斯特夫人立时露出灿烂的笑容，迎上前去。

“进来，阿伯特，进来。我想客厅里的人你都认识。”

阿伯特走进客厅，同他妻子握握手。

“你刚从城里回来吗？”她热情地问道。尽管她知道除了城里他不会到其他地方去，但还是这样问。“喝杯茶好吗？”

“不喝了，谢谢，亲爱的。我在办公室喝过了。”

阿伯特·福雷斯特夫人依然是一脸灿烂的笑容，客厅内的客人们都认为她非常依恋她的丈夫。

“哦，但我知道你还喜欢再喝一杯。我来亲自给你倒茶。”

她走到茶几旁，全然忘了茶已经泡了一个半小时，现在是冰凉了。她为他倒了一杯，然后加上牛奶和方糖。阿伯特说了声谢谢后接过了茶杯，然后顺从地搅了搅。当阿伯特·福雷斯特夫人继续与客人们刚才停顿下来的谈话时，他就悄悄地将茶杯放下，一口未喝。他回家就是聚会行将结束的信号。剩下的几个客人也都相继告辞了。但有一次，众人的谈兴正浓，谈话的内容又非常重要，阿伯特·福雷斯特夫人坚持让客人们再坐一会儿。

“这个问题必须出个结论，”她的语气几乎是有些故作调皮，“就这个问题阿伯特也许要发表点儿看法。让我们也听听他的观点。”

话题是讨论何时女人开始时兴短发，阿伯特·福雷斯特夫人是否应该剪一个墙面板式短发发型。阿伯特·福雷斯特夫人是一个外表很有权威性的女人。她骨骼粗大，皮肥肉厚，只是她身材非常高大才没有显得过于臃肿。尽管如此，她给人的感觉依然是风度翩翩。她的脸盘比一般人要略大一些，这让她的容貌显得有些阳刚和睿智。而她也确是人如其貌。她的皮肤很黑，让你不禁会想，她的血管中也许还流淌着一点儿黎凡特[①]人的血液。她自己也承认，她有时想，自己的诗狂放不羁的特征说明，自己一定是有点儿吉卜赛人的基因。她的眼睛很大，又黑又亮；她的鼻子很像惠灵顿大公，但肉要多些；她的下巴很宽，显得非常刚毅；她有一张大嘴，厚厚的红嘴唇一点儿没欠化妆品的情。阿伯特·福雷斯特夫人从不屈尊去擦点儿口红。她的头发呈灰色，又粗又硬。她将头发高高地盘在头顶，使她的身材显得更加高大。单从外表上看，她虽说还不至于让人感到害怕，但绝对是气势逼人。

她总是身穿暗色调的衣服，衣着非常得体。虽然她的外表是一个

① 指东地中海地区。

地地道道的知识女性，但她也是一个女人，而且穿时装也不影响自尊。所以她谨慎地追随着潮流，衣服的样式也很时髦。我想，她渴望将自己的头发剪成板式短发已经有一段时间了。但她认为采取这个行动前最好还是征询一下朋友们的意见，不能冲动行事。

“哦，您一定要剪，一定，”哈利·奥克兰连声说道，语调中带着他特有的男孩的热情，“您要是剪了，看起来一定非常棒。”

克利福德·波赖斯顿正在写一本关于曼特农夫人[①]的书。他对这个看法有所怀疑。他认为这样做很危险。

“我想，”他一面用细麻纱布的手帕擦着眼镜，一面说道，“我想一个人一旦习惯了某种发型，他就应该坚持下去。大家想想，路易十四如果不戴假发的话会是个什么样子？”

“我也正在犹豫，”福雷斯特夫人说道，“但不管怎么说，一个人也得跟上时代潮流。我身处这个时代之中，不想让自己显得落伍了。正如威廉·麦斯特所言，美国人正在领风气之先。”她一脸笑意地转向阿伯特。“关于这个问题，我的主子老爷有什么看法？你持什么观点呢，阿伯特？剪还是不剪，这可是一个十分重要的问题呀。”

“恐怕我说什么都不太重要，亲爱的。”他诺诺地答道。

“你的意见对我来说非常重要。”阿伯特·福雷斯特夫人奉承地说道。

她看得出来，她对“集邮家”的态度让朋友们钦佩得五体投地。

“你必须回答，”她继续说道，“你必须回答。没有谁比你更了解我了，阿伯特。这个发型适合我吗？”

“也许是这样吧，”他答道，“我唯一担心的是，你身材高大，体态

① 曼特农夫人（Madame de Maintenon，1635—1719），法王路易十四的第二任妻子。

端庄，如果再留着短发，别人会不会认为……这样说吧，希腊各岛屿上燃烧着萨福[①]的爱，飘扬着萨福的歌声。”

没有人吭声，客厅内的气氛非常尴尬。

罗斯·沃特福德轻轻地笑了笑，但其他人依然一声不吭。福雷斯特夫人脸上一片冰冷，微笑被冻结在嘴唇上。阿伯特失言了。

“我一直认为拜伦是个非常平庸的诗人，现在看来错了。”阿伯特·福雷斯特夫人最后说道。

聚会到此结束。阿伯特·福雷斯特夫人没有去剪短发。事实上，这个话题就再也没有被提起过。

就在阿伯特·福雷斯特夫人的另一个星期二聚会即将进入尾声的时候，发生了一件事情。这件事对她的文学生涯产生了重大影响。

这次聚会极为成功。工党的领导人参加了聚会，阿伯特·福雷斯特夫人与他的关系可以说又近了一步。她现在已经准备完全转向工党了。时机已经成熟，如果她要投身于政界，就必须在此拿出决断了。这时克利福德·波赖斯顿将一个法兰西学院的院士领进了客厅。虽然她知道他对英语一无所知，但客人对她华丽而清晰文风的恭维还是让她感到十分满足。客人中包括美国大使，还有一位年轻的俄罗斯王子。这位王子多亏他那纯正的罗曼诺夫血统才使他免于看起来像个男妓。客人中还有一位品位很高的公爵夫人。她最近刚刚与公爵办理了离婚手续，嫁给了一位赛马骑师。她就像草莓叶，虽然干枯发黄了，也能

① 萨福（Sappho），公元前七世纪初住在莱斯博斯岛的希腊抒情诗人，她的许多诗表达了她对妇女的感情和爱，因而人们猜疑她是个女同性恋者。这句话暗指阿伯特夫人是个同性恋者。

让大家当调味品来用。虽然客人中的文学才俊曾经灿若星河，但现在除了克利福德·波赖斯顿、哈利·奥克兰、罗斯·沃特福德、奥斯卡·查尔斯与西蒙斯之外，其他人都不来了。奥斯卡·查尔斯个子矮小如侏儒。他虽然年纪轻轻，却长着一张狡诈的猴子一般干瘦的脸，而且还带着一副金边眼镜。他在政府部门工作，但业余爱好文学。他从不为那些六便士一期的廉价期刊写稿，对一般人都非常鄙夷。阿伯特·福雷斯特夫人很喜欢他，认为他很有天赋。他虽然一直都表示自己非常钦佩她的写作风格（正是他给她起了“连接符的情妇”这个绰号），但他说话却非常尖刻，以至于她都有点儿怕他了。西蒙斯是她的经纪人。他是一个脸盘圆圆的男人，带着一副特大的眼镜，镜片后面的眼睛看起来有些奇怪和变形。看到他的眼睛，你不由得会联想起水族馆中原始的甲壳纲动物。阿伯特·福雷斯特夫人的聚会他是场场不落。部分原因是他真心实意地崇拜她的天才；部分原因是他发现，在她的客厅里可以发现潜在的客户。

西蒙斯虽然常年为阿伯特·福雷斯特夫人在生意上奔波操劳，但得到的酬劳甚微。不过他认为自己挣钱虽然不多，但都是干净的，并不为此而懊悔。而她也留意向任何一个可能销售文学书籍的人介绍他，用热情的语言向对方表示感谢。她很骄傲地回想到，《圣斯威森夫人回忆录》最初就是在她的客厅内拍板决定出版的。结果这本书出了名，赚了大钱。

客人们坐成一圈，阿伯特·福雷斯特夫人的座位居中。他们热烈地议论着当时各类出名的人物。但必须承认，他们所用的语言多少有些恶毒。脸色苍白的沃伦小姐在一旁伺候他们已经有两个小时了。她一直在默默地收拾茶杯。这些茶杯在客厅里东一个、西一个，扔得到处都是。她有一个不太稳定的工作，但总能抽出时间来为阿伯特 · 福雷斯特夫人沏茶倒水，招待客人。晚上她还过来为阿伯特 · 福雷斯特夫人的手稿打字。阿伯特 · 福雷斯特夫人认为自己允许她来效劳，已经是对这个可怜女人的最大关怀了，所以从不为她的这些工作付酬。但她有时将别人白给她的电影票送给这个女人，或者将自己不想再穿的衣服送几件给她。

阿伯特 · 福雷斯特夫人的声音低沉而饱满，她正滔滔不绝地发表着议论，而其他人都在认真地听着。她现在大脑兴奋，思路清晰，脱口而出的滔滔话语可以直接打印出来而无需修改。忽然，走廊里传来了一阵嘈杂的声音。似乎有很沉的东西掉在了地面上，然后就是一阵争吵声。

阿伯特 · 福雷斯特夫人停了下来，皱了皱她高贵的眉头，脸色有些阴沉。

“我想他们应该知道我不允许在我家里出现这样的喧哗。沃伦小姐，你能叫用人过来问问，这么大动静到底是怎么回事吗？”

沃伦小姐按了下电铃，女佣马上出现在客厅门口。沃伦小姐走过去低声跟她说了些什么，以免打扰客厅内的谈话。但阿伯特 · 福雷斯特夫人生气地停下自己的话头。

“卡特，这到底是怎么了？是房子要倒了还是红色革命要爆发了？”

“请您息怒，夫人。是新厨师的箱子，”女佣答道，“搬运工在把箱子搬进屋的时候将箱子掉在了地上，因此厨师就跟他吵了起来。”

“你说什么？新厨师是什么意思？”

“布尔芬奇夫人今天下午不干了，夫人。”女佣回答道。

阿伯特 · 福雷斯特夫人吃惊地望着她。

“我可是刚刚听到这个消息。布尔芬奇夫人预先告知了吗？福雷斯特先生回家后马上让他过来，说我有话要对他说。”

“好的，夫人。”

女佣走出客厅。沃伦小姐又缓步走到茶桌旁。虽然谁也没有说要倒茶，她还是机械地倒了几杯茶。

“这可真是一场大灾难！”沃特福德小姐大声说道。

“您必须要让她回来，”克利福德 · 波赖斯顿说道，“这个女人可是一个无价之宝。她不仅厨艺高超，而且厨艺每天都有新的提高。”

这时女佣又返回客厅。她手里端着一个托盘，托盘上放着一封信。她将信递给她的女主人。

“这是什么？”阿伯特 · 福雷斯特夫人问道。

“福雷斯特先生说，如果您问起他的话，就把这封信交给您，夫人。”女佣答道。

“那么，福雷斯特先生在哪里？”

“福雷斯特先生已经走了，夫人。”女佣回答道，好像对这个问题感到很突然。

“走了？知道了。你可以离开了。”

女佣离开了客厅。阿伯特·福雷斯特夫人那张大脸盘上写满了困惑。她打开了信。罗斯 · 沃特福德后来告诉我说，她脑子中出现的第一个念头就是：由于布尔芬奇夫人走了，阿伯特害怕他妻子生气，因此投泰晤士河自尽了。阿伯特 · 福雷斯特夫人读着信，脸上出现了惊慌失措的表情。

“这也太可恶了，”她喊道，“太可恶了！太可恶了！”

“怎么了，福雷斯特夫人？”

阿伯特夫人就跟一匹烦躁亢奋的马用蹄子挠地那样用脚挠着地毯，两只胳膊用一种难以形容的姿势一搭（不过这种姿势您有时在卖鱼婆撒泼时可以见到），俯视着她那些好奇而极为吃惊的朋友。

“阿伯特与那个厨娘私奔了。”

客厅里出现了一阵由于惊愕而产生的喘息声，然后就发生了一件可怕的事。站在茶几后面的沃伦小姐突然噎住了。这位一向不吭声，也从来没有人跟她说过一句话的沃伦小姐，这位足有三年的时间每周都出现在这间客厅内，而所有客人都对她视而不见，就是走在大街上也不一定能认出她来的沃伦小姐，她突然忍不住放声大笑起来。众人大吃一惊，就像中了魔法一样，同时转身朝她望去。他们的感受一定同巴兰[①]发现他骑的驴突然张口说话时的感受一样。她的笑声简直就是在尖叫。这种情景真让人感到恐怖，就像屋里的桌椅没有任何预兆而骤然在地板上跳起舞来那样使您目瞪口呆。沃伦小姐想要控制自己不笑，但她越是想要抑制自己，她的笑声就越大。她抓过一方手帕塞进嘴里，急忙跑出客厅。客厅的门在她身后砰地一声关上了。

“她犯癔症了。”克利福德·波赖斯顿说道。

“当然，她的癔症还不轻呀。”哈利·奥克兰说到。

但阿伯特·福雷斯特夫人一言未发。

这封信落在了她与西蒙斯的脚下。她的经纪人将信捡起来递给她。她不接这封信。

“把这封信读出来，”她说道，“大声地读出来。”

西蒙斯先生把他的眼镜推高到脑门上，将信紧贴在眼前，读了起来。

---

① 巴兰，《圣经》中记载的美索不达米亚的一先知。他与驴的这个故事也来自《圣经》。

亲爱的：

布尔芬奇夫人想要改换一下工作，决定离开。而她要走，我也就不想在这个没有她的家里继续待下去了。我再也受不了这些文学的熏陶了，我讨厌死艺术了。

布尔芬奇夫人不计较结不结婚的形式。但如果您能跟我离婚，她会嫁给我的。我希望您能对新厨娘感到满意。她有前雇主证明她才能的介绍信。为了您的方便起见，我将我与布尔芬奇夫人的住址告诉您：东南区，卡宁顿大街411号。

阿伯特

信读完了，没有一个人吭声。西蒙斯先生又将眼镜推回到鼻梁上。尽管他们都是些聪明绝顶的人，通常都能找到适当的话题进行交谈。但此时此刻，谁都不知道该说些什么才好。阿伯特·福雷斯特夫人可不是那种轻易就能安慰的女人。谁都不愿意因为说点儿套话而受到她的奚落。最后还是克利福德·波赖斯顿勇敢地站出来说了句话，使众人摆脱了尴尬的局面。

“大家都不知道该说什么。”他说道。

又是一阵沉默。然后罗斯·沃特福德说道：

“布尔芬奇夫人长得什么样？”

“我怎么知道？”阿伯特·福雷斯特夫人有点儿乖戾地答道，“我从来就没有认真看过她一眼。雇仆人都是阿伯特的事。她只被领过来见过我一面，我只是闻闻她身上的气味是否符合我的要求。”

“但您每天早上起来做家务的时候肯定能见到她呀。”

"阿伯特负责做家务。他喜欢管家，我也就乐得埋头自己的工作。任何一个人的精力都是有限的。"

"阿伯特也负责为您安排午餐的菜谱吗？"

"当然。这是他分内的事。"

克利福德·波赖斯顿惊讶地抬起了眉毛。自己真是太蠢了，竟然从来没有猜出，是阿伯特负责安排福雷斯特夫人精美可口的午餐！当然，那些午餐时摆上餐桌的沙布利酒也是出自他的主意了。那些美妙的白葡萄酒入口时凉丝丝的，但又不过凉，恰到好处地保持着原有的酒香和味道。

"他肯定是美食和美酒方面的专家。"

"我一直对你们说，他有自己的长处，"阿伯特·福雷斯特夫人答道，仿佛她正在责备自己一样，"你们大家都嘲笑他。我告诉你们我欠他很多情时，你们都不相信我的话。"

谁也没有答话。客厅里又是一片沉寂，而且非常沉重，有一种不祥之兆。突然，西蒙斯先生扔出了一枚炸弹。

"您必须让他回来。"

阿伯特·福雷斯特夫人大吃一惊。要不是她靠着壁炉架站着，她肯定会向后踉跄两步。

"你这句话是什么意思？"她喊道，"只要我还有一口气，我就决不会再见他一面。把他带回来？不可能。即使他来下跪求我，那也不可能。"

"我没有说把他带回来呀，我说的是，让他的心回来。"

但阿伯特·福雷斯特夫人并没有理会这句不当的插言。

"为他，该做的我都做了。我问你们，如果没有我，他会是个什么样子？他现在的地位他做梦也想不到啊。”

无法否认，在阿伯特·福雷斯特夫人愤愤不平的话语中，有一种高贵的成分。但这些似乎对西蒙斯毫无影响。

“那您今后怎么生活呢？”

阿伯特·福雷斯特夫人狠狠地瞪了他一眼，从前那种和蔼可亲的目光全然不见了。

“上帝会安排好的。”她的话音冰冷之极。

“上帝是靠不住的。”他反驳道。

阿伯特·福雷斯特夫人耸了耸肩膀。她一脸愤怒。但西蒙斯在椅子上舒服地跷起了二郎腿，还点着了一支烟。

“您知道自己对文学的热爱不如我。”他说道。

“词用错了，要用第一人称的我。”克利福德·波赖斯顿更正道。

“或者也不如你，”西蒙斯继续平淡地说道，“我们大家都持这样的观点，您代表了目前文学界的最高水平。无论是散文还是诗歌，您绝对都是一流。您的写作风格——好吧，不说了，人人都知道您的写作风格。”

“她的写作兼有托马斯·布朗爵士[①]的华美和纽曼大主教[②]清晰易懂的特点。”克利福德·波赖斯顿说道，“同时还有约翰·德莱顿[③]的生动

---

① 托马斯·布朗爵士（Thomas Browne，1605—1682），英国医师和作家。布朗性格怪僻，常有新奇的想象，代表作《医生的宗教》《瓮葬》等。他的散文以文辞华丽著称。

② 纽曼大主教(John Henry Newman，1801—1890)，英国高级教士和神学家，牛津运动的创始人之一，1845年皈依罗马天主教并于1879年成为枢机主教。

③ 约翰·德莱顿（John Dryden，1631—1700），英国古典主义时期重要的批评家和戏剧家，他通过戏剧批评和创作实践为英国古典主义戏剧的发生、发展做出了杰出的贡献，是英国古典主义的代表人物之一。

活泼与乔纳森·斯威夫特的精确。”

唯一表示出阿伯特·福雷斯特夫人听到了这句话的迹象就是，她一副凄惨之态的嘴角露出了一丝微笑。

“您很幽默。”

“在这个世界上还有任何一个其他人，”罗斯·沃特福德小姐大声说道，“可以将运用得如此风趣，如此具有讽刺意味，如此带有喜剧色彩吗？”

“但实际情况是，您的书仍然卖不动。”西蒙斯不为所动，坚持自己的看法，“我经营您的书已经有二十年了。坦白地对您说吧，靠卖您的书我根本挣不到钱。我没有放弃，原因就是我偶尔想要为这些优秀的文学作品去做点儿什么。我一直很相信您，我曾希望我们早晚能让公众接纳您的书。但如果您认为可以靠写这类书赚钱谋生，我不得不告诉您，一点儿可能都没有。”

“我降生到这个世界太晚了。”阿伯特·福雷斯特夫人叹道，“我应该活在十八世纪。那时有钱人可是大把地赞助他们喜欢的文人。”

“葡萄干的生意收入如何？”

“收入不多。阿伯特告诉我，他一年大约能挣一千二百英镑。”

“他一定是一个很能干的经理。这样的话，他只有这点儿收入，您也就无法指靠他分给您多少了。听我的建议吧，您现在只有一条路可走，那就是想办法让他回来。”

“我宁愿自己住在一间阁楼内。您认为我能容忍下他给我的这个侮辱？您难道要让我去与我的女厨争宠？您忘了，对我这样一个女人来说，比起生活安逸，还有一件更有价值的东西，那就是尊严。”

“我正要说的也就是这个问题。”西蒙斯冷冷地说道。

他瞥了一眼其他人。他的眼珠斜向一边时就更像是个鱼一样的怪物了。

“毫无疑问，”他继续说道，“您是我极为尊敬的人，我认为您在文学界具有无人可取代的位置。您代表着某种脱俗的东西。您从来不为了肮脏的金钱而出卖自己的节操。您一直高举着纯文学的旗帜。您一直想着能成为一名国会议员。我自己对政治所知不多，但成为国会议员无疑能为您的作品起到很好的宣传广告效应。如果您能进入国会，我敢说我可以为您安排一次以国会议员身份在美洲大陆的巡回演讲。我敢说，这样的话您就会大获成功。甚至那些从不读书的人也会对您的书尊崇备至。但眼下摆在您面前的问题是，您不能出这个丑，成为众人闲谈的笑柄。”

阿伯特 · 福雷斯特夫人猛然一惊。

“您这话到底是什么意思？”

“我对布尔芬奇夫人一点儿也不了解，只知道她是个非常受人尊敬的女人。但现实情况是，一个男人与他的女厨私奔了，这肯定会让他的妻子成为众人闲谈的笑柄。如果他要是同一个女演员或贵夫人私奔，我敢说对您就不会造成什么伤害。但他现在是跟一个厨娘私奔了，这样您就完了。用不了一个星期，整个伦敦城内都会传遍您的笑话。对一个作家或一个政治家而言，最致命的就是成为众人奚落的对象。您必须把您的丈夫找回来，而且必须尽快把他找回来。”

阿伯特·福雷斯特夫人的脸色一下阴沉了下来，但她没有马上回答。她的耳边突然响起了刚才沃伦小姐发出的莫名其妙的笑声。她的笑声如此肆无忌惮，以至于她不得不跑出了房间。

“这里的人都是您的朋友，我们肯定会慎言这件事的。”

福雷斯特夫人看看她的朋友们。她看到罗斯·沃特福德的眼睛里已经有一种不怀好意的眼神了；在奥斯卡·查尔斯干瘪的脸上，露出的是一副古怪的表情。有一刹那她真希望自己不告诉他们这件事就好了。然而西蒙斯了解这些文学圈内的人，他无动于衷地看着他们。

“不管怎么说，您是这个圈子的核心人物。您丈夫不仅是背叛了您，而且也背叛了我们大家。这件事对我们大家也不光彩。事实摆在那里，阿伯特·福雷斯特让我们大家显得像是一群大傻瓜蛋。”

“我们所有人，”克利福德·波赖斯顿说道，“我们大家都在一条船上。他说得很对，福雷斯特夫人，集邮家必须回来。”

“Et tu，Brute。[①]”

西蒙斯不懂拉丁语，所以上面这句话他自然也就不明白具体是什么意思。如果他懂的话，他很可能会被阿伯特·福雷斯特夫人的这句话所感动。他清了清嗓子。

“我的建议是，阿伯特·福雷斯特夫人应该在明天就去见他。幸运的是，我们有他居住的地址。您要去劝他重新考虑自己的这个决定。我不清楚在这样的场合一个女人该说点儿什么，但福雷斯特夫人拥有智慧和想象力，她肯定能找到适当的话说。如果福雷斯特先生提出任何条件，您都要接受。您必须想尽一切办法来使他回家。”

“如果您这件事办得高明的话，您肯定能在明天晚上与他一起回到这个家里。”罗斯·沃特福德轻轻说道。

“您决定这样做了吗，福雷斯特夫人？”

至少有两分钟的时间她扭过头去不瞅他们。她就这样瞧着空荡荡

① “Et tu, Brute?” 是一句拉丁名言。后世普遍认为是恺撒临死前所说的最后一句话。中文一般译作：还有你吗，布鲁图？或者：你也有份吗，布鲁图？

的壁炉。然后，她站起身来，挺直了腰板，面对着众人。

“为了艺术，而不是为了我自己，我不会允许集邮家开的这场下流玩笑玷污了你们大家的名声，玷污所有那些我视为善良、真诚和美好的事物。”

“太好了，”西蒙斯一面赞道，一面站起身来，“我明天回家的时候要注意观察点儿路面，希望能看到您和福雷斯特先生像一对斑鸠一样，肩并肩地走着，卿卿我我的情景。”

他拔脚离开了。其他人生怕自己被留下来，一个人陪着情绪激动的阿伯特·福雷斯特夫人，也都一块随他而去了。

第二天下午，当阿伯特·福雷斯特夫人从公寓中出来时，天色已经有点儿暗了。她穿着一身黑色丝绸外衣，头戴一顶天鹅绒的无边女帽，仪表堂堂。她要搭乘一辆从大理石拱门站发车的巴士，坐到维多利亚火车站下车。西蒙斯已经给她打过电话了，将到达卡宁顿大街最快、最省钱的乘车路线告诉她。她的外貌不像大利拉[①]，心里也没有想着要去迷惑一个男人。到达维多利亚站下车后，她转乘一辆开往沃克斯豪尔大桥路的有轨电车。车过泰晤士河后，可以看到伦敦的这部分城区嘈杂、肮脏，到处熙熙攘攘，与她居住的城区景况截然不同。但她过于沉浸在自己的思绪中，对这些车窗外景物的差别视而不见。她看到电车开上了卡宁顿大街，松了一口气。她告诉售票员她要在哪里下车。下车的站距她要找的房子不远。她下车后，有轨电车就轰轰隆隆地开走了，将她一个人留在了车水马龙的大街上。来到这个陌生的地方她感到有点儿转向，就像是一个东方神话故事中的旅行者，被巨灵神扔

① 大利拉（Delilah），《圣经》中的人物，迷惑大力士参孙之妖妇。

到了一个异国他乡的城市。她慢慢走着，左顾右看。尽管她心中依然充满着愤慨和尴尬，她还是想到，这件事也可以成为一篇美妙散文的素材。她住的那个小家束缚住了她的感觉，她对这片城区的认识还停留在以往的年代，那时这里还几乎是一片乡村。阿伯特·福雷斯特夫人从她储量惊人的大脑中调出一条信息，她现在必须找到卡宁顿大街的这个住址。411 号是一排破旧房屋中的一栋，这些房屋距离公路有一段距离。这栋房屋前是一条窄窄的缺乏修剪的草坪；一条铺着石子的小道通向一个木框门廊，门廊上的油漆大都剥落了，露出了斑驳的颜色。这些，再加上攀附在房屋前面的几株低矮的攀缘植物，使人感觉这栋房屋就像是一栋乡间小阁。不远处就是车水马龙的公路，使这里显得更加奇异，甚至有一种不祥的气氛。这栋房屋给人一种说不出的感觉，让你感到这里住的是一位女人，她生性快乐，但命运多舛。

开门的是一个瘦骨嶙峋的女孩。她大约十五岁的样子，细长的腿，头发乱蓬蓬的。

“请问，布尔芬奇夫人住在这里吗？”

“您按错门铃了。她住在二层。”女孩一面指着楼梯，一面尖声喊道，“布尔芬奇夫人，布尔芬奇夫人，有人找你。”

阿伯特·福雷斯特夫人在阴暗的楼梯间向上走去。楼梯的地面上铺着破旧的地毯。她慢慢向上走着，不想让自己喘不上气来。快到二楼的时候，一扇门打开了，她认出了她的厨娘。

“下午好，布尔芬奇，”阿伯特·福雷斯特夫人颇有尊严地说道，“我想要见见你的主人。”

布尔芬奇夫人犹豫了片刻，然后将门全部打开。

“请进，太太。”她转过头来，“阿伯特，福雷斯特夫人来看你了。”

福雷斯特夫人疾步踏进房间，阿伯特身穿衬衣，脚上趿拉着拖鞋，正在火炉旁一把有皮垫的椅子上坐着。只是椅子有些破旧。他正一面吸着烟，一面在看晚报呢。看到阿伯特·福雷斯特夫人走进房间，他站了起来。

“你好呀，亲爱的，”阿伯特快活地打着招呼，“我希望你一切都好。”

“你最好穿上外衣，阿伯特，”布尔芬奇夫人说道，“要不福雷斯特夫人会怎么看你，你就这个样子？我可不喜欢。”

外衣挂在墙上的一个挂钩上，她拿了下来，帮他穿上。她向下拽了拽他的马甲，免得将衣领顶起来。这个动作显示，她很熟悉男人服装的穿着特点。

“我看了你留下的信，阿伯特。”福雷斯特夫人说道。

“我猜你也读过了，要不你不会知道我的住址的，对不对？”

“您不坐下吗，太太？”布尔芬奇夫人说道，同时麻利地将一把椅子上的灰尘掸了掸，推了过来。屋内有好几把这样的椅子，都套着紫红色的椅套。

阿伯特·福雷斯特夫人微微一鞠躬，坐了下来。

“我想跟你单独谈谈，阿伯特。”她坐下后说道。

他的眼光闪了闪。

“你想说的事情关系到我，也同样关系到布尔芬奇夫人。我想她最好也能听听。”

“那就随你便了。”

布尔芬奇夫人拉过一把椅子，坐了下来。阿伯特·福雷斯特夫人以前看到她时，她都是穿着一件有印花图案的衣服，上面罩着一件大围裙。而现在她上穿着一件白色的、透孔织料的女式丝绸衬衣，下穿一条黑色裙子，脚上穿着一双带有银色搭扣的漆皮高跟鞋。她大约四十五岁年纪，头发有点儿红，脸颊也带点儿红晕；她长得并不漂亮，但显得丰满和慈善。她让阿伯特·福雷斯特夫人想起了过去一位荷兰大画家的画。这幅画的风格欢快，画面上的人物是一位自负的女仆。

“好吧，亲爱的，你想要对我说什么呢？”阿伯特问道。

阿伯特·福雷斯特夫人冲他露出了自己最欢快、最和蔼的微笑。他大大的黑眼睛亮了一下，让人既有逆来顺受的感觉，也显露出了一副好心情。

“你当然知道这件事荒唐透了，阿伯特。我想你一定是脑子出了什么毛病。”

“真想不到你会这样想，亲爱的。”

“我并不生你的气，我只是感到好笑。但玩笑毕竟是玩笑，不能开得太过。我是来接你回家的。”

“我的信还有什么地方写得不清楚吗？”

“非常清楚。但我什么也不问，也不责怪谁。咱俩把这件事当成一次片刻的精神失常好了，不要再提这件事了。”

“亲爱的，我不可能再与你一起生活了，这一点是没有任何疑问的。”阿伯特语气非常友好地说道。

“你不是当真吧？”

“我这话非常认真。”

“你爱这个女人吗？”

阿伯特·福雷斯特夫人的脸上依然带着热情和有点儿金属般光泽的微笑。她已经决定要看轻这件事。依她的价值观来看，这个场面有些滑稽。阿伯特看了看布尔芬奇夫人，憔悴的脸上露出了微笑。

“老太婆，咱俩相处得还很不错吧，是不是？”

“还可以吧。”布尔芬奇夫人答道。

阿伯特 · 福雷斯特夫人的眼眉抬了抬。她丈夫还从来没有称呼过自己为“老太婆”，实际上她也不希望他这样称呼自己。

“如果布尔芬奇夫人尊重你，或者为你考虑一下的话，你们俩的事就根本不可能。你这辈子生活的环境和接触的人都与此截然不同。居住在这样一间带家具的出租屋内，你是无法长期感到幸福的。”

“这不是带家具的出租屋，太太，”布尔芬奇夫人答道，“所有的家具都是我自己的。我是一个非常喜欢独立的人，我一直想要有一间属于我自己的房子。因此，无论我是否有工作，我都保留着这几间屋子。因此，我总是有自己的窝可以回来。”

“还是一个非常温暖舒适的小窝。”阿伯特说道。

阿伯特 · 福雷斯特夫人四处看看这间小屋。壁炉上有一把水壶正在向外冒气，炉旁还有一个厨房。壁炉架上摆着一只大理石座钟，挨着座钟的是一个黑色大理石枝状烛台。屋内还有一张铺着红布的大桌，一个碗柜和一台缝纫机。墙上挂着照片和圣诞增刊夹带的油画，这些油画都镶在镜框里。后面还有一扇门，门框上挂着红色的长毛绒门帘。阿伯特 · 福雷斯特夫人在闲着无事之时也曾对建筑学进行过泛泛的研究。考虑到这套房子的大小，她可以断定，这扇门肯定通向唯一的一间卧室。布尔芬奇夫人与阿伯特同寝一室，丝毫也不掩盖他俩的关系。

“你与我在一起不幸福吗，阿伯特？”福雷斯特夫人语调深沉地问道。

“咱俩结婚已经三十五年了，亲爱的。这个时间太长了，确实太长了。

你是一个好女人，当然是指你这个人而言。但你不适合我。你是个文学家，而我对文学一窍不通；你是个艺术家，而我对艺术一无所知。”

“我可是一直小心翼翼地让你分享我的兴趣。我千方百计不让我的成功将你遮盖。你不能说是我让你与我的事业无关的。”

“你是一个伟大的作家，这我从来都不否认。但事实上我并不喜欢你写的书。”

“不客气地说，这只说明了你的品位太差。所有最优秀的文学评论家们都一直认为我的作品非常具有魅力，有很强的感染力。”

“我也不喜欢你的这些朋友。亲爱的，告诉你一个秘密吧。在你的那些聚会上，我有一种压抑不住的冲动。我想把我的衣服当场脱个精光，想要看看会出现什么样的局面。”

“什么乱子都不会有，”阿伯特·福雷斯特夫人轻轻皱了皱眉头，说道，“我只是会打电话叫医生来就是了。”

“要是这样的话，你的身材也太难看了一点儿，阿伯特。”布尔芬奇夫人插嘴道。

西蒙斯曾暗示阿伯特·福雷斯特夫人，如果需要的话，她应该毫不踌躇地应用自己的女性魅力，以将自己迷途的丈夫领回家，圆夫妻的好梦。但她一点儿也不知道该怎么做。她不禁想，如果自己穿着晚礼服来就好办多了。

“难道三十五年的忠诚就一文不值吗？我从来就没有想过另外一个男人，阿伯特。我习惯跟着你了。没有你的话我会不知怎么生活下去的。”

“我将我的所有菜谱都留给了新厨师，太太。您只要告诉她午餐要几道菜就行了。她会把一切都处理好的，”布尔芬奇夫人说道，“她为人非常可靠，她的面点手艺比我所知的任何厨师都要高。”

阿伯特·福雷斯特夫人有点儿气馁了。布尔芬奇夫人的话无疑是好意，但她这番话将话题改变了。本来谈的是感情层面的事，现在却进行不下去了。

“我想你这是在浪费自己的时间，亲爱的，”阿伯特说道，“我的决心是不可更改的。我已经不再年轻了，我需要有人来照顾我。当然，我会尽量多给你一些生活费。科琳希望我能退休。”

“谁是科琳？”福雷斯特夫人大吃一惊，脱口问道。

“科琳是我的名字，”布尔芬奇夫人回答道，“我母亲是半个法国人。”

“这就足够说明问题的根源了。”福雷斯特夫人撇了撇嘴，回答道。虽然她欣赏法国的文学，但她鄙夷法国人的道德标准。

“我想说的是，阿伯特工作的年头够长的了，该自己享受一下了。我以前在克拉克顿买了一所不大的房子。那里的空气非常好，环境非常有益健康。我俩可以在那里安享晚年。那里有沙滩和码头，我们有的是消遣的方式。那里的人也很好。如果您不干涉我俩，我俩也不会给您找麻烦。”

“我今天与我的商业伙伴们讨论了这件事，他们表示愿意买下我的全部股份。这样他们当然要受到一点儿损失了。一切都办妥之后，我就会每年有九百英镑的收入。我们是三个人，这样每人每年就能分到三百英镑了。”

“这点儿钱我怎么生活？”阿伯特·福雷斯特夫人喊了起来，“我要维持我的身份，可这根本不够。”

“亲爱的，你可是一个著名作家呀，你文笔流畅，著作颇丰。”

阿伯特·福雷斯特夫人烦躁地耸了耸肩膀。

“你非常清楚，我写的书只给我带来了名声，但卖不上钱。出版商还一个劲儿地抱怨，说出版我的书让他们赔钱了。实际上他们只是为了提高声望才出版我的书。”

就在此时，布尔芬奇夫人有了一个想法。这个想法导致后来出现了具有重大历史意义的事件。

“您为什么不写一部惊心动魄的侦探小说呢？”她问道。

“我？”阿伯特·福雷斯特夫人脱口而出，她这辈子第一次使用了语法上错误的单数第一人称宾格。

“这个主意不错，”阿伯特说道，“这个主意太好了。”

“如果我写侦探小说的话，抨击之声会如同千万块板砖砸向我。”

“我想这可不一定。给那些习惯了阳春白雪的人一个观赏下里巴人作品的机会，而且还不降低他们的身份，他们不知会怎么感激你呢。他们也不知道该如何评论这类作品。”

“还感激，不骂我就谢天谢地了。”阿伯特·福雷斯特夫人若有所思地低语道。

“亲爱的，文学批评界会容忍这个变化的。你的英语文笔是如此优美，肯定会出一部杰作的。”

“这个主意太荒谬了。我对侦探小说是一无所知。我的作品根本无法让大众接受。”

“为什么不会？大众也想要阅读优秀的文学作品，但他们不想读那些枯燥的书。他们久闻你的大名，但没有读过你的书。因为你写的书太枯燥了。事实上，亲爱的，你这个人也有些枯燥无味。”

“我不知道你是怎么下的这个结论，阿伯特。”阿伯特·福雷斯特夫人有点儿生气地反斥道，就好像赤道听到有人喊它叫寒冷的反应一样，“所有人都知道，我具有高雅的幽默感；没有任何人能像我一样，从一个连接符中提萃出那么多有趣的元素来。”

“如果你能给大众写点儿惊心动魄的侦探小说，让他们去思考问题，那么在他们提高了思维水平的同时，你还能挣到大钱。”

“我这辈子就没有读过一本侦探小说，”阿伯特·福雷斯特夫人说道，“我曾闻听在纽约有一个叫巴恩斯的人，别人告诉我说，他写了一本书，书名叫《双轮马车的秘密》。但我从未读过这本书。”

“写侦探小说您当然要有诀窍了，”布尔芬奇夫人说道，“首先要记住的就是书中不能有任何情爱的描写。在一本侦探小说中出现这样的描写就是放错了地方。您所需要描写的就是谋杀，是嗅觉高度灵敏的警犬。不到小说的最后一页，你都不要让读者猜出凶手是谁。”

“但你对读者也要公平，亲爱的，”阿伯特说道，“当我怀疑凶手是秘书或有身份的贵妇时，结果凶手却是一个二等男仆，他只会说马车备好了这一句话。这种结局总是让我烦恼不已。你尽可以让读者迷惑不解，但不要把他们当成傻瓜。”

“我非常喜爱一部优秀的侦探小说，”布尔芬奇夫人说道，“如果小说的开头就是一个穿着晚礼服的贵妇趴在书房的地板上，她一身珠光宝气，背上插着一把匕首，那我就知道自己选对了书，这部小说一定很好看。”

“这样的开头没有品位，”阿伯特说道，“我更喜欢开头就是一个颇有身份的家庭律师，一脸的络腮胡子，挂着金表链，外貌宽厚，他躺在海德公园里，已经气绝而亡。”

“他的喉咙被人割断了？”布尔芬奇夫人急切地问道。

“不，他的背后插着一把匕首。一个一身清白的中年绅士的谋杀案对读者特别有吸引力。想到我们中间最清白的人也有自己的秘密，读者就会感到非常欣慰。”

“我明白你的意思，阿伯特，”布尔芬奇夫人说道，“他是一个知道某项关键秘密的人。”

“我俩可以给你各种启发，亲爱的，”阿伯特冲福雷斯特夫人温和地笑笑，说道，“我读过好几百本侦探小说。”

“你！”

“这也就是最初我与科琳走到一起的原因。当我读完一本小说后，我就把这本书传给她看。”

“有许多次都是窗户上已见晨光了，我才听到他熄灯的声音。我不禁自己窃笑，心想：他终于看完了，现在可以睡一个好觉了。”

阿伯特·福雷斯特夫人站起身来。她挺直了身子。

“现在我算明白咱俩之间的距离有多大了。”她动听的女低音微微有点儿发颤，“三十年来你周围到处都是最优秀的英语文学书籍，可你却读了好几百本侦探小说。”

“岂止好几百本。”阿伯特插言道，脸上带着心满意足的微笑。

“我到这里来是想做出合理的让步，以便让你能够回到自己的家。但现在我不再有这样的想法了。你让我看到咱俩没有任何相同之处，从来也没有过。咱俩之间有一道鸿沟。”

“很好，亲爱的，”阿伯特说道，“我服从你的决定。但你再仔细考虑一下写侦探小说的事。”

“我现在就走，”她低声自语道，“我要到茵梦湖岛[①]去”

① 一座虚构的爱尔兰村庄，叶芝有一首诗即名为《茵梦湖岛》，大意如下：我将起身，去茵梦湖岛，那里有一座小屋，泥土和柳条筑成，那里我有九排豆角，一个蜂巢为蜜蜂准备，我将独居在蜜蜂嗡嗡声环绕的林间空地。

“那我送您下楼，”布尔芬奇夫人说道，“地毯上有很多破洞，一定要当心别绊着了。”

阿伯特·福雷斯特夫人昂首挺胸，但还是小心翼翼地走下了楼梯。当布尔芬奇夫人推开大门，问她是否需要叫辆出租车时，她摇了摇头。

“我坐有轨电车。”

“太太，您不必担心，我会照顾好福雷斯特先生的，”布尔芬奇夫人和蔼地说道，“他会生活得很好的。在我丈夫病逝前的最后三年，我在病床前伺候了他三年。我知道怎么伺候病人。福雷斯特先生岁数这么大了，身体也不大好，还不好运动。他当然应该有一项业余爱好了。我一贯认为一个男人应该有一项自己的爱好。他现在开始爱好集邮了。”

阿伯特·福雷斯特夫人微微吃了一惊。但就在此时，一辆有轨电车出现在视野中。尽管身份高贵，她也同其他女人一样，奋不顾身地跑到公路中间，疯狂地挥舞着手臂。电车停了，她爬了上去。她不知自己该如何面对西蒙斯。他一定在家里等着自己呢。克利福德·波赖斯顿很可能也在那里。他们也许都在那里等着自己。而她将不得不痛苦地告诉他们，自己失败了。那一刻，她对自己的那几个衷心崇拜者，完全没有任何友好的温情感觉。不知道现在是几点了。她抬头向对面坐着的男人望去，想向他打听一下时间。但她猛然吃了一惊。坐在对面的是一个中年男士，穿着非常体面。他一脸的络腮胡子，非常面善，胸前挂着一根金表链。这个男人与阿伯特描述的那个躺在海德公园，被扎死的男人一模一样。她不禁立刻想到他就是一个家庭律师。这个巧合真是非同寻常，仿佛命运之神在向自己招手。这个男人戴着一顶丝质的帽子，身穿一件黑色外套和一条黑白条图案的裤子。他有点儿发福了，块头很大。在他身边放着一个公文包。当电车在沃克斯豪尔大桥路开了有半程的时候，这个男人让司机停车。她看到他下车后走进一条狭窄而破破烂烂的小巷。为什么？哦，为什么呢？当电车驶进维多利亚车站时，她还沉浸在自己的思绪中，忘了下车。司机不耐烦地提醒她到站了。她突然想起，埃德加·爱伦·坡就写过侦探小说。她又上了一辆公共汽车。她找了个靠里面的座位坐下，继续沉浸在自己的思绪之中。当车到达海德公园拐角时，她突然打定主意要下车。她不能再这样坐着不动了。她感觉自己必须走走。她走进公园的大门，缓步而行。是的，有埃德加·爱伦·坡做榜样，就没有人可以否认侦探小说的价值。毕竟是他创造了这种写作风格，而所有人都知道他在诗歌领域的崇高地位。侦探小说也需要象征主义手法吗？别管它。就是被批评为波德莱尔之流也无所谓。走过阿喀琉斯雕像的时候，她停下来几分钟，皱起眉头仔细地看了看。

最后，她走回了自己的住的公寓。当她打开房门时，一眼就看到走廊里挂着好几顶帽子。看来他们都在。她走进了客厅。

"她终于回来了！"沃特福德小姐喊道。

阿伯特·福雷斯特夫人走上前，带着兴奋的微笑与他们挨个握了握手。客人中有西蒙斯和克利福德·波赖斯顿，还有哈利·奥克兰和奥斯卡·查尔斯。

"哦，你们这些可怜的人，怎么就没有让仆人给你们上茶呢？"她兴奋地大声说着，"我不知道现在具体是几点钟了，但我知道我回来的有点儿太晚了，让你们担心了吧？"

"怎么样？"他们急切地打听道，"事情进行得如何？"

"大家别着急，我有一样非常奇妙的事情要告诉你们。我有了一个灵感。为什么歪门邪道更迷人呢？”

“您这句话是什么意思？”

她略微停顿了一会儿，好更加出其不意地说出来，让他们大吃一惊，看他们能否跳起来。然后她没有任何开场白地将这句话抛向他们：

“我要写一部侦探小说。”

他们目瞪口呆地看着她。她伸出手来以防有人打断她的话，但事实上没有任何一个人有任何一点儿想要说话的想法。

“我要把侦探小说提升到艺术的层次上来。我在海德公园散步时突然产生了这个想法。这是一部描写一桩谋杀案的小说，我将在最后一页上揭出谜底。我将用完美无瑕的英语写这部小说。写这部小说的想法来的有点儿晚了，我应用连接符能力已经耗尽了。所以这部小说我要用句号来写。还没有任何人探索过句号的幽默用法，我将要做一次尝试。”

著作权合同登记号　图字：10—2014—026号

图书在版编目（CIP）数据

第一人称单数 / （英）毛姆（Maugham，W.S.）著；张晓峰译．—南京：译林出版社，2016.6

（毛姆作品）

书名原文：First Person Singular

ISBN 978-7-5447-6350-9

Ⅰ.①第… Ⅱ.①毛… ②张… Ⅲ.①短篇小说－小说集－英国－现代 Ⅳ.①I561.45

中国版本图书馆CIP数据核字（2016）第092677号

书　　名　第一人称单数
作　　者　〔英国〕威廉·萨默塞特·毛姆
译　　者　张晓峰
责任编辑　陆元昶
特约编辑　苑浩泰
出版发行　凤凰出版传媒股份有限公司
　　　　　译林出版社
出版社地址　南京市湖南路1号A楼，邮编：210009
电子信箱　yilin@yilin.com
出版社网址　http://www.yilin.com
印　　刷　三河市华润印刷有限公司
开　　本　640×960毫米　1/16
印　　张　16.75
字　　数　193千字
版　　次　2016年6月第1版　2023年10月第4次印刷
书　　号　ISBN 978-7-5447-6350-9
定　　价　38.60元

译林版图书若有印装错误可向承印厂调换